本书为四川动漫游协同创新工作室研究成果

# 琳达·哈琴
# 的后现代主义诗学研究

刘晓萍　王小军

四川大学出版社

项目策划：梁　胜　陈　纯
责任编辑：陈　纯
责任校对：孙滨蓉
封面设计：优盛文化
责任印制：王　炜

图书在版编目（CIP）数据

琳达·哈琴的后现代主义诗学研究 / 刘晓萍，王小
军著. — 成都：四川大学出版社，2019.9
　　ISBN 978-7-5690-3089-1

　　Ⅰ．①琳… Ⅱ．①刘… ②王… Ⅲ．①琳达·哈琴—
诗学—研究 Ⅳ．① I711.072

中国版本图书馆 CIP 数据核字（2019）第 214357 号

| | |
|---|---|
| 书名 | 琳达·哈琴的后现代主义诗学研究 |
| 著　　者 | 刘晓萍　王小军 |
| 出　　版 | 四川大学出版社 |
| 地　　址 | 成都市一环路南一段 24 号（610065） |
| 发　　行 | 四川大学出版社 |
| 书　　号 | ISBN 978-7-5690-3089-1 |
| 印前制作 | 优盛文化 |
| 印　　刷 | 郫县犀浦印刷厂 |
| 成品尺寸 | 170mm×240mm |
| 印　　张 | 13 |
| 字　　数 | 219 千字 |
| 版　　次 | 2019 年 12 月第 1 版 |
| 印　　次 | 2019 年 12 月第 1 次印刷 |
| 定　　价 | 56.00 元 |

◆ 读者邮购本书，请与本社发行科联系。
　电话：(028)85408408/(028)85401670/
　(028)86408023　邮政编码：610065
◆ 本社图书如有印装质量问题，请寄回出版社调换。
◆ 网址：http://press.scu.edu.cn

四川大学出版社
微信公众号

# 前　言

　　近年来，随着全球化趋势的形成，我国在经济文化和社会发展方面遇到的一些问题都与西方曾经所遇相似。尽管利奥塔等人坚持认为后现代只是西方经济社会发展背景下的一种文化现象，但其在《后现代状况：关于知识的报告》中所指出的信息技术高速发展背景下，科学知识话语给传统叙事造成的危机，对于研究我国目前的一些情况也具有重要的参考意义。因此，我国部分学者更愿意将后现代主义看作是一种世界性思潮，在接受与吸收西方后现代主义理论的基础上，结合我国自身出现的一些特殊情况，对后现代主义理论进行新的阐释。

　　琳达·哈琴的殖民地外裔女性身份所带来的独特视角及其后现代主义理论所具有的多元化特征，对于第三世界的后现代理论研究有重要的参考及启发意义。她被认为是继诺思洛普·弗莱之后加拿大影响最大的文论家，也是迄今为止唯一一位从诗学角度对后现代主义进行系统考察的批评家。她视界广阔，将理论研究与大量的艺术实践相结合，尤其对文学领域的后现代主义特征进行了独到的剖析与阐释。她将后现代主义重新界定为"现代主义矛盾造成的后果"，以"悖谬"为基本特征，认为后现代主义具有坚定不移的历史性与不可避免的政治性。不仅如此，她还认为后现代建筑这一艺术形式为后现代主义诗学提供了最好的模型，并从理论化、语境化、问题化等几方面对后现代主义的矛盾性、历史性和政治性进行了系统分析。在此基础上，哈琴提出了在当代文学批评领域产生重要影响的"历史编纂元小说"概念，对小说中所运用的"戏仿（parody）""互文(intertext)""反讽 (irony)"等叙事手法以多元化和更具包容性的视角进行了重新阐释，为当前的后现代小说文本批评提供重要参考。后现代主义对传统将主体视为连贯一致的实体、将意义视为固定不变的存在物的观念一直持批评和质疑的态度，哈琴受福柯等后结构主义者的影响，将"问题化"作为一种思考的基本方式，推进了对这种观念的批判。哈琴通过自己的后现代理论对"文学的本质"这一传统问题提出了独到见解。她不仅反对以新批评为代表的形式主义文论将文学的意义只限定在文本之内的做法，也不同意传统的文学批评只重视作者研究的做法。她把文学看成是一个意义的呈现过程，整个意义生成的过程都包含作者和读者的意向投射。不仅如此，她还认为意义的阐释受具体的社会、历史语境以及阐释者的知识储备的影响。因此，文本意义是一个动态的，永不会结束的生成过程。

哈琴的后现代主义诗学表现出了与杰姆逊和伊格尔顿等"左派"后现代主义理论家不同的理论视角与方法论原则，这对我们更加全面、深入地了解后现代主义文化有很重要的参考价值。鉴于目前哈琴的理论在国内还未被研究者们了解得足够系统、充分，本书将着重阐述哈琴后现代理论的基本构造，以突显其在后现代理论发展过程中起到的重要作用及对文学艺术实践过程的重要指导意义。

2017 年 1 月 15 日

# 目 录

导 论 / 001

    第一节　选题的缘起及意义 / 001

    第二节　国内外研究概况 / 007

    第三节　本书的结构和研究方法 / 017

第一章　后现代主义的界定 / 020

    第一节　决裂与质疑：现代与后现代之争 / 021

    第二节　新定义：现代主义矛盾的结果 / 030

第二章　后现代主义诗学的结构 / 036

    第一节　后现代主义的理论化 / 036

    第二节　后现代主义的模型化 / 044

    第三节　去中心化与解定论化 / 057

    第四节　后现代的语境化 / 063

第三章　从真理主义到问题诗学 / 071

    第一节　历史的问题化 / 072

    第二节　主体的问题化 / 094

    第三节　走向悖谬之途 / 109

第四章　历史的重访——从"元小说"到"历史编纂元小说" / 115

    第一节　"历史编纂元小说"概念的提出 / 117

    第二节　指涉与话语权力 / 121

    第三节　拼贴还是戏仿——主叙事的质疑过程 / 132

    第四节　互文性：历史和小说的越界 / 142

第五章　从"再现"到政治化的"呈现"　/　146

　　第一节　话语与权力的问题化　/　148

　　第二节　意义呈现的过程化　/　157

　　第三节　锋芒与祥和：反讽的政治性　/　165

结语　后现代主义之后：走向何方　/　177

　　第一节　哈琴理论的启示　/　177

　　第二节　"理论之后"与"马赛克主义"　/　181

　　第三节　后现代主义之后：走向何方　/　183

附录：哈琴教授与作者通信的重要内容　/　186

参考文献　/　188

# 导　论

## 第一节　选题的缘起及意义

曾在 20 世纪 60 年代到 80 年代影响极广的后现代论争如今仿佛已经逐渐沉寂下来，但其对社会生活各个领域产生的影响，却依然存在且不容小觑。在那一时期，虽然人们对后现代的认识还很不充分，但后现代主义却是一个无法回避的术语，并成为欧美流行文化的一个重要组成部分。在后现代论争的空间中，各种关于意义的呈现、身份认同和政治性的理论对于想要从事文化批评的人来说非常重要。在此之后，由于受到以后殖民主义为代表的，关注种族、性别等第三世界问题理论的影响，后现代论争的影响逐步扩大，形成全球化趋势。

虽然大多学者们都一再表明自己是基于客观的立场，但其观点总是或多或少带有价值判断倾向，这种价值倾向总是影响着他们对后现代主义的认识和评价。杰姆逊 ●（Fredric Jameson）不仅将后现代主义定义为"晚期资本主义的文化逻辑"●，还认为后现代主义是"堕落的""矫揉造作的"。他说："'现代'的后来者在他们的创作过程中，早就把生活中无数卑微的细碎——混进他们切身所处的文化经验里，使那破碎的生活片段成为后现代文化的基本材料，成为后现代经验不可分割的部分。"●伊格尔顿 (Terry

---

● 又译作詹姆逊；詹明信，本书统一采用"杰姆逊"的译法。

● 詹明信·后现代主义，或晚期资本主义的文化逻辑，选自张旭东主编《晚期资本主义的文化逻辑：杰姆逊批评理论文选》[M].陈清侨,等译.北京：生活·读书·新知三联书店，1997：421.

● 詹明信·后现代主义，或晚期资本主义的文化逻辑，选自张旭东主编《晚期资本主义的文化逻辑：杰姆逊批评理论文选》[M].陈清侨,等译.北京：生活·读书·新知三联书店，1997：424-425.

Eagleton)认为后现代主义是"一种更具破坏性的不稳定力量",并发出了这样的质问:"它预示了一种与历史和道德信念的犬儒主义背离,还是它对快感、碎片、身体、无意识和大众化的关注指出了一种新的政治前途?"❶相对于杰姆逊、伊格尔顿以及查尔斯·纽曼(Charles Newman)的所谓左派理论,哈琴更多的是以一种多元、包容的态度来对待后现代主义。

哈琴对待后现代主义的态度之所以较杰姆逊、伊格尔顿等人不同,在于她作为一个比较文学的研究者,具有独特的身份背景和批评视角。哈琴出生于意大利籍的加拿大移民家庭,父母是普通工人,且受到意大利传统文化的影响,并不支持女性接受过多的知识教育,但哈琴通过自己的百般努力,得以接受高等教育,最后顺利拿到博士学位。哈琴的博士学位导师是著名的形式主义文论家诺思洛普·弗莱(Northrop Frye)。作为弗莱的第一位女弟子,哈琴深受弗莱重视,哈琴本人也在其导师的指导下对形式主义文论研究颇深。不仅如此,哈琴还曾接受过长期的读者反应理论的训练,这使得她在后现代主义文学批评中能够借助读者批评的力量深入到形式主义文论的关键之处对其进行批判。博士毕业后的哈琴先后在位于加拿大汉密尔顿市的麦克玛斯特大学(Macmaster University)和多伦多大学两所著名学术机构任教。哈琴在学术上的成名得力于其《后现代主义诗学:历史·理论·小说》(A Poetics of Postmodernis: History, Theory, Fiction)的出版,以及她在多伦多大学任教后出版的《后现代主义的政治学》(The Politics of Postmodernism)。这两本著作奠定了哈琴在后现代主义研究领域的重大影响和重要地位。此后,她被聘为多家国际权威期刊的编委和专家,如《现代语言协会会刊》(PMLA),《文本》(Text)等。不仅如此,在2000年哈琴还被选为现代语言协会(MLA)第117届主席,成为获此殊荣的第三位加拿大人,更是其中第一位加拿大女性。

哈琴的丈夫米歇尔·哈琴(Michael Hutcheon)既是一位呼吸病医学专家,又是一位文化和摄影爱好者,他对哈琴的研究方法与视角也产生了重要影响。夫妻二人有着完全属于不同领域的学术兴趣和背景,但在艺术方面却有着共同的爱好。二人共同将"跨学科(Cross-disciplinary)""跨语境化(trans-contextualize)"的研究方法运用到文学艺术和批评理论的研究中。

---

❶ 特里·伊格尔顿·后现代主义的幻象[M].华明,译.北京:商务印书馆,2000:2.

　　哈琴出身于意裔加拿大家庭，是一位受传统文化影响较深又接受过高层次教育的女性，有自己的婚姻但却未曾为人母。她将自己的身份戏称为"带有连字符的加拿大人（hyphenated Canadian）"。这些身份与经历赋予了她与杰姆逊、伊格尔顿及纽曼等人迥然不同的视野。她在后现代主义话语建构中，对边缘差异、种族、性别与政治等问题表现了极大关注。她将这些问题与后现代主义艺术的实践分析结合起来，使后现代艺术得以从形式和美学的空间中抽身，关注更多历史语境和社会语境的因素，也使其后现代主义诗学框架更加具有多元化与灵活性的特点。

　　在后现代论争中，有人否认后现代主义的存在，如乔纳森·克雷默（Jonathan D. Kramer）等人认为后现代主义只不过是对艺术泛泛而论者为自身贴上的一个标签而已。他认为，这种做法不仅是无意义的，而且还存在着将多元化的艺术行为假设为某一个统一运动而使其他形态的话语"沉默"的危险。❶对此，哈琴的看法却不同。她反对将"后现代主义"看作一个总体性概念，她将"问题化"的意识贯穿到对后现代主义的评价和分析中，认为"后现代似乎并不是一个单一的概念，而是一个问题化的，包括复杂多样却又互相联系的问题的集结体。它不会因为任何一种虚假的答案而沉默下来。"❷这种"问题化"的策略源于福柯的后结构主义思想的影响。福柯将思想的本质描述为"问题化"，思想针对现实的对象和事件提出问题，并隐含着解决疑问的办法。这是当代社会建构的基本模式。同时，福柯又认为思想提出问题的同时必须与其所面对的对象或事件保持一定的距离，才能摆脱对象的影响和束缚，获得自身的自由，从而才能达到"问题化"的目的。❸哈琴在后现代诗学中也提出了这种"保持一定距离"的观点。她认为后现代艺术的意义呈现正需要依靠"批评距离（critical distance）"的产生，而这种"批评距离"的产生又要依靠悖谬所形成的张力。后现代主义的悖谬性所形成的张力可以唤醒人们去探讨意义生成的过程，并思考如何实现对固定的意义系统的解定论化。

---

❶ See Jonathan Kramer. Can Modernism Survive George Rochberg[J].*Critical Inquiry*.11, 2, pp. 341-346.

❷ Linda Hutcheon. *The Politics of Postmodernism*：*History*，*Theory Fiction*［M］.New York and London：Routlodge, 1988：16.

❸ 参见高宣扬.后现代论［M］.北京：中国人民大学出版社，2010：314-315 页.

德里达、福柯等人的后结构主义和解构主义思想给后现代主义最大的财富就是"问题化"的思考原则——对一切传统进行质疑，但同时又未完全抛弃之。这对面临着传统和现代的强大力量同时又与其有着千丝万缕联系的后现代文化来说，是再适合不过的建构策略之一。对于哈琴来说，后现代诗学更重要的意义在于使人们认识自己及自己的文化。其著作《后现代主义诗学：历史·理论·小说》成书的 20 世纪 80 年代，正是批评理论的高峰时期。❶伊格尔顿将批评理论兴起的原因归结为"革命"在社会政治领域的无疾而终以及文学的"革命性"的衰退。因此，正如哈琴所批评的那样，福柯、阿尔都塞、杰姆逊，包括伊格尔顿等批评理论大师都局限于利用理论对资本主义赖以生存的社会政治和意识形态基础进行反思和批判。但问题在于文学的"革命性"是否真的衰退了？离开了文学和艺术实践的批评理论又如何保证其有效性与合法性？

对哈琴来说，伊格尔顿和杰姆逊等人之所以会对后现代主义作出不符合实际的批判，原因就在于二人脱离了实践，仅仅用抽象的理论术语进行论争。正是这样的研究现状促使哈琴建构一套以理论和艺术实践的交叉地带为研究对象的后现代主义诗学系统理论。虽然杰姆逊和伊格尔顿都有意无意地在其关于后现代的讨论中避免涉及某一具体的艺术形式，但是二人又都附带着涉及建筑这一艺术形式。因为建筑是一种结合审美与社会语境，集实用与审美于一体的艺术形式。杰姆逊与伊格尔顿都呼吁当代艺术应该在结合现代主义先锋精神的基础上，表现出更加鲜明的政治色彩。值得注意的是，哈琴也对后现代主义建筑充满了兴趣，并且认为后现代建筑正体现了这种既结合现代主义精神又具有明确政治意识的特性。

早在 20 世纪 90 年代，童庆炳先生就将解构主义、后殖民主义、女性主义等文论流派视为文学"外部研究"的一部分，并指出"文学理论总是在'外部研究'和'内部研究'之间流动，因此，无论'内部研究'还是'外部研究'并没有'高低贵贱'之分"。❷但是，由于形式主义诗学的极端发展，文学的自我关注走进了一条似乎无法旁顾的"死胡同"。正是由于后现代主义、女性主义、后殖民主义等维度的引入，文学研究的空间才变得更

---

❶ 周小仪.批评理论之兴衰与全球化资本主义［J］.外国文学，2007 年（1）：74.

❷ 童庆炳.文化诗学是可能的［J］.江海学刊，1999（5）：170.

加广阔。张首映先生曾将20世纪西方文艺理论的走向特征之一概括为"从诗学文化到文化诗学"的转向。张先生是这样定义这两个概念的："诗学文化，就是从艺术性出发，在语言、结构、形式中研究文学的文化意义，成为众多文化理论中的一个特殊门类。……文化诗学，就是以非文学系统和视角分析、研究文学现象，展示文化与文学和艺术的深刻联系，探索文学的独特性和文化性，表达文学对文化建设的意义、价值和功能。"❶文学理论的这一走向，集中体现在后现代主义将女性主义、后殖民主义、历史叙事学、文化人类学等维度引入文学批评领域中，这与以"诗性文化"为特点的西方20世纪上半叶文论是截然不同的。受到俄国形式主义文论希望"把文学变为文学"的影响，20世纪上半叶的文化总体上都有将意识形态等因素排除在文学之外的倾向。而到后现代主义风生水起之时，将意识形态因素引入文学和艺术的呼声便一浪高似一浪了。

张首映先生还曾指出："接受理论作为一种诗学文化，是从诗学文化到文化诗学过渡的一种文学理论。"❷哈琴是在系统学习了接受理论和读者反应理论之后，再走向后现代主义诗学建构的。因此，在哈琴的后现代主义诗学结构中，我们可以看到接受理论和读者反应理论的影响。在哈琴的整个后现代主义诗学理论中也可以见到这样的过渡与转向。她的理论中不仅有符号学、新批评理论的痕迹，同时也更多地注意到了历史与政治等意识形态维度，在重点关注后现代主义文学的同时，也对建筑、摄影、绘画、音乐等艺术形式展开细致研究。

哈琴将后现代主义建筑所具有的以戏仿为主要体现形式的历史感和政治性作为整个后现代主义诗学研究的基本模型，以此来重点研究后现代主义文学的主要形式——历史编纂元小说❸(Historigraphic Metafiction)。历史编纂元小说是哈琴对后现代主义理论发展的最大贡献。

德国科隆大学教授英嘉·布什（Hanjo Berressem）在一篇有关托马斯·品钦的书评中说："在这样一个关注历史的'事实化'的时代，学者们在对历史指称的问题进行关注时，必定会涉及琳达·哈琴的'历史编纂元小

❶ 张首映.西方二十世纪文论史［M］.北京：北京大学出版社，1999：14.

❷ 张首映.西方二十世纪文论史［M］.北京：北京大学出版社，1999：16

❸ 也译作"历史元小说""史学性元小说"等，本文统一采用"历史编纂元小说"的译法。

说'概念。尽管在新历史主义之后，没有合法化背景，人们同样可以找到正确的方向。"❶虽然布什教授的这段话充满了讽刺意味，但我们却可以从中看出，哈琴的"历史编纂元小说"概念对后现代主义文学批评产生了非常广泛的影响。哈琴提出的后现代小说向历史的"问题化"回归的观点，引起了人们对后现代主义中的历史指涉问题的再度思考。

在其早期著作中，哈琴表现出对"后现代主义"概念十分谨慎的态度。首先，她认为用后现代主义这一标签来描述滥觞于20世纪60年代的具有自我意识的元小说是一种贴标签式的武断做法。但是在《后现代主义诗学：历史·理论·小说》这本较为系统的后现代主义诗学著作中，哈琴的观点发生了改变。虽然她依然反对那种简单的贴标签式行为，但为了避免她所说的将某种已经成为客观存在的文化现象与其他文化现象混为一谈的麻烦，她改变了对"后现代主义"这一概念避而不谈的做法。她认为，之所以引起有关后现代主义混乱的争论状态，是由于理论界对于艺术实践中的后现代主义现象缺少客观的分析与总结，进而对"后现代主义"这一概念没有明确的界定。因此，在她的《后现代主义诗学：历史·理论·小说》（以下简称《后现代主义诗学》）一书中，哈琴一直将对后现代主义文化现象的客观描述及对"后现代主义"概念的界定作为主要目标。后现代主义概念的界定不仅涉及这个概念的内涵问题，还涉及其本身与现代主义的关系问题。

在后现代论争中，各种对后现代主义的描述与界定，不管明确与否，都从"后现代主义"术语中的"后"字的理解开始。不少学者对后现代主义进行界定，目的是希望厘清围绕在这个概念周围的一些混淆不清的因素。但也有的学者认为这种"模糊性"恰恰是后现代主义本身所独有的特质。在他们看来，这不仅是因为后现代主义对现代主义的线性发展、秩序与合理性避之犹恐不及，还在于它虽然抛弃了现代主义却也并未给予自身一个明确的界定。实际上，这种观点也印证了哈琴的看法。正如后现代主义这个术语所显示的，它虽然是在"现代主义之后"，但却从未与其据之出发的现代主义分割开来。哈琴认为"后现代主义的'后（post-）'不应理解为时间

---

❶ Hanjo Berressem. Criticism & Pynchon & "Mason & Dixon" [J]. *Contemporary Literature*, 2001(4): 839.

上的'后'，而应当被视作对现代主义的延伸以及对其做出的反应。"❶

　　哈琴将后现代主义定位于理论与实践的交叉地带的做法，对当代批评理论研究及艺术分析都具有重要的参考价值。在面对传统、现代主义与当代文化之间似乎无法厘清的复杂关系时，历史编纂元小说所提供的历史的问题化指涉与政治话语的回归为我们提供了新的切入视角和思考方向。历史编纂元小说一方面向社会语境和历史语境回归，另一方面又具有深知自己的局限性的自我意识，因而这种回归又是一种"问题化"的回归。历史编纂元小说的概念体现了后现代艺术所具有的复杂性和矛盾性，将后现代主义所牵涉的各种话语网络，如精英文化、大众文化、权力文化、通俗文化等，都囊括在内。它使小说的创作、接受、阐释的过程都与这些话语体系既相连又对之进行质疑和挑战。

　　通过对以上所提到的这些问题的深入考察与分析，哈琴的后现代主义诗学为我们在当前如何面对历史话语、文化霸权以及规则、界限等问题进行多元化的思考提供了途径。同时，对于长期在批评理论界占主导地位的左派理论，也提出了其质疑与独特看法。

　　此外，哈琴对文化进行的跨学科式的广泛研究也对我们当前的文化研究提供了新的途径。进入 21 世纪的这十多年来，哈琴又将研究兴趣转向了歌剧研究。她与作为医学研究者的丈夫迈克尔·哈琴（Michael Hutcheon）合作出版了多部歌剧研究的学术著作。虽然本文并未具体涉及哈琴的歌剧研究，但是其中运用的跨学科式的研究方法和对女性主体的身份及身体研究却极大地拓展了我们对主体问题的思考视野。

# 第二节　国内外研究概况

　　哈琴的理论主体形成于 20 世纪 80 年代，除此以外，在 1990 年代和 21 世纪，哈琴本人又陆续出版了多部相关著作，并有多篇文章发表在知名刊物。哈琴的理论形成之初便受到了国内外学者的重视。国外有不少学者

---

❶ Linda Hutcheon. *A Theory of Parody: The Teachings of Twentieth-Centuary Art Forms*[M]. New York and London: Methuen, 1985: 2.

发现哈琴所关注的问题和杰姆逊的关注焦点有很多一致的地方，比如历史、戏仿、政治性、主体性等，不同的是二人的态度及提出的解决方式不同。不少研究者通过对哈琴理论与杰姆逊理论的对比，分析出二者的不同态度与观点，推进了对相关问题的探讨与研究。还有更多的学者运用了哈琴所提出的历史编纂元小说理论及对戏仿、反讽、互文等叙事策略的重新界定，对当代西方文坛中出现的不同于传统的创作方法进行了文本分析，为这些新的创作方式提供了理论支持。在国内，哈琴理论问世不久就有学者陆续对哈琴的著作进行了译介，也有越来越多的国内学者远赴加拿大，向哈琴教授求学。他们对哈琴的介绍与译介更能从某些方面体察到哈琴的真实意图。更多的研究者注重运用哈琴所提出的历史编纂元小说概念和其他叙事策略，对如《法国中尉的女人》等后现代小说进行叙事研究和文本阐释。

## 一、国外研究状况

哈琴的后现代主义理论一经诞生，便在西方引起了学者们的广泛关注。大多数学者都以书评的形式对哈琴的相关理论进行探讨与分析。哈琴与杰姆逊在后现代主义的相同关注点以及不同立场尤其为大家所关注。首先值得我们注意的是几位著名学者将杰姆逊与哈琴的后现代主义理论进行比较的文章。

布莱恩·麦克黑尔（Brian McHale）在《辩证批评家》（*Diacritics*）上发表了名为《后现代主义，或宏大叙事的焦虑》（*Postmodernism, or the Anxiety of Master Narratives*）一文，将哈琴的《后现代主义诗学》《后现代主义的政治学》与杰姆逊的《后现代主义，或晚期资本主义的文化逻辑》中的后现代主义理论进行了对比研究。麦克黑尔指出，杰姆逊与哈琴的理论都在后现代主义研究中产生了很大影响，但两者却有很大不同。杰姆逊的这本书是他在 1984 年所写的同名文章的详细阐释与发展。1984 年所写的那篇文章是一次先行尝试，其中不乏一些离题的迹象。而哈琴的《后现代主义诗学》更具有权威性，是关于后现代理论和话语——不仅仅是关于后现代小说话语的可靠路标。❶他认为哈琴的《后现代主义的政治学》是《后现代

---

❶ See Brain McHale. Postmodernism, or the Anxiety of Master Narratives [J]. *Diacritics*. 1992(1): 17—33.

主义诗学》的有机组成部分。虽然哈琴本人曾说过《后现代主义的政治学》所提供的政治维度在《后现代主义诗学》中被忽略了，但是我们仍然可以从《后现代主义诗学》中发现明显的政治维度。

美国普渡大学约翰·杜瓦尔（John N. Duvall）的《比喻历史：弗雷德里克·杰姆逊的拼贴与琳达·哈琴的戏仿中的现代主义残留》(*Troping History: Modernist Residue in Fredric Jameson's Pastiche and Linda Hutcheon's Parody*）是一篇比较深入地研究哈琴后现代主义诗学相关问题的文章。杜瓦尔将杰姆逊的"拼贴"概念与哈琴的"戏仿"概念进行对比，指出了二人在对待后现代主义与历史的关系上的异同。杰姆逊和哈琴二人都对"戏仿"与"历史"这两个概念非常关注。杰姆逊认为后现代的叙事是无历史感的，只是拼贴的意象和审美形式，因而其结果便是一种腐朽的历史主义。而哈琴却认为后现代小说中是保留了历史因素的，它通过戏仿形式将历史问题化，因而也保持了其作为文化批评的可能性。杜瓦尔指出，杰姆逊的后现代主义观焦点在于文化的消费者，而哈琴的出发点却是作为生产者的艺术家。正是出发点不同，才造成二人的彼此误解。虽然如此，二人都在后现代的界定上借助于现代主义，只不过各自出于不同的标准。杰姆逊是以阿多诺（Theodor Wiesengrund Adorno）传统为依据，而哈琴则更多地受到先锋派的影响。❶

同样将杰姆逊与哈琴的后现代主义观进行对比的还有美国学者哈米德·胥瓦尼（Hamid Shirvani），他在《美洲季刊》(*American Quarterly*）上发表了文章《后现代主义：去中心化、幻像与戏仿》(*Postmodernism: Decentering, Simulacrum, and Parody*）。此文章是将哈琴的《后现代主义诗学：历史·理论·小说》与杰姆逊的《后现代主义，或晚期资本主义的文化逻辑》所做的对比评论。胥瓦尼指出，后现代主义的总体思想是"中心的不在场"，这也是杰姆逊和哈琴共同的出发点，但是二人却最终走向了两条不同的道路。正如两本书的标题所示，杰姆逊关注的是政治、经济和历史，而哈琴则关注于审美、去中心化和叙事。杰姆逊站在后工业主义的立场，着眼于摧毁晚期资本主义文化逻辑的中心，哈琴则表现出一种后结构主义

❶ See John N. Duvall, Troping History: Modernit Residue in Fredric Jameson's Pastiche and Linda Hutcheon's Parody [J] .*Style*, 1999(3)327-390.

的立场，将中心的不在场看作是去中心化运动所创造的机会，旨在将意识形态和社会生活向对差异的欣赏敞开。因此，杰姆逊从雕塑、艺术、建筑、城市发展和公共政治出发所界定的后现代主义与哈琴从历史编纂元小说出发所界定的后现代主义是完全不同的。❶

　　也有将哈琴与其他后现代主义理论家的观点进行比较研究的文章，如恩斯特·阿尔芬 (Ernst van Alphen) 在《后现代主义讨论的异度空间》(*The Heterotopian Space of the Discussions on Postmodernism*)一文中将哈琴的《后现代主义诗学》与安德烈亚斯·胡伊森（Andreas Huyssen）的《大分野之后：现代主义，大众文化和后现代主义》，布莱恩·麦克黑尔 (Brain McHale) 的《后现代小说》(*Postmodernist Fiction*)进行比较研究，阿尔芬对后现代理论自身存在的悖论极为关注。他认为后现代主义作为一个已经存在的文化现象，最基本的特征就在于对语言的指涉能力和描述能力的怀疑，而后现代主义理论本身又必须依靠语言的建构。哈琴的多元视角受到阿尔芬的肯定，他指出以单一原则的视角来考察后现代主义是一种武断的做法。对于后现代主义，我们无法给出一个确定的特征，因为后现代主义中立于不同艺术媒介所表现出的差异。阿尔芬认为在麦克黑尔的《后现代小说》一书中也同样反对哈桑等人以二元对立的思维来界定后现代主义特征的做法。相比之下，哈琴的悖谬及多元化原则对于后现代主义的这个悖论更具有启发意义。但他同时也指出了哈琴将后现代建筑的模型作为其整个后现代主义诗学的模型的局限性，认为这种做法的结果就是将文学上的后现代主义局限于"历史编纂元小说"的范围。此外，由于哈琴的反精英化原则，她对后现代主义的概念持肯定的态度，这使得后现代主义的文本有了更加宽泛的范围，但也显得难以分析。❷

　　安东尼·普夫 (Anthony Cheal Pugh) 将彼特·哈奇森（Peter Hutchinson）的《作者的游戏》(*Games Authors Psslay*)与哈琴的《自恋的叙事：元小说式的悖谬》作了对比性评论。普夫认为，在哈奇森那里，小说的呈现过程被视为完全由作者掌控的游戏过程，而作者的自我意识却被认为是一种退

❶ See Hamid Shirvani. Postmodernism: Decentering, Simulacrum, and Parody [J].
*American Quarterly*. 1994(2): 290–296.

❷ Ernst van Alphen, The Heterotopian Space of the Discussions on Postmodernism [J].
*Poetics Today*.1989(4): 819–839.

化的文类。而在哈琴那里则不一样，当代元小说正处于繁花盛开之季，"那西索斯（Narcissus）因自恋而死，但以他命名的花朵却在继续盛开。"❶

　　汉斯·伯顿斯（Hans Bertens）在一篇对阿尔特·贝尔曼 (Art Berman) 的《从新批评到解构：结构主义与后结构主义的接受》(*From the New Criticism to Deconstruction: The Reception of Structuralism and Post-Structuralism*) 和哈琴的《后现代主义诗学：历史·理论·小说》进行评论的文章中，将贝尔曼和哈琴对后结构主义的看法进行比较，他对贝尔曼的实证主义式的论述较为认同，却认为哈琴是在试图调和后结构主义者以人文主义为基础的关于呈现与指涉性的观点。这种做法虽然会造成对后结构主义的理解偏误，但却使她自己可以编织出一张几乎可以囊括所有文本（包括女性主义的、黑人的、同性恋的等）的巨网，以攻击拥有霸权地位的种种规范与立场。❷美国学者 R. 麦金尼（R.McKinney）在美国著名的杂志《今日哲学》1989 年秋季号上发表了名为《后现代主义的起源》的文章。麦金尼将意大利文艺复兴时期以阿里奥斯托——塔索为代表的"古典作家"与"现代作家"之间的论争，与以哈桑和哈琴为代表的后现代主义与现代主义论争进行了对比，认为这两场论争在围绕"一"与"多"的问题而进行的论争这一点上具有很多相似之处。作者对哈琴的后现代主义观点作了中肯的评价，认为哈琴在后现代主义与现代主义的关系问题上的界说在后现代主义论争中具有代表性，并与四百年前阿里奥斯托的观点极为相似。他说："阿里奥斯托努力回避塔索等人的逼真和阿里迪诺的玩世不恭，赫琴（即哈琴）则极力寻求在对先锋主义的完全否定与对先验真理的艾略特式留恋之间的平衡。"❸

❶ See Anthony Cheal Pugh. Review: Games Authors Play by Peter Hutchinson; Narcissistic Narrative: The Metafictional Paradox by Linda Hutcheon [J]. *Poetics Today*, 1986(3): 577-580.

❷ See Hans Bertens. From the New Criticism to Deconstruction: The Reception of Structuralism and Post-Structuralism by Art Berman; A Poetics of Postmodernism: History, Thoery, Fiction by Linda Hutcheon [J]. *The Modern Language Review*, 1990(3): 675-676.ss

❸ R. 麦金尼. 后现代主义的起源 [J]. 丁信善，张立，译. 国外社会科学，1991（3）：15-20.

　　也有学者针对哈琴的后现代主义诗学所遇到的一些问题发表了自己的看法。其中，他们对哈琴的集大成之作《后现代主义诗学：历史·理论·小说》评论最多、最深入。克里斯·吕本（Chris Luebbe）在一篇对这本书的评论中指出了哈琴在后现代主义诗学的建构过程中所遇到的最大困境，那就是后现代主义诗学本身一方面对理论进行抵抗与反对，另一方面又不可避免地被理论化。后现代主义坚持对个体差异的认同，因而排斥形成概念的同质化过程。然而任何理论的形成都依赖于概念的建构与界定，这对后现代主义理论的建构来说是一个无法避免的悖谬。吕本认为哈琴在处理这一问题时做得非常巧妙，在其对后现代主义及戏仿、反讽等概念进行界定时，她运用问题化的策略，用后现代主义的自我意识性来提醒读者自身存在的这一悖论。❶

　　另外有一些学者对哈琴的戏仿、反讽理论进行了分析评论。在针对其《戏仿理论：二十世纪艺术形式的教谕》一书的评论中，有不少学者都指出了此书是《自恋的叙事：元小说式的悖谬》一书的继续。阿兰·罗宾逊（Alan Robinson）指出哈琴此书最大的贡献在于，她不仅将戏仿与讽刺进行了明确区分，并且在分析过程中还运用了大量具有说服力的事例进行论证。❷大卫·谢菲尔德（David Shepherd）也对哈琴在区分戏仿与嘲弄式的模仿（burlesque）、拙劣的模仿（travesty）、拼凑（pastiche）、抄袭（plagiarism）等概念方面所做的贡献表示肯定。但同时，他也指出了哈琴在运用巴赫金的理论时所表现出的矛盾之处。哈琴一方面运用巴赫金的理论来强调戏仿对权威的违反是得到授权的，另一方面又一再强调巴赫金理论的"乌托邦性"。❸詹尼弗·卡利希 (Jenifer Reksovna Karyshyn) 则关注的是哈琴的反讽理论，他认为在哈琴对反讽的重新界定中，使得诠释者的视角反讽者的

❶ See Chris Luebbe. Review: A Poetics of Postmodernism: History, Theory, Fiction. By Linda Hutcheon [J]. *Comparative Literature*, 1990: 1113-1117.

❷ See Alan Robinson. A Theory of Parody: The Teachings of Twentieth-Century Art Forms by Linda Hutcheon [J]. *New Series*, 1987(149): 124-125.

❸ See David Shepherd. A Theory of Parody: The Teachings of Twentieth-Century Art Form by Linda Hutcheon [J]. *Literature in Society* 1986: 790-793.

意图具有了更大的优势与作用。❶

　　哈琴的历史编纂元小说理论为当代小说文本分析提供了有效方法。早在 1989 年，加拿大圭尔夫大学（The University of Guelph）的克里斯托弗·基廷斯（Christopher Gittings）的硕士学位论文《约翰·欧文与元小说：故事的保存》（*John Irving and Metafiction: Preservation of Story*）中，便将哈琴的元小说与戏仿理论作为其主要的理论框架之一，对美国小说家约翰·欧文的元小说叙事技巧及其影响进行分析。

　　得克萨斯大学的帕特里夏·巴克（Patricia A. Barker）在其博士学位论文《当代历史小说的艺术》（*The Art of The Contemporary Historical Novel*）中对哈琴的后现代主义诗学理论，特别是历史编纂元小说理论作了详细分析，并对其中的主要观点作了批判性地考察。巴克首先对哈琴关于历史编纂元小说仅仅起源于 20 世纪 60 年代对权威的反叛的看法提出质疑。他认为莎士比亚的历史戏剧《亨利五世》（*Henry V*），弗吉尼亚·伍尔芙（Virginia Woolf）的历史小说《幕间》（*Between the Acts*）、《奥兰朵》（*Orlando*）也具有历史编纂元小说的特征。他将哈琴的"后现代主义诗学"模式作为后现代主义诗学的代表，作了详细考察，并将其与以卢卡契为代表的现实主义诗学之间作了细致的对比。❷

## 二、国内研究状况

　　目前，国内学者逐渐开始重视哈琴的相关理论对文学创作和理论的影响。20 世纪 90 年代初期，就有学者将哈琴的著作通过各种方式介绍到国内，对哈琴的重要学术著作的翻译也取得了较大进展。国内对哈琴著作的译介工作在 1990 年代初期就开始了，学者们在译著中都对哈琴的理论作了较高评价。1992 年出版的由王岳川主编的《后现代主义文化与美学》一书收录了尹鸿、陈航二人从《后现代主义诗学：历史·理论·小说》中节译的《后现代主义诗学理论》。这篇译文虽然在译稿中出现了不少不准确或者错误之

❶ Jenifer Reksovna Karyshyn. Review: Irony's Edge: The Theory and Politics of Irony by Linda Hutcheon [J]. *Comparative Literature Issue* 1995(sept): 971-974.

❷ Patricia A. Barker. *The Art of the Contemporary Historical Novel* [D]. The University of Texas at Dallas, 2005.

处，但这是国内第一次对哈琴的理论进行译介，对于哈琴理论在中国的接受和传播有着重要意义。在专著方面，最早的中译本是重庆西南师范大学（现西南大学）外语系及西南师范大学出版社的两位学者赵伐和郭昌瑜于1994年翻译的《加拿大后现代主义——加拿大现代英语小说研究》，此书对了解加拿大作为英属殖民地所表现出的独特的后现代文化景观提供了很好的参照与线索。哈琴本人的女性视角和意裔加拿大籍身份，使得本书在多重视角的关注下，对加拿大的英语小说研究提供了重要参考。1996年骆驼出版社出版了台湾学者刘自荃先生翻译的《后现代主义的政治学》，由于条件所限及其他原因，该译本中也出现了不少对哈琴本意的曲解之处。但在译者导读中，译者以整个后现代主义论争为背景，指出了本书在对后现代主义的特征和内涵，甚为独到。其后的10多年间，一直未有哈琴重要著作的全译本出现。但有一些编著中收录了部分关于哈琴相关理论的节译稿，如陈永国所译《"环绕帝国的排水管"：后殖民主义和后现代主义》一文。此外，2006年阎嘉主编的《文学理论精粹读本》收录了由李铁军翻译的哈琴《后现代的理论：走向一种诗学》❶一文的节选稿。

2009年南京大学的李扬和李锋两位学者经过长期的不懈努力完成了哈琴最重要的著作《后现代主义诗学：历史·理论·小说》的翻译出版工作。李扬教授曾赴加拿大求学于哈琴教授。这部译著的完成，使得更多的国内学者可以更全面更系统地了解到哈琴的后现代主义诗学理论。李扬教授在该书的译后记中对其评价道："在力争给予'后现代'一个明确、可行的解读方面，《后现代主义诗学》可称为是一部力作。"接下来的一年，在多伦多大学求学的徐晓雯女士在哈琴的大力帮助下完成了《反讽之锋芒：反讽的理论与政见》的翻译出版工作。

在国内研究中，第一次对哈琴的后现代主义诗学进行全面把握和概述的是也曾求学于哈琴教授的福建师范大学的林元富。他在《琳达·哈琴后现代诗学初探》一文中从"悖谬""政治性""戏仿""问题化"几个方面入手，对哈琴后现代主义诗学的总体特征和关键概念进行了深入考察。他的另一

---

❶ 该文后来成为《后现代主义诗学：历史·理论·小说》中的一部分。

篇文章《后现代戏仿：自恋式的作业？》❶通过将哈琴与杰姆逊的戏仿观进行对比，对杰姆逊的后现代主义文学观进行了考察，指出了二人在相同问题上的不同观点。此外，陈后亮的《论哈琴后现代主义诗学的理论特征》一文也对哈琴的后现代诗学进行了较为全面的概览。文章认为"哈琴的后现代主义诗学的理论特征为：以后现代建筑理论为模型，以后现代历史哲学为基本纽带，以后现代文化政治为最终导向。"❷不仅如此，陈后亮发表了一系列有关哈琴研究的文章，包括谈论历史编纂元小说中的政治与历史问题的《历史书写元小说中的再现政治与历史问题》❸《历史书写元小说：真实再现的政治学，历史观念的问题学》❹等文章。陈后亮在《琳达·哈琴论后现代艺术的政治性》一文则将哈琴的后现代政治观与杰姆逊、伊格尔顿等新马克思主义理论家的观点进行对比，认为虽然哈琴对后现代主义的政治性过于乐观，但其视角的独特与局限同样能给我们带来启示。

除此之外，还有不少学者对哈琴的后现代主义诗学及后现代主义政治观作了针对性研究。段炼的《艺术的解构与重建——读琳达·哈琴〈后现代主义的政见〉》一文认为，哈琴的《后现代主义的政治学》一书以小说和摄影为研究对象，用社会政治学方法研究后现代主义的叙述方式和形象构成，在否定与证实的辩证关系中，把握住了后现代主义与现实生活的实质，即拆散旧的艺术框架，构筑新的艺术形式。❺戴建忠的《后现代主义艺术的政治观——评琳达·哈琴的艺术政治思想》一文认为哈琴的政治艺术观点既代表了该时代后现代艺术的精神实质，又对政治限制艺术的现实存在作

❶ 林元富.后现代戏仿：自恋式的作业？——关于弗雷德里克·詹姆逊理论的一些争论[J].福建师范大学学报（哲学社会科学版），2006（6）：82-88.

❷ 陈后亮.论哈琴后现代主义诗学的理论特征[J].四川师范大学学报（社会科学版）2010（5）：80-84.

❸ 陈后亮.历史书写元小说中的再现政治与历史问题[J].当代外国文学,2010（3）：30-41.

❹ 陈后亮.历史书写元小说：真实的再现政治学,历史观念的问题学[J].国外文学 2010(4):3-10.

❺ 段炼.艺术的解构与重建——读琳达·哈琴《后现代主义的政见》[J].外国文学评论,1992（2）：130-135.

了观念铺垫。❶

　　另外有几位国内学者发表了自己与哈琴的访谈，如袁洪庚于 2000 年在《当代外国文学》上发表了《后现代主义文学：琳妲·哈琴笔谈录》一文，与哈琴就后现代主义研究的新动态以及后现代主义在中国的发展等问题进行了讨论。哈琴认为，虽然后现代作为一个历史阶段在西方已经终结，但是它的解构式的反讽作用引起了西方近年来在小说创作上对文体和文本看法的"出位"的创作与观点。同时，哈琴也认为中国的后现代主义会呈现出与西方后现代主义全然不同的景象，中国知识分子考察西方后现代景观的潜在价值在于，有助于理解西方以及过去几十年来缠绕它的文化上的困惑和心智上的反思。❷

　　同国外的研究状况相似，哈琴的理论也在小说创作手法的分析方面为研究者们提供了比较独特的切入视角。比较有代表性的有，北京外国语大学的杨春在《作为"历史编纂元小说"的＜女勇士＞》一文中采用哈琴的"历史编纂元小说"概念，对汤婷婷的代表作《女勇士》作为后现代主义小说的创作特征进行了分析，认为《女勇士》通过戏仿华裔自传，对这一文类的故事模式提出了质疑与挑战。该作品对华裔历史叙事的形式和内容进行了重新思考和再加工，从而成为典型的历史编纂元小说。❸南开大学的刘璐在《后现代主义历史编纂元小说的史学性叙事》一文中对历史编纂元小说中的史学性叙事的产生和发展之间的关系作了初步探讨，从而考察其在后现代主义历史编纂元小说中的意义。她认为历史编纂元小说中的史学性叙事是文学和历史哲学经过后现代主义洗礼之后相结合的产物，是为了应对晚期现代主义和结构主义理论家所提出的表征危机而运用的策略。❹上海外国语大学的陈俊松在其博士学位论文《当代美国编史性元小说中的政治介入》

---

❶ 参见戴建忠.后现代主义艺术的政治观——评琳达·哈琴的艺术政治思想 [J].社会科学战线，2005（2）：190-192.

❷ 袁洪庚.后现代主义文学：琳妲·哈琴笔谈录 [J].当代外国文学，2000（3）：122-126.

❸ 杨春.作为"历史编纂元小主"的《女勇士》[J].山东师范大学学报（人文社会科学版），2006（4）：78-84.

❹ 刘璐.后现代主义历史编纂元小说中的史学性叙事 [J].齐齐哈尔大学学报（哲学社会科学版），2011（2）：23-25.

一文从新历史主义和后现代主义的视角出发，借助哈琴的历史编纂元小说理论对当代美国典型的后现代小说的政治氛围进行了解读，并澄清了当前在后现代主义文学的批判力量、美学追求和政治介入等问题上尚存的误解。

## 第三节　本书的结构和研究方法

### 一、本书的结构

本书主要以琳达·哈琴的后现代主义诗学为研究对象，依据这一主题，全文共分导论、正文五章及结论，主要结构与内容如下：

导论：概述选题的缘由及意义、介绍本主题的国内外研究状况，以及本书的结构、研究方法。

第一章：后现代主义的界定。本章以后现代主义概念中的"后"的具体内涵为切入点，主要论述后现代论争中学者们对现代主义与后现代主义的关系的不同观点。在看待现代主义与后现代主义的关系问题上，哈琴所坚持的原则是既反对将后现代主义视作现代主义的一部分或者是其延续的观点，又拒绝受二元对立思维的影响将二者完全对立。她用"既／又"的矛盾模式来处理二者间的关系，将其考察立足于理论与审美实践相遇的交叉地带。在此基础上，本章还重点论述了哈琴重新界定后现代主义的前提与方法，以及如何最终将其界定为现代主义矛盾的结果。

第二章：后现代主义诗学的结构模式。本章主要分为四个方面：一是后现代主义的理论化。哈琴认为利用批评理论的话语力量将后现代主义理论化是构建后现代主义诗学的重要前提。只有将后现代主义理论化，才能从艺术本质论的角度反对"元叙事"的话语霸权。二是哈琴将现代建筑的模式作为后现代主义诗学的理论模型。后现代建筑显示出"双重译码"的特征，以打破历史连续性和国际风格对多元化特征的遮蔽，建立起能在精英话语与公众话语间起到桥梁作用的后现代主义话语。这种双重性也是后现代主义文学和艺术具有的典型特征。三是后现代主义的去中心化与解定论化特征，以及在艺术再现过程中表现为对差异的重视和对异质的容纳。四是语境化在后现代叙事过程中的重要作用。主要体现在主体的位置与作用的改变，强调文本的创作过程与文本的接受过程对于意义生成的重要作用。

第三章：问题化的诗学。本章重点以哈琴提出的将后现代主义的主要特征界定为"问题化"与"悖谬"的观点为论述对象。哈琴针对杰姆逊等左派批评家认为后现代主义无历史感的观点，指出后现代主义的历史指涉是在对线性历史进行质疑基础上的一种"问题化"的指涉，由此提出了历史的问题化原则。她受海登·怀特等人的新历史主义理论影响，区分了"事件"与"事实"两种不同意义层面的历史，认为只有"事实"意义层面的历史才是能够被我们所认知的。我们所认知的历史知识具有临时不定性，因为不管是历史档案还是历史小说，都是经过人为构建，具有虚构成分的历史"事实"。通过"问题化"的策略，一直被传统叙事理论和现代主义视为连贯一致、固定不变的主体性也在"问题化"的历史中被"去中心化"，显示出多重性。在历史和主体的问题化的基础上，哈琴认为后现代主义文学显示出了与传统二元对立思维影响下的文学所具有的不同特征，即"悖谬"的基本特征。

第四章：历史的重访——历史编纂元小说。主要论述哈琴后现代主义诗学对文学理论最大的贡献，即提出历史编纂元小说的概念。本章通过哈琴在历史编纂元小说概念中提到的自我指涉性、戏仿、互文性及反讽等话语策略的重新界定，以加拿大后现代英语小说为文本对象，进行了具体分析。

第五章："政治化"的呈现。从后现代话语与权力的关系、后现代的呈现理论、反讽的政治锋芒等几个方面，对后现代主义诗学所涉及的政治性与政治立场问题进行了论述。

结论：通过对哈琴的后现代主义诗学理论的总结，追问到批评理论的现状问题，以及后现代主义理论的前景。

总之，哈琴的后现代主义诗学也是后现代论争的一部分，它所代表的是后现代理论走向更加多元化和包容性的阶段。哈琴在其后现代主义诗学中，提出了对传统与现代主义既继承又质疑的原则，以及在二律背反的矛盾张力之中呈现自身意义的可能。哈琴身处英属殖民地、具有意大利血统又不曾为人母的女性的特殊身份，赋予了她独特的视角与思考方式，因此，她对处于边缘地带的话语与权力的关注和思考为第三世界的研究者提供了重要的参考。

## 二、研究方法

本书是以琳达·哈琴的后现代主义诗学为专题的研究著作。作为后现代主义进行多元化理论阶段的重要批评家，国内目前对哈琴理论，特别是哈琴站在殖民主义国家的外裔女性批评者的身份对后现代文化所做的独特观照的认识，还很不充分。本书通过对哈琴后现代主义诗学的理论体系与框架的研究，深刻揭示哈琴在后现代主义的全球化过程中对后现代主义文化与后现代主义文论发展的重要价值和意义。哈琴的著述颇丰，但大部分为英语文献，其中还有少数法文文献，只有《后现代主义诗学：历史·理论·小说》《加拿大后现代主义：加拿大现代英语小说研究》《后现代主义的政治学》《反讽之锋芒：反讽的理论与政见》有中文译本，其中，《后现代主义的政治学》一书的中译本至今仍是台湾版。此外，不仅国内对哈琴的研究文献很少，国外对哈琴进行专题研究的文献更是少之又少。其次，哈琴本人兴趣广泛，其研究涉及心理学、医学、建筑、文学、摄影等众多领域，且因其对结构主义、符号学、后结构主义、读者批评理论、新历史主义、精神分析学等理论都有广泛涉猎，要对哈琴的观点有清楚全面的把握也需要对这些相关领域的理论有所了解。

有幸的是，在定题之初笔者便与哈琴教授取得了联系，而且一直保持着密切的通信。哈琴教授在本书的主题、结构、研究方法等方面都给予了细致的指导与中肯的建议，还热心地提供文献方面的帮助，亲自从加拿大邮寄相关书籍和资料，笔者本人也通过国外上学的朋友多途径收集相关的研究资料。本书主要采用文本细读与阐释的方式，并通过相关小说、建筑和摄影文本的分析，对哈琴的相关理论进行了深入研究。

# 第一章　后现代主义的界定

在后现代论争的初期，"后现代主义"概念虽然已经被使用于多种情况，但也有不少学者质疑该概念的合理性，比如纳森·克雷默 (Jonathan Kramer) 等人就认为"后现代主义"只是一种无视艺术形式的多样化的"贴标签"式的泛泛之论。但哈琴认为，如果将后现代主义简单地理解成"贴标签"而拒不考虑一个当代已经存在的审美和思想现象，这种做法是比较危险的。后现代主义不仅仅是一个已经存在的审美现象，并且已经体现在不少后现代主义艺术家的艺术实践中，它还与现代主义有着不可切割的直接联系。作为已经存在的当代的审美和思想现象，后现代主义应当被承认并得到重视。无论对现代主义与后现代主义的关系持何种态度，对于后现代主义的概念的界定与描述，都不能避开现代主义。在所有关于后现代和后现代主义的理论与艺术实践中，人们对与"后现代"相关的一系列概念不厌其烦地进行了诸多描述，使得我们似乎离"后现代"越来越近。

或许有人认为哈琴在整个后现代主义的讨论中，并没有提出什么振聋发聩的见解。但值得注意的是，哈琴一针见血地指出，当前❶的"后现代主义"的理论描述不仅显得非常混乱、模糊，而且似乎有些不负责任。要么因为使用过程中的重重矛盾而不愿对其进行清理，要么为了使用上的方便，而仅仅局限于将其假设为一个似是而非的定义。即使是在一些看起来对其作了概括的理论家或者评论家那里，"后现代主义"的定义也仅仅是用于表示它和现代主义的关系的一个"评价指称"。哈琴指出，像杰姆逊这样大声疾呼、反对后现代主义的人也仅仅是将后现代主义看作是一个时间意义上的、划分不同历史时期的概念，在其论述中也只是攻击后现代主义"缺这

---

❶ 指哈琴在写作《后现代主义诗学：历史·理论·小说》之前。此后杰姆逊等人也对后现代主义进行了明确地界定。杰姆逊于 1991 年发表了《后现代主义，或晚期资本主义的文化逻辑》，将后现代主义定义为晚期资本主义生产关系背景下的文化逻辑。

少那",并未明确地给出定义。❶

另外一些后现代主义的反对者,如伊格尔顿(Terry Egelton)、查尔斯·纽曼(Charles Newman),以及支持者卡拉麦罗(Caramello)等人都拒绝对后现代主义做出明确定义。哈琴同意彼得·布莱克(Peter Blake)的观点,认为后现代主义产生于现代主义者们对现代主义的重新思考。只不过,对于后现代主义者来说,重新思考的过程也就是质疑的过程。按哈琴的话来说,他们将质疑作为最终目的,并未想要提出解决问题的办法。

哈琴在其后现代主义诗学的一开始就明确提出对后现代主义进行明确界定的必要性。因为她认为,如果将后现代主义仅仅看作是反映其与现代主义的关系,那么,"无论现代还是后现代哪一方被认为具有积极意义,另一方便成了'不堪一击'的对手,换句话说,两者必不可少的、重要的差异被缩减、抹平。"❷虽然在这里哈琴没有明确指出,但我们可以看到她从根本上反对二元对立思维的态度。她建立后现代主义诗学体系,并非试图与现代主义分道扬镳,而是选择直面现代主义,在与现代主义的关系与矛盾显现中实现对后现代主义的确立。

## 第一节 决裂与质疑:现代与后现代之争

### 一、从"断裂"到"延续":从后现代论争谈起

起于 20 世纪 70 年代的"后现代主义论争",是否应该将"后现代"与"现代"相区分,或者说,"后现代主义"是否是客观存在的文化现象,是被学者们争论得较为激烈的问题。不管对此问题持何种态度,学者们的论述有一个共同的着眼点,那就是后现代主义与现代主义的关系。

最早在文学批评领域掀起"后现代论争"的是美国现代派诗人查尔斯·奥尔森(Charles Olson)。20 世纪 50 年代,奥尔森便开始将"后现代

❶ 琳达·哈琴.后现代主义诗学:历史·理论·小说[M].李杨,李锋,译.南京:南京大学出版社,2009:4.

❷ 琳达·哈琴.后现代主义诗学:历史·理论·小说[M].李杨,李锋,译.南京:南京大学出版社,2009:52.

主义"一词用以称呼当代诗歌中不同的具有反现代主义（anti-modernism）风格的诗歌——主要是指他自己的诗歌以及所谓的"黑山派诗歌"（Black Mountain Poetry）。奥尔森的思想主要是受到海德格尔的影响。在 1970 年代初期，受威廉·斯潘诺斯（William Spanos）的启发，奥尔森在海德格尔存在主义诗学的影响下初步形成了被汉斯·伯顿斯（Hans Bertens）称为"存在主义的后现代主义"（existentialist postmodernism）的理念，并在当时产生了重要影响。一直到 70 年代后期，受后结构主义以及新马克思主义的冲击，奥尔森的思想才逐渐被边缘化。❶

奥尔森以降，将"反现代主义"作为后现代主义的主要特征者不乏其人，加上 20 世纪 60 年代初期法国新批评（nouvelle critique）对美国文学批评所产生的影响，"反启蒙主义"（anti-Enlightenment）便逐渐被当作后现代主义这一术语中的固有特征。20 世纪 60 年代初期到 70 年代后期，梅耶（Leonard Meyer）、哈桑（Ihab Hassan）、苏珊·桑塔格（Susan Sontag）等人将这一特征概括为"文学的沉默"，以表明后现代主义文学的"反阐释""反目的论"的特征。其中，哈桑的论述在后现代论争中扮演了非常重要的角色。哈桑第一次明确地对现代主义和后现代主义的特征进行考察，并列举出了二者之间的十三对相互对立的特征。在《肢解俄耳浦斯：论现代文化、语言和文学》一文中，哈桑将现代主义文学看成是非常极端、不道德的，而后现代主义文学的反秩序和反形式，却意在恢复人类的纯洁。❷哈桑和桑塔格的观点在后现代文学批评领域产生了非常重要的影响，他们认为后现代主义与现代主义之间存在着新的断裂。

持"反现代主义"看法的学者中，影响比较大的还有丹尼尔·贝尔（Daniel Bell）。他把"反理性主义"和"反人文主义"作为后工业生产背景下的后现代主义文化的主要特征。贝尔认为，现代主义代表着新教伦理对资本主义的破坏所产生的精神危机。在《资本主义的文化矛盾》一书中，他这样写道："1960 年代，一股有力的后现代主义激流将现代主义的逻辑冲击到了遥不可及的岸边。在诺尔曼·布朗（Norman O. Brown）和米歇尔·福

---

❶ Has Bertens. *The Idea of the Postmoder: A History* [M]. New York: Routledge,Taylor & Francis Group, 1995: 19-23.

❷ Ihab Hassan, The Dismemberment of Orpheus: Reflections on Modern Culture, Language and Literature, [J] .*The American Scholar*, 1963(Summer): 463-464.

柯的理论著作中，在威廉·巴勒斯（William Burroughs）和让·热内（Jean Genet），从一定程度上说，还有诺曼·梅勒（Norman Mailer）的小说中，还有在我们熟悉的色情文化中，都可以看到现代主义逻辑的终结。"❶

以上是"后现代论争"早期阶段的大多数理论家所持有的观点。在这一阶段，现代主义被看成是狭隘的欧洲中心主义和人类中心主义，阻碍了人的现实需求与欲望得到真实反映。而后现代早期的理论家们所寻求的新的反现代主义潮流则相反，它能公平地对待人类与非人类，并尊重人类的所有需求。

应该说，这一阶段的理论家们提出的后现代主义"反人类中心主义""反欧洲中心主义"等特征，的确是后现代主义艺术和后现代主义理论所极力表现的。在哈琴提出的后现代主义诗学讨论的基本框架中，"去中心化"和"解定论化"是其中的重要组成部分。但同时，哈琴认为"去中心化""解定论化"只不过是后现代主义展现自身矛盾性的策略，并非意味着后现代主义完全是反现代主义的。哈琴得出如此结论并非偶然。随着社会文化的不断发展，人们对后现代主义的看法也在不断更新，"后现代论争"也进入一个新阶段。

前文曾提到，奥尔森等人的"反现代主义"和"断裂"说在 20 世纪 70 年代后期法国后结构主义思想出现以后逐渐被边缘化。奥尔森、梅耶等人的"反现代主义"的观点，更多的是从 20 世纪 50 年代美国大众文化的语境出发，用哈桑的话来说，其目的是"借大众文化之名以挑战高雅现代派的精英主义传统"。❷伯顿斯这样评价到："在《肢解俄尔浦斯》及其以后出版的 60 年代的著作中，哈桑的发现和讨论是站在英裔美籍身份的人的立场上的，所谓对欧洲现代主义的颠覆。"❸正如哈琴所认为的那样，任何理论和观点的建立都有其具体的语境。1970 年代后期，哈桑的看法逐渐发生了改变。哈桑的"反现代主义"或者是"断裂"说，其本质是将"后现代主义"的"后"当作一个分期概念来使用。但这样的做法会遇到一个难题，那就

---

❶ Daniel Bell. *The Cultural Contradictions of Capitalism* [M].London: Heinemann, 1976: 51.

❷ Ihab Hassan. The Question of Postmodernism [J]. *Bucknell Review* , 1980(2): 118.

❸ Has Bertens. *The Idea of the Postmoder: A History*[M].Nwe York: Routledge, Taylor&Franeis Group, 1995:36.

是如何定义先锋派、达达派等一方面对现代主义具有颠覆和怀疑意义，同时又具有高雅现代主义所具有的精英主义的特征。在这个问题上，哈桑陷入了一个尴尬的立场。汉斯·伯顿斯有意思地描绘："在 1960 年间，现代主义在哈桑那里是个宽泛的概念，包括了欧洲的前卫艺术及其在 19 世纪的资源。在他最早的那些文章中，他一定会产生这样的错觉，那就是他所写的东西是关于后现代主义的。"❶安德烈亚斯·胡伊森（Andreas Huyssen）指出，在 20 世纪 30 到 40 年代出现的早期先锋派艺术就具有强烈的反偶像崇拜与颠覆性冲动。❷除了胡伊森指出的这种特征，先锋派还极力挣脱大众文化所带来的对差异的同质化，这一特点决定了后现代主义与大众文化之间的根本性差异。哈桑提出"沉默的文学"这一概念时发现，他所谓的"沉默的文学"实际上既包含了部分现代主义文学，同时又是"新出现的文学"——后现代主义的特征。意识到这一难题之后，他逐渐改变了在前一阶段论争中所持的"反现代主义"的观点，开始注意他所谓的两种新旧文学间的区别，并逐渐修正了早期关于后现代主义的定义，强调后现代主义与现代主义之间的延续性。哈桑的这一发现，使得属于理论领域的后现代主义论争发生了根本性转变，后现代论争涉及的理论家和艺术家越来越多，呈现出前所未有的繁荣之势。在这一阶段，学者们大都认为，"后现代"的"后"并非仅仅是一个时间分期的概念。对于现代主义与后现代主义之间关系的认识也逐步深入。

美国后现代精神分析学家霍兰德（Norman N.Holland）把现代主义和后现代主义都看作 20 世纪艺术领域和科学领域所经历的一系列运动中的不同阶段。他说："后现代主义是 21 世纪一切艺术领域——也许一切科学领域——所经历的一系列运动中的第三阶段……我把这三个阶段分别称作前现代、现代和后现代，它们并不是纯粹按年代划分的。"❸进入新一阶段后，后现代论争的理论家们更加注重重新考察或者建构现代主义，从而能更深

❶ Has Bertens.*The Idea of the Postmoder: A History* [M].New York: Routledge, Taylor.&Francis Group, 37.

❷ 安德烈亚斯·胡伊森.大分野之后：现代主义、大众文化、后现代主义[M].周韵，译.南京：南京大学出版社，2010：4.

❸ 诺曼·N·霍兰德.后现代精神分析[M].潘国庆，译.上海：上海文艺出版社，1995：276.

入地理解现代主义与后现代主义的关系。安德烈亚斯·胡伊森就明确提出："如果我们想要理解后现代主义与现代主义传统之间的关系问题以及后现代主义对差异的主张，那么我们有必要重新建构现代主义形象。"❶

杰姆逊将现代主义的消退及破产作为后现代主义出现的先决条件，是我们与现代主义文明彻底告别后的结果：

> 要谈后现代主义，首先要同意作以下的假设，认为在 50 年代末期到 60 年代初期之间，我们的文化发生了某种彻底的改变、剧变。这突如其来的冲击，使我们必须跟过去的文化彻底"决裂"。而顾名思义，后现代主义之产生，正是建基于近百年以来的现代（主义）运动之上；换句话说，后现代主义文化的"决裂性"也正是源自现代主义文化和运动的消退及破产。不论从美学观点或从意识形态角度来看，后现代主义表现了我们跟现代主义文明彻底决裂的结果。❷

杰姆逊认为后现代主义虽然是在现代主义基础上建构起来的，但它的出现却代表着美学层面和意识形态层面的现代主义的终结。他将"拼贴""消遣"等作为后现代主义的典型特征之一，其实就是将后现代主义与现代主义对立起来。美国学者理查德·沃林（Richard Wolin）说："在 19 世纪，自律艺术逐渐变得艰深晦涩……'艰深晦涩'是资产阶级艺术自律化的必然结果，因为这种艺术已经分裂成'高雅'和'低俗'两个领域，自律艺术的对立面就是消遣……"❸我国学者刘象愚的一段话可以看作是对此观点的解释："我们可以把后现代主义与现代主义的关系看作是否定性的继承关系。有人认为后现代性是现代性的中断，是对以往的彻底否定。实际上，

---

❶ 安德烈亚斯·胡伊森.大分野之后：现代主义、大众文化、后现代主义[M].周韵，译.南京：南京大学出版社.2010：194.

❷ 詹明信.后现代主义，或晚期资本主义的文化逻辑，张旭东主编《晚期资本主义的文化逻辑：杰姆逊批评理论文选》[M].陈清侨，等译.北京：生活·读书·新知三联书店，1997:41.

❸ 理查德·沃林.文化战争：现代与后现代的论争[M].选自《激流的美学锋芒》周宪，译.前引书，第4页。

后现代性是从现代性中孕育而生的，它产生于现代性的局限处，是对现代性的一种扬弃。"❶利奥塔也对此问题作过深入的论述："一部作品只有先成为后现代的，它才能成为现代的。照此理解，后现代主义并不是行将灭亡的现代主义，而是处于初期状态的现代主义，这种状态是持之以恒的。"❷后现代主义在利奥塔看来，是现代的继续，它应是这样一种状况：在现代范围内以表象自身来突现不可表现之物……因此，在他看来，后现代主义不是在真正的现代主义之后而是在它之前，为它的回归进行准备。❸哈贝马斯则彻底否定后现代主义的存在，他认为现代性是一项未完成的事业，它还有许多潜能尚未发挥出来。

　　杰姆逊、利奥塔、哈贝马斯等人的论述是站在社会学和哲学的视角所作出的，而社会学的后现代与艺术的后现代是有所区别的。哈琴所推崇的后现代建筑及其理论的先行者查尔斯·詹克斯（Charles Jencks）在《什么是后现代主义》一文中对利奥塔批评道："利奥塔因为是个关于知识学方面的哲学家和社会科学家，而并非这些文化倾向方面（艺术和建筑）的史学家或评论家，因而对它们的区别了解得不很清楚。"❹他认为："今天的后现代建筑师是由现代主义者训练出来的，必定要用当代的技术并面对当今社会现实……所有可以被称为后现代的创作者都持有某种现代的敏感性……后现代主义有其原生的双重含义：现代主义的继续和超越。"❺詹克斯的这种看法与前文所讲到的哈琴批评杰姆逊等人将理论与艺术实践分离而导致理论上的无休止论战的看法是一致的。实际上，哈琴与詹克斯的这种诉求正是后现代主义诗学本身的诉求。

---

❶ 刘象愚.从现代主义到后现代主义［M］.北京：高等教育出版社，2002：261.

❷ Jean-Francois Lyotard. What is Postmodernism? *In Postmodernism: An International Anthology*［M］.eds. Wook- Dong Kim, Seoul: Hanshin, 1991: 278.

❸ 转引自（美）弗雷德里克·詹姆逊：现代性、后现代性和全球化，选自王逢振主编《詹姆逊文集》第 4 卷［M］.北京：中国人民大学出版社，2004：4.

❹ C.詹克斯.什么是后现代主义［M］.李大夏，译.天津：天津科学技术出版社，1988：31.

❺ C.詹克斯.什么是后现代主义［M］.李大夏，译.天津：天津科学技术出版社，1988:11.

## 二、拒绝"二元对立"

我们曾提到过，哈琴所具有的英属加拿大籍意大利后裔女性学者的身份，使得她更容易注意到性别、种族等少数群体观点对后现代主义产生的重要影响。哈琴的观点一方面是后现代论争的组成部分之一，另一方面也因其所处的社会、文化和理论语境的不同而形成。

对于哈琴来说，杰姆逊和利奥塔的观点都过于简单和绝对，她在其出版的第一本书《自恋的叙事：元小说式的悖谬》中曾认为，"后现代的'后'并非意味着'后来'，它更多地意味着对现代主义的延伸和反应。"❶在后来的《后现代主义诗学：历史·理论·小说》中，哈琴对"Post"的看法更加全面，她指出"后位(Post Position)"意指，它与时间上在其之前并且使其得以存在的事物拥有一种既依存又独立的矛盾关系……后现代主义与现代主义就具有这种典型的矛盾关系……它既不标志着与后者简单、彻底的决裂，亦不是对其直接的继承。既两点兼备，又两点不具备。❷在此，哈琴承认后现代主义是出现在现代主义之后的文化现象，但同时又认为两者不止于时间前后的关系。哈琴对现代主义和后现代主义的关系的思考与前文所提到的伊哈布·哈桑的观点比较相似。由此看来，哈琴认为，对现代主义与后现代主义之间关系的理解，关键之处在于"矛盾"二字，而非我们此前提到的，后现代主义论争中将焦点集中于后现代的历史分期问题。

对于"后现代主义"，不管是学者还是艺术家，都态度不一。但无论是以杰姆逊、伊格尔顿、纽曼等为代表的所谓"反对派"，还是以伊哈布·哈桑、安德烈亚斯·胡伊森、哈琴为代表的支持者，以及其他为数众多的中立者都承认，后现代主义与现代主义之间有着无法回避的直接联系。哈琴同意彼得·布莱克（Peter Blake）的观点，认为后现代主义产生于现代主义者们对现代主义的重新思考。只不过，对于后现代主义者来说，重新思考的过程也就是质疑的过程，按哈琴的话来说，他们将质疑作为最终目的，并

---

❶ Linda Hutcheon. *Narcissistic Narrative: The Metafictional Paradox* [M]. Waterloo: Wilfrid Laurier University Press,1980: 2.

❷ 琳达·哈琴.后现代主义诗学：历史·理论·小说 [M].李杨，李锋，译.南京：南京大学出版社，2009:24.

未想要提出解决问题的办法。

要梳理清楚二者的关系，似乎又不可避免地涉及"什么是现代主义"的问题。正如杰姆逊所说："在目前这样一个时代里，至少部分由于所说的后现代主义的缘故，人们似乎对现代主义究竟是什么的问题又重新发生兴趣（注意这里是过去时态），并以新的方式重新思考那个现已成为历史的现象……"❶通过这种重新思考，越来越多的学者发现，在后现代主义的话语以及有关"后现代主义"的话语中，有许多都是"现代性与现代主义"中的母题。刘小枫对此问题的观点值得我们思考：

> "后现代"论述的扩张一再返回"现代性"问题，触发了重新理解现代现象的需求。……即使不是所有的、至少也是基本的"后现代"论题，仍为百年来的"旧"话新语……❷他同时也认为后现代论述是"现代论述的一个激进的变种"，应将后现代问题置于现代性问题的框架中进行审理。❸

在哈琴对后现代主义这一客观现象进行界定之前，她也从如何理解现代主义与后现代主义之间的关系这一点出发，对作为一种文化现象的现代主义以及现代主义艺术的相关问题进行了重新思考。正因为如此，她才会在此基础上得出历史编纂元小说具有的自我指涉性是从形式主义文学那里一路沿袭下来的结论。正是因为历史编纂元小说所具有的自我指涉性，使得它借以通过戏仿、反讽、互文等手段来实现对历史的"有距离"的回归。

其实，有不少后现代主义学者都意识到后现代主义与现代主义，特别是处于鼎盛时期的现代主义，有着极其相似的甚至共同的特征。杰姆逊在《为60年代分期》(Periodizing the 60s)一文中说："确定何为后现代主义的困难之一确实就在于它与高雅现代主义之间的共生或寄生关系。"❹他认为，德勒兹 (Gilles Louis René Deleuze)、利奥塔等人在许多方面都是典型的现

❶ 弗里德里克·詹姆逊.现代主义与帝国主义,选自王逢振主编《詹姆逊文集》第4卷[M].陈永国,译.北京:中国人民大学出版社,2004:182.
❷ 刘小枫.现代性社会理论——现代性与现代中国[M].上海:上海三联书店,1998:1.
❸ 刘小枫.现代性社会理论——现代性与现代中国[M].上海:上海三联书店,1998:1-2.
❹ Fredric Jamson. Periodizing the 60s [J]. *Social Text*, 1984 (4) 178-209.

代主义者，在他们的理论中暗示着后现代对本质上仍然是现代主义的一些范畴的依赖。❶他同时认为："现代性不是一个概念，无论是哲学的还是别的，它是一种叙事类型。……我们能够叙述的仅仅是现代性的多种情景。"❷因此，在哈琴看来，杰姆逊等人虽然承认后现代主义与现代主义之间的承袭关系，但却并没有从理论和实践上对两者的关系做出明确的区分。另一方面，哈桑作为后现代主义的支持者，从各个维度对现代主义与后现代主义的特征作了分析与界说，梳理出了"后现代主义"与"现代主义"相区别的三十三对特征，这同样不能令哈琴满意。她认为，这种做法是典型的二元对立思维的结果。

　　现代主义和后现代主义的关系不能用单一的标准进行评判，谁也不能用整齐的线条划分出两者。哈桑本人也曾说过："现代主义与后现代主义并不像隔了铁幕或长城一样地可以截然分开。因为历史是渗透的，文化贯穿着过去、现在和未来。我断定，我们每个人都同时集维多利亚的、现代的和后现代的气质于一身。"❸哈桑并不赞成从文化分期意义上对现代主义与后现代主义的关系进行考察，他认为应该将现代主义与后现代主义看作是既有联系又有区别、既是继承又是断裂的一对矛盾统一体。

　　后现代主义究竟是由哪些因素构成的，它与现代主义究竟是什么关系，也许是无法用一套明确的话语或结构来进行界定的。因为后现代主义本身就是一种错综复杂的文化现象，具有不确定性与不稳定性。正如杜威·佛克马（Douwe W. Fokkema）所说："一个人总不能同时写出关于所有这一切的文字，尽管我们也知道，在当代文化的几乎所有领域里都可见到后现代主义思潮，但是如果我们要全面研究它，就需要把这个问题分解开来考察。"❹哈琴的后现代主义考察便立足于理论与审美实践的相遇，考察在这个过程

---

❶ 弗雷德里克·詹姆逊.单一的现代性［M］.王逢振主编《詹姆逊文集》第 4 卷，北京：中国人民大学出版社，2004:2-4.

❷ 弗雷德里克·詹姆逊.现代性、后现代性和全球化［M］.王逢振主编《詹姆逊文集》第 4 卷，北京：中国人民大学出版社，2004:74.

❸ Ihab Hassan. The Literature of Silence, in *The Postmodern Turn*［M］. The Ohio State University Press, 1987: 11.

❹ 杜威·佛克马，汉斯·伯顿斯.走向后现代主义［M］.王宁，等译.北京：北京大学出版社，1991: 2.

中现代主义审美的自主性与自我指涉性在遭遇历史、社会和政治的反冲力时所产生的矛盾。只不过，哈琴反对将现代主义与后现代主义之间的历史延续性的关系简单地放到非此即彼或一分为二的方式下进行讨论。她的态度是明确的，现代的确是在时间上处于后现代之前，并且是"使其得以存在的事物"。然而，两者的关系又并不止于此，两者是既依存又独立的矛盾关系。用哈琴的观点来说，这种关系也处于"既/又"的矛盾模式之中。

史蒂夫·吉尔斯（Steve Giles）总结了现代主义与后现代主义之间至少有四种可能的关系：

1. 后现代主义由于热衷于审美的流行主义，因而显然和极盛现代主义断裂了，拒绝了极盛现代主义。

2. 后现代主义是现代主义的终结，现代主义现已寿终正寝。

3. 后现代主义是从某些现代主义运动的更激进的派别（如达达主义）中发展而来，但它又不同于现代主义。

4. 后现代主义强化了现代主义的一些倾向，并仍在现代主义的轨道之内运行。❶

其实，吉尔斯所总结的这四种可能性，都可以概括到哈琴所谈到的两种情况中。哈琴认为对于现代主义与后现代主义这两种事业的关系，有两种主流学派，第一种认为后现代主义是同现代主义完全决裂后产生的，即吉尔斯谈到的第一种和第二种情况，这也是一种"非此即彼"思维方式所产生的结果。另外一种是将后现代主义视为是对现代主义某些特点的发展和强化，即吉尔斯谈到的第三种和第四种情况。

## 第二节　新定义：现代主义矛盾的结果

在对现代主义和后现代主义的关系有了清晰认识以后，哈琴开始尝试对"后现代主义"这一术语进行定义。但她同时也明确地指出，所谓的定义，并不是一个能够统摄后现代主义文化现象和用法的定义。她认为这样的定义并没有什么意义，甚至会导致进一步的混乱，使得在后现代主义的

---

❶ Steve Giles, ed. *Theorizing Modernism* [M]. London: Routledge, 1993: 176.

讨论中，某些本来就缺乏明确的意义和稳定性的用词显得更加复杂。❶在后现代主义的界定问题上，哈琴认为，后现代主义作为一种已经存在的文化现象，我们应当对其进行界定和阐释，但这种界定与阐释不应当是评价性的，而应是"分类式"或"分析式"的。这是她构建理想的后现代主义诗学结构的必要工作之一。

哈琴对当前学术界关于后现代主义的研究与描述状况甚为不满。首先，她注意到了一种现状，那就是学术界对后现代主义这一术语的确切含义都采取回避的态度：后现代主义的反对者和支持者均拒绝给出他们所使用的这一术语❷的确切含义。究其原因，有些人（我们已经看到）是因为同意假设一个只可意会不可言传的定义；还有些人则因为发现这一术语在使用中矛盾太多，使人心烦意乱。不知为什么，用上述两种借口解释这种模糊、混乱的后果，似乎都难以令人接受。显然，对这些理论家、批评家来说，当然还包括其他一些人，后现代主义是一个评价指称，用于表示它和现代主义的关系。❸

对"后现代主义"这一术语的模糊、混乱状态以及采用"对话"式的论述来表明现代和后现代的关系，这是造成人们对后现代主义的误解和混淆的根源所在。因此，哈琴首先表明自己的态度，她希望自己的后现代主义的论述是属于"分类式"或"分析式"的范畴，而非把后现代主义当作一个评价术语。她认为，应该把后现代主义看作是一个可以界定的文化现象，并且应该有一个对其进行明确阐释的诗学，这也正是哈琴的后现代主义诗学的目的所在。其次，在已有的对后现代主义进行的描述中，由于受到带有绝对论特征的二元对立思维的影响，将理论与艺术实践分离开来，因而陷入了无休止的理论混战中。此种情况主要出现在以伊格尔顿为代表的所谓新左派身上。哈琴以历史元小说为例证，逐一讨论了伊格尔顿的 8 个主要观点❹，认为伊格尔顿所概括的后现代主义艺术的特征，如无历史感，抹去了

---

❶ Linda Hutcheon. *The Politics of Postmodernism*［M］. New York: Roudedge, 17-18.

❷ 此处指"后现代主义"这一术语。

❸ 琳达·哈琴. 后现代主义诗学：历史·理论·小说［M］. 李杨，李锋，译. 南京：南京大学出版社，2009：5.

❹ Terry Eagleton. Capitalism, Modernism and Postmodernism［J］. *New Left Review*. 1985(152): 60-73.

历史的记忆；没有深度、缺少风格；缺少政治内容；掩盖真实；格调低下
等都是因为其受二元对立思维模式影响，将"有条不紊的理论同混乱无序
的实践分离开来"所造成的对后现代主义及其艺术的误读。同样的问题也
出现在杰姆逊对后现代主义的分析中。在《后现代主义和消费社会》一文
中，杰姆逊认为后现代主义的出现既是对一种所谓的"高雅现代主义"（high
modernism）的反动，也标志着高雅文化与大众文化，或者说是普及文化之
间旧有界限和分野的消失。他将后现代主义文化的特征概括为两个主要的
方面，一是剽窃（pastiche），二是精神分裂（schizophrenia）。哈琴的具体
论述我们将会在后文相关章节中进行详细分析，在此不再赘述。

　　哈琴对杰姆逊、伊格尔顿等人的二元对立思维的批评，恰好可以用杰
姆逊本人的一段文字得到佐证。杰姆逊在一篇名为《后现代性的二律背反》
的文章中明确表示其对"二律背反"思维方式的信任。

　　　　通常人们总把二律背反与矛盾区分开来，这绝不是因为人们
的知识包含后者容易解决或消除，而前者不容易解决或消除。在
那种意义上，二律背反是一种比矛盾更清楚的语言形式。由于它，
你知道自己的处境；无论接受与否，它都表明两种基本上不可调
和的观点，实际上是根本不可调和的观点。而矛盾是个不公正和
不全面的问题：其中只有一部分与相关的观点不可调和；……从长
远看，矛盾被认为是生产性的；而二律背反……根本不提供什么
解决的办法，无论你如何翻来覆去地认真考虑。……矛盾是一个
单一的存在，围绕它可以说出多种不同的、看似矛盾的东西；稍
作努力，稍微有些独创性，就足以说明两种矛盾的事物以某种方
式互相关联，或者相同———一种事物包含着另一种事物，或者不
容怀疑地由另一种事物引起。在那种情况下，恰恰是境遇说明不
同，其本身的不完整性引发出多种观点，使我们觉得手边的问题
现在是 X，或者是 Y；或者更确切一些，同时又像 X 又像 Y。❶

---

❶ 弗雷德里克·杰姆逊. 后现代性的二律背反，王逢振主编《詹姆逊文集》第 4 卷 [M].
北京：中国人民大学出版社，2004：290.

哈琴似乎和杰姆逊在有一点上达成了共识，即后现代主义展示矛盾与悖论，不提供解决的办法。但实际上，哈琴更看重后现代主义的矛盾性和悖论的"生产性"。因此，在哈琴看来，后现代主义并非如杰姆逊所认为的那样，是二律背反的。二人的分歧在于对差异性事物之间关系的理解上。杰姆逊认为在后现代主义中存在着两个对立范畴，而非矛盾所引发的"一种事物包含着另一种事物"的状态，两者是无法通过语境化等方法达到互相调和的。而哈琴想要的正是杰姆逊所反对的"同时又像 X 又像 Y"，她认为后现代主义正是通过这样的悖论，而非二律背反来显示差异。杰姆逊对"二律背反"的信任也正是他的二元对立思维模式的结果。虽然，杰姆逊在这篇文章中将"二律背反"区别于"二元对立"，认为"二律背反"中存在的两个范畴彼此之间并不是对立的关系，但是他把问题限定在两种处境之间的做法，以及对"清楚"与"确定"的渴望，在哈琴看来，其根本还是在于"二元对立"。在有的时候，杰姆逊甚至还将现代主义艺术与后现代主义艺术以高低等级来区分。在谈到后现代建筑的特点时，他这样写道："康德在《判断力批判》中区分了两类情感，一种是美，另一种是崇高。建筑里的现代主义者是崇高的，他们想的是改造人们的生活，而后现代主义者需要的只是愉悦和美；和崇高相比，美总要低一等。"❶哈琴认为这种做法的结果便是将理论与实践分离开来，这也是当前学界后现代主义研究存在的普遍问题。而她所希望构建的后现代主义诗学的目的是"谋求两者的结合，围绕着理论和艺术所质疑的并且继续以矛盾的语言重新阐释的问题来进行自我构建"❷。

但是值得注意的是，虽然哈琴认为后现代主义是可以明确界定的文化现象，但并不意味着这种界定会成为另外一种"宏大叙事"。我国学者钱佼汝说："当我们谈后现代主义时，我们也许很自然地把它看成是一个同质、纯一的大一统，总想赋予它一个可确定的意义，一个确指的意义，最好是能够解释一切的终极意义。这种看法和想法自然有碍于我们客观地认识后现代主义，因为它不符合后现代主义的客观实际，也不符合后现代主义的

---

❶ 弗雷德里克·杰姆逊. 后现代主义与文化理论——弗·杰姆逊教授演讲录 [M]. 唐小兵，译. 西安：陕西师范大学出版社，1987：131.

❷ 琳达·哈琴. 后现代主义诗学：历史·理论·小说 [M]. 李杨，李锋，译. 南京：南京大学出版社，2009:23.

基本精神。"●在对现代主义与后现代主义的关系进行描述，以及对后现代主义的概念进行界定和澄清时，哈琴将后现代主义置于现代主义的矛盾中进行考察。她认为后现代主义是现代主义矛盾造成的后果。哈琴的这一界定，将后现代主义界定为现代主义的矛盾造成的后果，避免了钱佼汝所说的走向一种"终极意义"的界定误区。伊哈布·哈桑在《后现代概念初探》一文中列出了后现代主义区别于现代主义的 30 多种差异，最后认定后现代主义的两大核心是"不确定性"和"内在性"。●虽然哈桑的界定一定程度上把握住了后现代主义的本质特征，但哈琴把伊哈布·哈桑将现代主义与后现代主义的特点列栏进行对比的方式，也认定为一种"非此即彼"的二元对立思维模式，这样的思考方式所造成的后果便是，不是现代主义就是后现代主义占据上风。而后现代主义的思维逻辑却是"既/又"，因此，无论是将现代主义置于后现代主义之上还是将后现代主义置于现代主义之上，都无助于对后现代主义诗学的考察。

对于现代主义矛盾性，哈琴有一段"后现代式"的概括：

> 许多批评家已经指出了现代主义显而易见的矛盾：它的精英、古典特征及其对秩序的需求和它对形式的革新；它"口是心非"的无政府主义渴望，既要打碎现行的体系，却又抱着建立理想秩序的反动政治幻想；它有写作的冲动，又意识到写作无意义；一方面对失去在场郁郁寡欢、遗憾，另一方面又孜孜不倦地尝试构建新的思想。●

后现代主义对待现代主义的这些矛盾所采取的态度是既从其出发，又对其挑战。阿多诺、本雅明 (Walter Benjamin) 等人出于抗拒大众文化的原因，对现代主义艺术推崇备至。安德烈亚斯·胡伊森认为后现代主义反对的正是现代主义以艺术的自主性为借口，将生活与艺术分离隔绝的做法。

---

● 钱佼汝. 小写的后现代主义：点点滴滴 [J]. 外国文学评论, 1991 (4): 59.

❷ Ihab Hassan. *The Postmodern Turn: Essays in Postmodern Theory and Culture* [M]. Columbus: Ohio State University Press, 1987: 84—96.

❸ 琳达·哈琴. 后现代主义诗学：历史·理论·小说[M].李杨,李锋,译.南京:南京大学出版社, 2009: 59.

如同前文对"现代性"所分析的那样，一方面，以资本主义文化为主要代表的现代性，以主体性的自由表达来试图建立理想的秩序，因此具有精英、古典的特征，与所谓的平民文化、大众特征不同，另一方面，又正是资产阶级生产将高雅艺术及大众艺术一并商品化。哈琴认为，后现代主义从现代主义的这些矛盾性出发，并借用了现代主义的一些策略，如自我指涉式试验、有反讽意味的模棱两可性、对古典写实主义再现方式的质疑等，不仅保持这些矛盾性，还进一步将其彰显，这便成了后现代主义文化现象的标志特征。❶

后现代主义最初以一种"假想敌"似的身份出现在现代主义者们的话语中，有关它的一切话语都充满否定。它曾一度被当作一种社会庸俗化现象的标识。然而就像詹克斯所指出的那样："标识，与它们描述的运动一样，常常具有这种似非而是的力量：经由诋毁者的口舌有成效地流行起来。无怪乎它们的成长，曲曲折折，有机的形态，不仅如树木如河流，就后现代主义而论，也像一条蛇。"❷哈琴非常清晰地认识到了后现代主义的起源，它发源于理论与审美实践、当今艺术与过去艺术、当今文化与过去历史这些矛盾体的结合部。由于其复杂的起源，它本身充满了矛盾性和不确定性，也在其形成长过程中受到质疑和否定。

---

❶ 琳达·哈琴. 后现代主义诗学：历史·理论·小说 [M]. 李杨，李锋，译. 南京：南京大学出版社，2009：59.

❷ C. 詹克斯. 什么是后现代主义 [M]. 李大夏，译. 天津：天津科学技术出版社，1988：3.

# 第二章　后现代主义诗学的结构

相对于其他后现代主义理论家来说，哈琴对于后现代理论发展最大的贡献就在于，她将后现代主义诗学作为一个可以进行系统阐述的灵活概念。针对当时后现代主义讨论中理论与实践的状况，哈琴同哈桑一样，认为要讨论后现代主义诗学首先有必要将后现代主义理论化。因为她认为艺术和艺术理论都应当是后现代主义诗学的组成部分，而她自己所要建构的诗学也正是将后现代主义置于理论与艺术的交叉地带进行考察。在哈琴看来，后现代建筑的模型是后现代主义自身形式上所具有的矛盾性的典型体现，因此她提出以后现代建筑的"戏仿和政治"的双模式为自己的后现代主义诗学的整体模型，以此来绘制艺术与世界的边界。通过戏仿策略，后现代建筑实现了对历史的问题化回归，而通过反讽得以体现的政治性也同时具有尖锐的锋芒和委婉的和谐情感。在理论化与模型化的基础上，哈琴进一步提出了后现代主义诗学应对中心之外的边缘话语进行关注的观点。除此之外，哈琴还强调，要将艺术与理论置于语境中进行考察，以达到既关注叙事者和接受者，又重视文本及意义生成的动态过程的目的。

## 第一节　后现代主义的理论化

由于后现代主义在概念的界定和使用上都出现了混乱、误用的状况，作为一个标签，"后现代主义"一词被用于描述某种业已存在的文化现象，这本身便存在着争议。从语言学上分析，"后现代主义"这一术语本身便包含着否定性的结构，此外还有一系列否定性的辞藻，如"不确定性（indeterminacy）""去中心（decentering）"等用以描述这种文化现象，因此包括哈琴的后现代主义诗学等理论框架所试图做出的对这一文化现象进行明确阐释和清楚界定的努力注定是难的。然而，伊哈布·哈桑却指出："即使不能对（后现代）这一术语进行定义，也应将其理论化，以免使这一棘手的新词还没等到获得其作为一个文化概念的尊严就沦落为被人丢弃的陈词滥调。"❶斯图亚特·霍尔（Stuart Hall）说："我们将理论化理解为一个开放的空间，在一些基本概念的磁性领域中移动。但理论化又不断地以文化研究的各种新形式被重新运用到新事物和小说中，并同时认识到主体将它们各自重新定位的能力。"❷在这个问题上，哈琴与哈桑的目的一致，为了能对后现代主义有较为清晰的界定，她首先提出了将后现代主义"理论化"的策略。

## 一、"反一统化"——"元叙事"的质疑

哈琴认为，后现代主义的理论化首先要将后现代主义的讨论放到建筑、文学、绘画、电影、精神分析、语言学、历史编写等审美实践领域的大背景下，避免因泛泛而谈导致对后现代主义的盲目反对。其次，应当放弃一种想提出一个广为接受的定义的想法，以及想用某种单一的向度，如时间的、经济的路标来为后现代主义进行定位的打算。她提醒我们："在当今西方世界多元、支离破碎的文化中，如果想通过这些措辞来概括我们文化里所有变幻莫测的现象，则用处不会太大。毕竟，电视连续剧《达拉斯》（Dallas）和里卡多·波菲（Richard Bofill）的建筑有何相同之处？约翰·凯奇（John Cage）的音乐和《莫扎特传》(Amadens) 这样的戏剧（或电影）又有何相同之处？"❸

哈琴所要表达的是对利奥塔（Jean Francois Lyotard）所提出的"宏大叙事"或"元叙事"的质疑。在《后现代的状况》中，利奥塔将后现代界定为"对元叙事的怀疑"，他认为现代话语为了使其观点合法化而诉诸进步与解放、历史或精神辩证法等元叙事，这种元叙事具有排他性，倾向于一种具有普世价值的元律令（metaprescriptions）。福柯曾说过："古希腊圣哲、

---

❶ 转引自琳达·哈琴.后现代主义诗学：历史·理论·小说[M].李杨,李锋,译.南京：南京大学出版社,2009:4.

❷ Lawrence Grossberg. On Postmodernism and Articulation: An Interview with Stuart Hall [J]. *Journal of Communication Inquiry,* 1986(10):51.

❸ 琳达·哈琴.后现代主义诗学：历史·理论·小说[M].李杨,李锋,译.南京：南京大学出版社,2009: 4.

犹太先知和罗马立法官至今仍然作为楷模，萦绕在我们教授和作家的脑海里。而我却梦想着，会有那么一位摆脱了自明与全能的知识分子，他努力在时代的惯性和约束网中探查并指明弱点、出路与关键联系。他不断更换位置，既不知明天的立场也不去限定今后的想法，因为他对现状的关切超过一切。"❶后现代对元叙事的质疑，被杰姆逊等人认为是晚期资本主义霸权的解体以及大众文化发展导致的结果。哈琴同意这种说法，但她进一步认识到，后现代主义不仅质疑资本主义话语霸权的一统化力量，更进一步地注意到并反对大众文化日趋增强的一体化趋势。在这里，她特别强调"只是质疑，并不是要否定"❷，其本意在于维护"不同"。德里达提出"延异"（difference）等概念来批判、解构西方传统的"语言中心主义"，利奥塔提出"异质性（heterogeneity）""歧见（dissensus）"这些概念，目的在于反对一种带有普遍性的"共识"，而这正是哈贝马斯试图通过"对话"来寻求获得的。德里达和利奥塔二人均认为不同的语言要素有着各自不同的规则，在本质上是不同的。哈琴指出，后现代主义谋求维护不同的诉求，本身包含了后现代主义所特有的矛盾。这种"不同"没有确切的对立面，无法依据对立面界定自我，它是多元的、临时不定的❸。

在此基础上，哈琴提出，后现代应该具有如下特征：矛盾性；坚定不移的历史性；不可避免的政治性。她的后现代主义诗学结构便是以这三方面为基础。在此，哈琴正式提出了"历史编纂元小说（Historigraphical Metafiction）"的概念。她总结性地指出，对后现代主义的评论一般主要关注的是文学、历史或理论中的叙事，而历史编纂元小说融合了这三个领域，对她的后现代主义讨论提供了便捷的平台。

哈琴将后现代主义置于现代主义的矛盾中进行考察。对于在现代主义中占主流文化的自由人文主义，后现代主义首先是深入其主叙事内部，对于人文主义试图建立一种具有普世性的审美、道德价值观的做法，通过戏仿的手法来对这种价值体系进行临时地确立，但同时因为意识到其虚幻性，又通过

❶ 转引自赵一凡.利奥塔与后现代主义论争［J］.读书，1990（6）：54.
❷ 琳达·哈琴.后现代主义诗学：历史·理论·小说[M].李杨,李锋,译.南京：南京大学出版社，2009：7.
❸ 同上。

反讽的方式来揭秘这一意义赋予的过程，从而对其进行质疑与颠覆。哈琴指出，历史上对实证主义和人文主义的攻击并非鲜事。从尼采、海德格尔、马克思到福柯、德里达、哈贝马斯、鲍德里亚，都对传统文化体系中的先验主义、理性主义和人文主义观念进行过怀疑与批判，对这些观念中的"共识"概念进行过拷问。因为在理论与艺术实践中存在着分歧，因此这些"共识"在后现代主义看来只不过是虚幻的。哈琴以黑里贝特·贝尔克特（Heribert Berkert）或格·德克斯（Ger Dekkers）的后现代主义照片为例，一方面，认为这些照片具有写实主义的再现功能，另一方面，却"有意表明所拍内容经过了拍摄者的话语及美学观念的仔细过滤"❶，以此来表现变革的过程。

## 二、艺术常规界限的质疑与突破

后现代主义的质疑与挑战无处不在，且具有正面价值。正因为质疑和挑战，才会有变革的发生。在文学和艺术界，后现代主义者们对某些公认的常规与惯例进行了质疑。哈琴认为，最先受到质疑的是"体裁"，表现为长篇小说与短篇小说、自传、历史的界限，如卡洛斯·富恩特斯（Carlos Fuentes）的《阿提米奥·克鲁兹之死》（The Death of Artemio Cruz）不仅从主题上突破了传统传记作品以某人的活经历为主题的常规，转而以主人公的死为焦点，还从人称、时态上突显出作品的表达语境，打破了传记作品以第三人称过去时为叙事方式的传统。

哈琴认为，后现代主义文学对体裁的突破还不仅限于此，最大的突破在于"小说与非小说"之间界限的突破，并由此引申到艺术与生活之间界限的突破。❷她以杰兹·康辛斯基（Jerzy Kosinski）自称为"自我小说"的作品为例，认为这种类型的小说带有典型的后现代主义特点。在《死于戛纳》（Death in Cannes）中，作者设定了一个虚构的读者，再通过似是而非的作者的声音与之对话，通过对话提示了作者对作品叙事的不信任，"它公开承认其视点带有局限性、即时性和个人色彩"。在作品中，作者还将新闻纪实

---

❶ 琳达·哈琴.后现代主义诗学：历史·理论·小说[M].李杨,李锋,译.南京：南京大学出版社,2009：7.

❷ 琳达·哈琴.后现代主义诗学：历史·理论·小说[M].李杨,李锋,译.南京：南京大学出版社,2009：13.

的写实主义常规与小说的虚构交织在一起，通过将作者的照片与故事主人公的照片附在作品中，以摄影作品的真实性与文学作品的虚构性进行混淆，同时又公开诚读者"别信照片"。这种利用体裁的边缘来质疑生活和艺术的界限的手法，经常被历史编纂元小说运用。这种现象在英语加拿大的后现代主义小说中也经常出现。

　　哈琴发现，后现代历史编纂元小说之所以能够对这些常规的艺术边界进行质疑与颠覆，在于其自身的自我指涉性（Self-reflexivity）。❶在历史编纂元小说对体裁、元叙事等传统观念进行质疑时，往往采取的是戏仿的手法。哈琴认为"戏仿"从某些意义上看，是后现代主义完美的表现形式。这种形式将自己质疑的事物包含在自身，以新的形式来展现过去，使人们以审视的目光来回顾始源，从而重新理解原创性这一概念。哈琴在这里再一次肯定了后现代主义对历史的"问题化"回归。1969 年，福柯《知识考古学》（*The Archaeology of Knowledge*）一刊行，便被认为是"敲响了历史的丧钟"。❷而后现代主义者更是被冠上"历史杀手"的恶名。❸在杰姆逊那里，"戏仿"是一种在现代主义文学里曾取得丰硕成果的创作方法。然而，他同时也认为在晚期资本主义文化逻辑中，"戏仿"已经丧失其原有的使命。杰姆逊惋惜地说道："昔日，它固然发挥过作用，但到了今天，它的地位已逐渐由新兴异物'拼凑'之法所取代。……拼凑是一种空心的摹仿——一尊被挖掉眼睛的雕像。"❹然而，事实是否真是如此呢？通过对一系列历史编纂元小说和艺术作品的分析，哈琴认为后现代主义文本与其所质疑的体裁的传统和常规之间形成了互文关系，它在传统的延续中揭示出传统的中断，在相似性的中心找出了差异。

❶ Linda Hutcheon. *The Canadian Postmodern: A Study of Contemporary English-Canadian Fiction* [M]. Toronto, New York, Oxford: Oxford University Press, 1988: 78-93.

❷ Francois Dosse. *History of Sturcturalism* [M]. translated by Deborah Glassman, in Minneapolis, Minn.: University of Minnesota Press, 1997(2): 245.

❸ 转引自黄进兴. 后现代主义与史学研究：一个批判性的探讨 [M]. 北京：生活·读书·新知三联书店，2008.

❹ 杰姆逊. 后现代，或晚期资本主义的文化逻辑，选自张旭东主编《晚期资本主义的文化逻辑——杰姆逊批评理论文选》[M]. 陈清侨，译. 北京：生活·读书·新知三联书店，1997：453.

保罗·波多盖希（Paolo Protoghesi）的建筑中将巴洛克元素运用到新的材质中，使得巴洛克文化传统增加了新的内涵。不仅如此，哈琴还从后现代文学中发现了这些新的因素，她说："加西亚·马尔克斯所运用的那些被巴斯称为'后现代主义'的技巧起源于'巴洛克'而非西班牙的传统。……当代的新巴洛克仍然采用了巴洛克文化中的一些技巧与策略，如虚构的语言、互文性和内文本性、叙事镜像法等。当前对这些策略的运用故意发生了改变：巴洛克所追求的连贯一致性被有意缺少一致性和同质性的新巴洛克所代替。"❶在哈琴看来，后现代建筑对于传统因素采取了既延续又对其进行故意违反的态度。

同时，由于后现代主义质疑了主体性的本质，这使得对叙事中的传统观察角度的概念也受到质疑。作品中出现了经常变换的叙事方位，叙事主体作为一个制造意义的连贯实体的地位被解构了。由此引申，所有一统化和同化体系都遭到了质疑。哈琴指出，此时后现代主义的又一个悖谬和矛盾突显出来，那就是异化的"他性 (otherness)"概念让位于"差异"概念，即在否定被中心化的同一性，肯定去除了中心的共同性的基础上，面临大众文化和庞大的信息的存在，局部和区域现象受到重视，单一的文化演变为多元的文化。这种现象又与晚期资本主义消费社会一体化的势头相矛盾。

## 三、理论话语的批评力量

虽然哈琴认为对后现代主义的分析与界定都不应该脱离具体的审美实践，但她同时也认识到了理论话语在文学批评与后现代主义诗学构建中的重要作用。后现代主义理论化的提出，是要避免将后现代主义的分析流于作品分析的形式。杰姆逊曾对后现代主义的理论话语的特征做过这样的评价：

> 旧有的文体和话语范畴消失的一个颇为不同的表现可见于有时被称为当代理论的东西之中。一个世代之前，尚有专业哲学的专业话语——萨特（Sartre）或现象学家的伟大体系、维特根斯坦

---

❶ Linda Hutcheon. *Narcissistic Narrative: The Metafictional Paradox* [M].Waterloo: Wifrid Laurier University Press,1980:2.

或分析哲学或日常语言哲学的作品——还可以和其他学科例如政治科学或社会学或文学批评相当不同的话语区别开来。现在，我们越来越有一种直接叫作"理论"的书写，它同时是，又不是所有那些东西。……而我会建议把这些"理论话语"也归入后现代主义现象之列。❶

　　杰姆逊将理论话语列为后现代主义的典型现象之一，并指明后现代主义的这些理论话语具有典型的后现代主义特征，与哈琴所说的具有"既/又""是/不是"这样的悖谬特征相似。哈琴和杰姆逊所指的这些后现代主义中运用的理论话语范围非常广泛，从马克思主义、女权主义、后结构主义到语言学、社会学、历史编纂学等。在后现代语境中，这些理论话语所关注的问题与艺术（审美实践）所关注的问题是一致的。哈琴将这些理论话语与历史的语境化联系起来，她认为在历史编纂元小说中，"历史"编写参与了文化概念的重新界定，历史的写实功能被问题化，历史与真实、真实与语言之间的关系得到重新思考。后现代主义将所有历史编写及历史文件和叙述都当作文本，因此我们只能通过文本了解历史。通过自我指涉的方式，历史编纂元小说揭示了历史编写中试图建立"神话"式的一统化叙事的企图。

　　"话语"一词源于拉丁语"discursus"，后者又来自动词形式"discurrere"，"dis-"意为"away（离开）"，而"currere"意为"to run"（跑），因此，话语最开始具有"到处跑动"的意思。在现代英语和法语中，"话语"有"言谈""言说"的含义，已与其本义相距甚远，但仍有一个基本性的因素保留下来，那就是"不受强制规则的约束"，即不是僵硬的规则，而是自由的展开。但"话语"这个概念正由于这种"自由"而使得其本身包含着含混不清的因素。❷从后现代主义的角度看来，理论本身是一个倾向于稳定结构的概念，但后现代语境下的理论，更多的是被视作一个开放的结构，更注意理论产生的过程及其影响因素。因此，话语理论的概念更多的是将理

---

❶ 杰姆逊.后现代主义与消费社会，选自张旭东编.晚《晚期资本主义的文化逻辑——杰姆逊批评理论文》[M].曾宪冠，译.北京：三联书店，1997:398-399.

❷ 吴猛.福柯的话语理论探要[D].上海：复旦大学，2003：1.

论视为一个话语过程，不受传统理性主义的理论规则约束的过程。在此意义上，黑人理论、女权主义、后殖民主义等理论话语对于意义的揭示和建构都具有非常重要的作用。

哈琴认为，后现代主义文学和艺术将黑人理论、女权主义等理论话语与社会和美学实践相结合的做法，还使它获得了有力的批评力量。这是哈琴所试图建构的后现代主义诗学所需要的。她希望自己所设想的那种诗学能够站在广义的历史语境中，将理论与实践结合起来，围绕着理论和艺术所质疑的并且继续以矛盾的语言重新阐释的问题（叙事、再现、文本性、主体性、意识形态等）来构建自我。❶哈琴以福柯和利奥塔的理论为例来说明后现代主义理论的矛盾和讽刺性。福柯和利奥塔关于知识学的理论，都是反对元叙事和一统化为立场，然而两人都通过建立元叙事和一统化知识的姿态出现。哈琴说："它们以专制的姿态否定专制性，以连贯一致的方式攻击连贯一致性，从本质上挑战本质，这些是后现代主义理论的特征。"❷历史编纂元小说同样如此，它以自我指涉的形式来对历史进行重新思考，通过让"艺术话语直面历史话语"，改变了人们对于写实主义和指涉行为的简单看法。

此外，大众文化和精英之间的关系问题，也是后现代主义理论化的一个重要方面。这一问题同样涉及后现代主义的矛盾。一方面，大众文化在不断地加宽大众艺术与精英之间的鸿沟。另一方面，后现代主义文化则努力在二者之间搭起联系的桥梁。哈琴独有洞见地指出，历史编纂元小说以反讽的语气既使用又误用了大众文化与精英文学的规范，从文化产业的内部质疑自身的商品化过程，还借助历史、社会学、政治学、符号学、哲学、文学等多种话语去探讨并颠覆精英文化向专门学科的裂变。❸

哈琴对后现代主义理论和艺术的分析都充满了"话语"理论的色彩。巴赫金的对话理论、后结构主义的互文性理论、福柯的权力／话语理论以及

❶ 琳达·哈琴.后现代主义诗学:历史·理论·小说[M].李杨,李锋,译.南京:南京大学出版社,2009:23.

❷ 琳达·哈琴.后现代主义诗学:历史·理论·小说[M].李杨,李锋,译.南京:南京大学出版社,2009:27.

❸ 琳达·哈琴.后现代主义诗学:历史·理论·小说[M].李杨,李锋,译.南京:南京大学出版社,2009:28.

海登·怀特的后现代历史叙事学理论等，都被她运用到后现代主义的剖析中。在这种话语理论式的分析中，以弗莱为代表的典型的结构主义批评传统被打破了。哈琴将形式主义推崇的自有自足的自我指涉与具体的社会—历史语境相结合，密切关注审美与社会、历史、政治之间的关系，将文学研究带进了多样化的研究领域。

与此同时，哈琴以后现代的眼光注意到了理论话语的局限性问题。她指出，没有哪一种理论和学术话语不带有偏见。她所提出的理论视角也只不过是阐释方式的其中一种而已。然而，她的目的却不在于建构某种理论，而是通过这种方式将后现代主义诗学引向多元、争议并存的开放势态。她以总结性的口吻说道："后现代主义诗学所能做的只是自觉地表现这样一种元语言矛盾，既置身其中又置身其外，既参与又保持距离，既确立又质疑自己临时不定的表达形式。如此行为，显然不会得出任何放之四海而皆准的真理，不过，这也不是它所追求的目标。从希望和期待确定的、单一的意义转向承认差异与矛盾的价值，或许是朝接受对艺术、理论这些表意过程所肩负的责任迈出的第一步。"❶

## 第二节　后现代主义的模型化

由于认识到伊格尔顿和杰姆逊等人将理论与艺术实践研究分离开来的危险性，哈琴的理论与每一步研究，都以具体的艺术形态和艺术实践为支撑。她的研究涉及文学、建筑、歌剧、绘画、雕塑、音乐、电影、电视等各种艺术形式。

"后现代主义"概念的正式启用出现在建筑领域。杰姆逊说："建筑师是第一批有系统地使用'后现代主义'一词的人，他们的意思是，建筑里的现代主义已经过时了，已经死亡了，现在已进入了后现代主义阶段。"❷将建筑作为后现代主义的典型代表，其实并非哈琴一人的观点。与哈琴在很

❶ 琳达·哈琴. 后现代主义诗学：历史·理论·小说 [M]. 李杨，李锋，译. 南京：南京大学出版社，2009：28.

❷ 弗雷德里克·杰姆逊. 后现代主义与文化理论——弗·杰姆逊教授演讲录 [M]. 唐小兵，译. 西安：陕西师范大学出版社，1987：130.

多方面有不同观点的杰姆逊，也以建筑为其后现代主义理论的开始。他说：
"踏入后现代时期，在众多的美感生产形式中，作品风格变化最显著、最
剧烈、而所引起的理论探讨最能一针见血道破问题症结的，要算建筑艺术
了。"因为他认为，从事建筑艺术的后现代主义者，的确比其他艺术、其他
媒介工作的同行更能不留情面地对现代主义的典范风格，以及建筑界以莱
德（Frank Lloyd Wright）、柯毕史耶（Le Corbusier）、迈亚士 (Mies) 为代
表的所谓"国际风格"提出尖锐苛刻的批判。❶"毋庸讳言，建筑才是后现
代主义斗争最激烈的领域，因此最具战略意义。正是在建筑领域，后现代
主义概念备受争议，被反复探究。只是在这里，我们才强烈地感受到，或
更响亮地宣告'现代主义的死亡'。"❷在这一点上，哈琴和杰姆逊的观点是
一致的，他们都认为建筑是形式与功能相结合的典型体现，审美、社会、
历史、政治等因素都交汇体现在建筑作品中。哈琴说："它也许是后现代主
义话语最明显、最容易研究的实例。……后现代主义建筑实际上典型地体
现了我们艺术理论和实践中似乎非常迫切的需求，急需研究意识形态和权
力与我们现在话语的结构关系。正是由于这一原因，我将在本书整个研究
中将其作为模型使用。"❸

　　虽然如此，哈琴与杰姆逊将建筑作为后现代理论的开始或者模型的理
论基点却是完全不同的。对于哈琴来说，后现代建筑的模型之所以能够成
为她构建后现代主义诗学体系的基本模型，是因为其在体现后现代主义与
现代主义的关系和后现代主义艺术的特征上，符合哈琴对后现代主义及理
论在"历史"与"政治"两方面的诉求。哈琴说："我整个（非专业水平的）
显然要感谢查尔斯·詹克斯、保罗·波多盖希这样的建筑师/理论家的作品，
他们是后现代论争中的主要声音。这是我将要使用的模型，因为这种建筑
的特点也是整个后现代主义的特点——从克丽斯塔·沃尔夫的《卡桑德拉》
或多克托罗的《但以理书》这样的历史编纂元小说，到彼得·格林威（Peter

---

❶ 杰姆逊. 后现代主义，或晚期资本主义的文化逻辑，张旭东编《晚期资本主义的文化逻
辑：杰姆逊批评理论文选》[M].北京：生活·读书·新知三联书店，1997:423.

❷ 弗雷德里克·詹姆逊.理论的政治——后现代论争的意识形态立场，选自王逢振主编《詹
姆逊文集》.第4卷 [M].北京：中国人民大学出版社，2004：25.

❸ 琳达·哈琴.后现代主义诗学：历史·理论·小说[M].李杨，李锋，译.南京：南京大学出版社，
2009：50.

Greenaway）的《画师的合同》（*The Draughtsman's Contract*）这样的历史元电影，从道格拉斯·戴维斯（Douglas Davis）的影像艺术，到文森特·利奥（Vincent Leo）的摄影，均如出一辙。这些艺术作品共有的主要矛盾特征是，明显地带有历史性，不可避免地带有政治性……" ❶

## 一、"记忆"的焦虑与"双重译码"

哈琴首先将保罗·波多盖希（Paolo Portoghesi）和查尔斯·詹克斯（Charles Jencks）的建筑模型理论作为后现代论争中的主要声音。她认为，两位建筑家的建筑理论所反映的特点也是整个后现代主义的特点。换句话说，在波多盖希和詹克斯的建筑中体现着后现代主义的文化和艺术所具有的所有特点。

保罗·波多盖希是意大利当代最重要的建筑师及建筑理论家之一。1962 年，当保罗·波多盖希在《建筑学》（*L'archetectura*）杂志发表《巴尔蒂住宅》（*Casa Baldi*）这一作品后，引起了当时绝大部分建筑师的困惑，因为大家都无法将巴尔蒂住宅归入已有的任何一个建筑流派。它自由的曲线外墙具有明显的后现代主义特征，象征着现代"自由平面"中自由隔断在未来的一种发展 ❷，但大家又可以从这个"前所未有"的建筑中寻找出某些"过去"的蛛丝马迹。从它的外形、基座、屋顶等处，都可以感受到保罗·波多盖希受巴洛克风格的深刻影响。巴尔蒂住宅的设计还将建筑所处的环境紧密且和谐地融合在了建筑中。在保罗·波多盖希的建筑作品中，历史、传统与自然是构成建筑灵魂的三大核心部分。

巴尔蒂住宅是保罗·波多盖希的第一个自由的设计作品。作品中蕴含的历史、传统、自然三大要素，正是如哈琴所说的"恢复其话语与尘世的联系"。波多盖希以"记忆"作为关键词，将这几大要素贯穿成线。他认为通过对"记忆"留给我们的潜意识的表达，可以使我们对环境的体验

---

❶ 琳达·哈琴.后现代主义诗学:历史·理论·小说[M].李杨,李锋,译.南京:南京大学出版社,2009: 31.

❷ C. 诺伯格·舒尔茨.保罗·波多盖希的建筑[J].吕舟,译. 世界建筑, 2000(12): 23-25.

更为深刻与丰富，历史与传统可以依靠独特的空间组织方式"深深地植根于我们每一个人"。波多盖希的作品特别重视社会语境与历史语境对建筑的审美与社会双重内涵的影响作用。他最喜欢自己的罗马大清真寺，它是最具有代表性的作品之一。在设计这部作品时，波多盖希面对的是罗马所汇聚的众多复杂、多元的文化历史传统背景。在这里既有占据着优势地位的天主教文化，有曾经辉煌一时的古罗马文明留下的痕迹，又因其选址在古罗马与古撒宾国的交界处，使得这座建筑不得不面对多种文化的交融与碰撞。

保罗·波多盖希说过："后现代主义是联系历史与今天的一种重要方法。"❶在波多盖希的作品中，我们可以清楚地看到巴洛克建筑的元素与各阶段历史传统文化的对话，建筑地点的特性与对环境的相互尊重也通过建筑语言表现出来。但是，按哈琴的说法，波多盖希作品中对传统和历史的"回归"与"重访"并不是根据记忆碎片随意组织和毫无原则地拼凑，而是以"反讽式戏仿"方式作为重要的表达形式。一方面，他无法拒绝且接受了现代主义带来的先进材料与技术，另一方面，又在传统的建筑形式的语境中结合当前的建筑形式中积极的一面。

对哈琴而言，波多盖希对历史语境的重视意味着对杰姆逊和伊格尔顿等人认为后现代艺术无视历史，没有历史感的评价的有力回击。波多盖希所强调的后现代主义建筑的这些特征，反映了所有后现代艺术的特征。后现代艺术家在面对厚重的历史沉淀和现代主义的新技术和新材料时，采取的是"双重戏仿"和"双重编码"的方式，将整个后现代艺术的语言方式与过去的历史与传统建立起反讽式的联系。哈琴认为，后现代主义艺术所表现出的这种反讽式的历史感的确与杰姆逊等人所渴望的"真正的历史性"不相同，因为杰姆逊所渴望的"历史性"是"用我们社会的、历史的和存在主义意义上的现在与过去作为'指涉对象'或'终极目标'。"而后现代主义正是要质疑这种"终极目标"，它将这种"真实"与"历史性"置入话语中进行考察，随着语境的变化而不断被融合、被修改、被赋予新的意义。因此，哈琴认为"唯一'真正的历史性'应当公开承认其话语性和视具体

❶ 吕舟.访问保罗·波多盖希［J］.世界建筑，2000（12）：28.

情况而定的身份。"❶

　　不仅是波多盖希，其他几位在后现代建筑理论和实践方面颇受瞩目的后现代建筑理论家和建筑师，也对建筑中的"历史"以及"传统"的问题非常关注。

　　查尔斯·詹克斯是一位在后现代论争中最受关注的后现代建筑理论家。他在具有代表性的后现代主义建筑艺术作品的基础上，通过对建筑语言的具体分析，对后现代主义的内涵与特征进行了详细地论述。

　　查尔斯·詹克斯把保罗·波多盖希的巴尔蒂住宅当作后现代主义最早的代表性作品。他这样评价波多盖希的这部作品："最令人信服的历史性建筑物之一是保罗·波多蒂设计的巴尔蒂别墅。建筑物的外形是自由的曲线。它有后现代主义的特征，有两种代码兼具的精神分裂式特征：弯弯曲曲的巴洛克式外壳，重叠的空间，空间相交的焦点，野性主义式处理——外露的混凝土砌块，质朴粗野的木作，加上现代派式的吉他形状。"❷

　　对于后现代论争中哈桑所发现的难题，詹克斯提出了自己认为可行的解决办法。他提出这一时期的艺术同时存在着两种文化形态，即晚期现代和后现代。他给晚期现代主义所下的定义是，其建筑艺术的社会意识形态是实用主义的，技术统治论的。从 1960 年起，把许多现代主义风格的思想和价值观推到极端，以图复苏一种混混沌沌的（或陈腐用滥的）语言。❸他

---

❶ 琳达·哈琴.后现代主义诗学：历史·理论·小说 [M].李杨，李锋，译.南京：南京大学出版社，2009：33.

❷ C·詹克斯.后现代建筑的语言 [M].李大夏，译.北京：中国建筑工业出版社，1986：51.

❸ C.詹克斯.什么是后现代主义 [M].李大夏，译.天津：天津科学技术出版社，1988：28.

认为晚期现代主义的艺术实践与他曾提到的30位后现代主义的定义性人物❶的艺术实践是完全相反的。因为按詹克斯的标准，后现代主义建筑中运用了象征手法、装饰、幽默、技术等元素，比较关注的是现在与过去文化的关系，强调艺术创新中的文脉和文化的附加物。而现代主义特别是晚期现代主义常常依靠技术和经济来解决问题。

哈琴认为，波多盖希和詹克斯对历史和传统所作出的"反讽"式的戏仿，与现代主义因无力应对而教条地化繁为简，以拒绝过去的有效性的做法相对，能更认真、包容地审视历史和传统。通过这些方式，后现代建筑可以有效地将建筑师的个人"记忆"与历史、文化等集体记忆融合在作品中。对于杰姆逊和伊格尔顿等人将后现代主义艺术中的"戏仿"认为仅仅是拼凑而缺乏历史深度感的观点，哈琴认为杰姆逊等人所指的这部分作品并非真正的后现代艺术。她指出，后现代建筑所具有的真正的历史感与那种被贴上后现代主义标签、利用后现代历史主义的流行性而将艺术商品化的做法是完全不同的。哈琴认为，造成杰姆逊等人对后现代艺术的误解还有一个重要原因是，包括杰姆逊和大多数后现代艺术家在内的很多人都拘泥于对"戏仿"这一概念的传统理解与界定。绝大部分人仅仅将"戏仿"定

---

❶ 在《什么是后现代主义》的第18页中，詹克斯曾说："如果想把一场建筑运动那么复杂的东西说个明白，一定得用很多定义性人物：勃隆特（A.Blunt）在一本关于巴洛克和洛可可的重要菱中说明了起用十个定义性人物的必要性，那么在把后现代从现代和晚期现代建筑中区分出来的过程中，我已经用了三十个。"这里指的三十个后现代主义建筑的定义性人物陆续出现在其《后现代建筑的语言》一书中，经笔者整理，名单如下：弗兰哥·阿尔比尼（Franco Albini）、保罗·波多盖希（Polo Portoghesi）、埃罗·萨里宁（Eero Saarinen）、菲利普·约翰逊（Philip Johnson）、丹下健三（Kenzo Tange）、菊竹清训（Kikutake Kiyonori）、黑川纪章（Kisho Kurokawa）、罗伯特·文图里（Rtober Venturi）、罗伯特·斯特恩（Rober Stern）、莫拉－庞农－维亚普兰纳（Mora-Pinon-Viaplana）、克劳台特（Clotet）、塔斯奎茨（Tusquets）、诺尔曼·纽尔伯格（Norman Neuerburg）、埃德文·卢扬（Edwin Lutyens）、安德鲁·德比夏（Andrew Derbyshire）、阿尔道·梵·依克（Aldo van Eyck）、肖·鲍夏（Theo Bosch）、约瑟夫·埃希里克（Joseph Esherick）、卢西恩·克罗尔（Lucien Kroll）、库勒特（Culot）、克里尔兄弟（Krier brothers）、康拉德·杰姆逊（Conrad Jameson）、利奥·克里尔（Leo Krier）、杰姆·斯特林（James Stirling）、竹山实（Minoru Takeyama）、斯坦利·塔戈曼（Stanley Ti-german）、迈克尔·格雷夫斯（Michael Graves）、彼得·艾森曼（Peter Eisenman）、查尔斯·穆尔（Charles Moore）。

义于"嘲弄性模仿",由于这一定义的历史局限性,使得其中透露出的琐碎、轻浮化的负面内涵主导了人们的思想,以至于他们看不到戏仿作品背后对历史与传统所表现出的敬意。

哈琴以美国建筑师托马斯·戈登·史密斯(Thomas Gordon Smith)设计的旧金山马修斯街住房工程为例,说明了后现代艺术中对过去的戏仿,即使含有反讽意味,也同样能表达对过去的敬意,但也并非仅仅是简单的发思古之幽情或怀旧。

关于哈琴对"戏仿"概念的考察与重新定义,我们在第四章中会专节进行讨论,在此不赘述。总之,在哈琴看来,后现代主义艺术中的历史感及其对传统的运用具有重新思考的重要意义。波多盖希认为,后现代主义艺术作品中的对历史形式的重新利用,包含着无限的可能性。另一位在哈琴的后现代主义诗学模型中占有重要位置的美国建筑师罗伯特·文图里(Robert Venturi)提出了"不传统地运用传统"的原则。他认为,那些在现代主义看来早已失去生命力的标准、规则等元素,完全可以在后现代主义艺术中得到重新利用。通过一定方式的改造,这些元素与当前的社会语境与文化语境相适应,就会获得新的意义和效果。

## 二、恢复"尘世"的记忆——"公众话语"的回归

哈琴说:"后现代主义的艺术形式使用这样的戏仿方式,是想逐渐建立一种公众话语,明确地避开现代唯美主义和封闭观念以及随之而来的在政治上的自我边缘化。"❶这种"公众话语"的建立,用哈琴的话来说,就是以对"谋求理解"的关注取代现代主义对纯粹形式的关注。建筑,不管是现代的,还是后现代的,都具有"审美"和"社会"的双重内涵。不仅如此,与建筑相关的设计与建造行为,也与社会语境有着密不可分的联系。哈琴认为,文图里的建筑思想对后现代主义艺术的这种双重特征进行了准确概括。

罗伯特·文图里,1925年出生于美国费城,1950年获普林斯顿大学建筑学院硕士学位。1954至1956年在罗马的美国艺术学院学习,1957至1965年在宾夕法尼亚大学建筑系任教,1958年起开始开办建筑设计事务所。

❶ 琳达·哈琴.后现代主义诗学:历史·理论·小说[M].李杨,李锋,译.南京:南京大学出版社,2009:32.

对于文图里的建筑思想，我们可以从他在《建筑的复杂性和矛盾性》一书开端的一段话中得到大致了解：

> 建筑师再也不能被清教徒式的正统现代主义建筑的说教吓唬住了。我喜欢基本要素混杂而不要"纯粹"，折衷而不要"干净"，扭曲而不要"真率"，含糊而不要"分明"，即反常又无个性，既恼人又"有趣"，宁要平凡的也不要"造作的"，宁可适应也不要排斥，宁可过多也不要简单，既要旧的也要创新，宁可不一致和不肯定也不要直接的和明确的。❶

波多盖希说："（后现代主义）以审视的目光评说了其（现代主义）辉煌与错误"。❷在这里，文图里不仅对现代主义的"清教徒式的说教"进行了审视，而且摆明了自己的态度，即对于现代主义的这种高高在上的、对建筑使用者的需求的"压制者"姿态的拒绝。他还说："既要含蓄的功能也要明确的功能。我喜欢'两者兼顾'超过'非此即彼'，我喜欢黑的和白的或者灰的而不喜欢非黑即白。"❸文图里的这种态度，体现了后现代主义艺术对现代主义在道德与审美上对大众"管制"的消极的审美反应。他认为，现代主义建筑通过纯粹艺术结构来改革社会的理想只不过是一种神话，这种纯粹、干净的艺术结构意味着一统化的秩序和规则。这种理性主义企图以少去多，以简单来对付复杂的企图在文图里看来是非常危险的。

文图里与查尔斯·詹克斯都对具有显赫声誉的现代主义建筑大师路德维希·密斯·凡·德·罗 (Ludwig Mies van der Rohe) "少就是多"的原则深恶痛绝，这种原则意在以统一的简单的法则来替代事物的复杂多样性。这种看似强势的原则，在文图里看来却是一种软弱无力的表现。他赞同保罗·鲁道夫（Paul Marvin Rudolph）对密斯这一矛盾理论的解释：

---

❶ 罗伯特·文丘里.建筑的复杂性与矛盾性[M].周卜颐,译.北京:中国建筑工业出版社,1991:1.
❷ Paolo Portoghesi. *After Modern Architecture* [M]. translated by Meg Shore, New York: Rizzoli, 1982: 28.
❸ 罗伯特·文丘里.建筑的复杂性与矛盾性[M].周卜颐,译.北京:中国建筑工业出版社,1991:1.

人们永远解决不了世上所有的问题。……建筑师想要解决什么问题具有高度的选择性，这当然是二十世纪的特点。例如，密斯所以能设计许多奇妙的建筑，就是因为他忽视了建筑的许多方面。如果他试图解决再多一点问题，就会使他的建筑变得软弱无力。"少就是多"这一学说，对复杂不满而借以排斥，以达到它表现的目的。❶

同波多盖希一样，文图里重视社会语境在建筑设计中的重要影响作用，他认为建筑设计必须要将生活经验与社会需要等因素考虑在内。对此，他提出了一条简单可行的解决办法："如果某些问题难以解决，它应表现为：一种兼容而不排斥的建筑。"❷同哈琴一样，文图里也对西方传统的"非此即彼"的传统二元对立思维对艺术的危害感到深深地焦虑，他提倡建筑领域中的"两种兼顾"的现象，尽管这种现象是产生矛盾的根源。他说："许多实例很难'理解'其意义，但当它反映复杂和矛盾的内容和意义时，这座难解的建筑就是正当有效的。"❸

由此引申开来，在建筑的功能与结构上，文图里理想的后现代主义建筑是具有"双重功能"的，这与前面提到的后现代建筑在审美和社会功能的双重意义上所具有的特征是一致的。文图里对勒·柯布西耶（Le Corbusier）的双重功能构建赞赏不已。勒·柯布西耶的马赛公寓的遮阳板既是结构又是外廊，集柱和能"躲藏"设备的空心管道，还能调节自然光线。这与密斯和约翰逊合作设计的西格拉姆大楼，除办公室外排除其他一切功能的做法完全不同。"双重功能"的想法很自然地表明了其意识形态立场。正如波多盖希所说："这种行为是一种方式，通过模糊不定性和多重意蕴使解码的

---

❶ 罗伯特·文丘里.建筑的复杂性与矛盾性［M］.周卜颐,译.北京:中国建筑工业出版社,1991: 4.

❷ 罗伯特·文丘里.建筑的复杂性与矛盾性［M］.周卜颐,译.北京:中国建筑工业出版社,1991: 4.

❸ 罗伯特·文丘里.建筑的复杂性与矛盾性［M］.周卜颐,译.北京:中国建筑工业出版社,1991: 13.

观察者参与语义的生成过程。"❶

　　如何才能设计出这种"兼容而不排斥的建筑"呢？文图里提出了两条原则：一向传统学习；二向波普艺术（Pop Art）学习。

　　前文提到，文图里提出了"不传统地运用传统"，这一听起来非常矛盾、模糊的原则，他所指的"传统"并非仅仅包含"过去"的意思。他说："传统包括建筑构件和建筑方法。传统构件在制作、形式和使用方面都是普通的。……那些大量积存的标准构件和与建筑及构造有关的无名产品，它们本身是真正十分平常或通俗而与建筑艺术联系不大的商业展览品。"❷这些普通构件被普遍地运用于民间艺术中。现代主义的精英意识唯恐这些平庸与粗俗的构件会导致整个景色的平庸与粗俗，但文图里却认为它们正是我们的城市随时多样化与有生命力的主要源泉。建筑师与城市规划师完全可以通过一定方式地改造，使这些传统构件适应环境的需要，从而获得更有意义、更新的效果。

　　而对于汤姆·沃尔夫（Tom Wolf）等对后现代主义持有偏见的人来说，后现代主义对现代主义和历史主义的运用只不过是趋于形式的历史指涉而已。哈琴以著名的后现代建筑家查尔斯·穆尔的名作"意大利广场"为例，认为这件作品是以"反讽、轻蔑的动作向过去致敬""通过赋予旧的形式以新的意义显示了其对历史评判意识和对历史的热爱"，这与现代主义对传统的嘲弄、攻击的态度是截然不同的，却可以同时"兼备现代主义的标准化特征以及因机器批量生产而造成的个性缺失。"❸而在沃尔夫看来，这样的指涉背后空洞无物，没有任何意义。对此，哈琴从几个方面进行了反驳。

　　首先，她认为穆尔利用戏仿手法，对当地意大利人民族身份的符号、具有罗马传统古典主义风格的元素进行了重新编码。一方面，保留了传统的形式；另一方面，又利用了现代建筑材料的实际功能进行了重新设计。这种做法既超越了现代主义而回归了历史与传统，又对二者进行了重新思

---

❶ Paolo Portoghesi. *After Modern Architecture* [M]. translated by Meg Shore, New York: Rizzoli, 1982: 86

❷ 罗伯特·文丘里.建筑的复杂性与矛盾性 [M].周卜颐，译.北京：中国建筑工业出版社，1991：31.

❸ 琳达·哈琴.后现代主义诗学：历史·理论·小说 [M].李杨，李锋，译.南京：南京大学出版社，2009：43.

考和运用。其次，哈琴认为穆尔的这一作品对现代主义最大的挑战是其对广场的实际用途的重视。这是后现代艺术向意识形态因素和"公众话语"回归的最明显的焦点之处。她分析道："人们所熟悉的靴子形的意大利地图形状打破了同心圆的布局，西西里就位于靶心上。因为新奥尔良的意大利人大部分实际上来自西西里，设计这样的焦点恰如其分。那里有一个讲台，用于在圣约瑟夫节那天发表演讲。意大利广场的设计意在朝建筑与公众密切相连这一观念回归。"❶在此意义上，后现代建筑就不是像沃尔夫所说的那样，只有形式上的历史主义的指涉。哈琴说："现在建筑师们在努力寻求一种公共话语，以便从过去的'现在性'（presentness）角度，从出于社会考量将艺术置于过去和现在的文化话语之中的角度表明现在。"❷哈琴将这种对"公众话语"的回归称之为"恢复尘世的联系"，也就是在艺术与赛义德所说的"世界"之间重新建立联系。

　　这样的"公众话语"不可避免地涉及意识形态与权力关系的问题。哈琴说："它（戏仿）……比其他形式更加明显、更言传身教地显示了意识形态的语境。戏仿似乎为审视现在与过去提供了一个视点，使艺术家能够实现话语对话而不至于完全被同化。正是由于这个原因，戏仿似乎成了我所说的'中心之外'的群体和被主流意识形态边缘化的群体的表达模式。"❸同时，后现代建筑"在文本中以戏仿形式指涉建筑史，等于恢复了与过去的对话，也许不可避免地恢复了与建筑（现在与过去）产生和存在的社会的、意识形态的语境的对话。"❹因此，她认为后现代主义的这种审美观的转向，是一种具有自我指涉式的内省，这一行为本身就导致了意识形态和社会因素的介入。在《后现代建筑的语言》一书中，詹克斯认为造成现代建筑危机的最大原因在于建筑设计者为了满足隐藏于背后的开发者的利益，而置

---

❶ 琳达·哈琴.后现代主义诗学：历史·理论·小说［M］.李杨，李锋，译.南京：南京大学出版社，2009：44.

❷ 琳达·哈琴.后现代主义诗学：历史·理论·小说［M］.李杨，李锋，译.南京：南京大学出版社，2009：47.

❸ 琳达·哈琴.后现代主义诗学：历史·理论·小说［M］.李杨，李锋，译.南京：南京大学出版社，2009：49.

❹ 琳达·哈琴.后现代主义诗学：历史·理论·小说［M］.李杨，李锋，译.南京：南京大学出版社，2009：32.

建筑的使用者的需求于不顾。这个结论，很明显地将意识形态因素引入到建筑设计中，突显了后现代主义艺术中不可避免的政治性。

### 三、"国际风格"和"地方风格"之争：多样性的诉求

杰姆逊在《后现代主义，或晚期资本主义的文化逻辑》一文中认为，建筑艺术是踏入后现代时期作品风格变化最显著、最剧烈，也最能道破理论上的问题症结的美感生产形式。然而，他在文中仅仅是对后现代主义对现代主义的国际风格、精英主义和权威主义的批评提出质疑，从而得出后现代建筑，甚至后现代主义是民本精神在美感形式上的具体呈现的结论。❶遗憾的是，他并没有以具体的后现代建筑艺术作品为例，对自己的观点作更深入地论述，以致他的观点似乎显得没有足够的说服力。

杰姆逊认为"高雅文化"与"大众文化"分别属于两个不同的美感经验范畴，而后现代主义却打破二者，即"文化产品"与"文化产业（culture industry）"的界线，将其文本创新建立在被称为20世纪西方文明的首要敌人的"文化产业"的基础上。因此，他得出"眼前的事实是，各种形式的后现代主义都无法避免地受到这五花八门的'文化产业'的诱惑与统摄。在如此这般的一幅后现代'堕落'风情画里，举目便是下几流拙劣次货（包装着价廉物亦廉的诗情画意），矫揉造作成为文化的特征。"❷

对于杰姆逊提到的后现代主义对"国际风格"的抛弃，哈琴认为这并不是受了所谓的"文化产业"的诱惑，而是回应了正在变化的社会意识和实际的社会需求，即上文讲到的后现代艺术渴望恢复与"尘世"的联系。由于受精英主义和权威主义意识的束缚，现代主义的建筑师们对房屋业主以及建筑的使用者在道德和审美上进行"专制统治"，以致他们所设计出的建筑不符合实际需要，在社会效益上最终失败而被抛弃。因此，詹克斯更是借美国圣·路易斯城被炸掉的机会宣称，"现代建筑，1972年7月15日下

❶ 参见詹明信.后现代主义，或晚期资本主义的文化逻辑，选自张旭东主编《晚期资本主义的文化逻辑：杰姆逊批评理论文选》[M].陈清侨等，译.北京：生活·读书·新知三联书店，1997:442-424.

❷ 参见詹明信.后现代主义，或晚期资本主义的文化逻辑，张旭东主编《晚期资本主义的文化逻辑：杰姆逊批评理论文选》[M].陈清侨等，译.北京：生活·读书·新知三联书店，1997:242.

午 3 点 23 分于密苏里州圣·路易斯城死去。"❶虽然詹克斯的这句话显得过于武断，使他既受人瞩目又受尽诘难。詹克斯在后来也承认，他这句话只不过是为了增加一点戏剧性，也不符合实际❷，但却道出了那种不符合实际需要的具有"国际风格"的大型建筑物的最终命运。

哈琴认为，要杜绝这样的"国际风格"对建筑艺术的危害，就应该满足建筑本身所日益表现出的成为日常生活一部分的渴望，使"地方风格"和地方建筑传统等曾被现代主义拒绝的形式回归，在设计上向装饰和个性化回归。但是，另一方面由于后现代主义的特征，詹克斯指出，从建筑语言上来讲，人们对一座建筑的理解和阐释有两个大的文化分野：一是基于现代派建筑师的训练和思想体系的现代译码，二是建立在每个人对通俗的建筑艺术因素的体验之上的传统译码。❸他理想的建筑是可以同时用这两种译码来进行阐释的，也就是之前所说的"双重译码"。保罗·波多盖希倡导建筑师应该向地方风格和民间风格学习，使艺术与日常生活互相成为对方的一部分。文图里的复杂性建筑和"双重功能"观点的提出，都是后现代主义建筑拒绝统一的"国际风格"的表现。在《后现代建筑语言》一书出版25 年后的 2002 年，詹克斯又出版了一本《建筑中的新范式——后现代建筑语言》。在这本书中，詹克斯结合 20 世纪的计算机设计及其产品的辅助介绍了建筑界出现的新的复杂性建筑新范式。这种新的复杂性建筑范式中有两个关键概念，一是"打破对称性"，二是"不规则碎片建筑"。这两个概念的提出，使得建筑的"多样性"诉求又增加了新的内涵。

后现代主义建筑的这些特征，体现了后现代艺术理论和实践结合的迫切需求，提出了应对艺术中的意识形态和权力以及我们所处的话语结构之间的关系进行重视和考虑的诉求。正如大卫·科特（David Caute）所指出的那样："如果艺术想促使我们质疑'世界'，它必须先质疑和揭示自我，而且必须以公共行为的名义做到这一点。"❹哈琴将后现代主义建筑在历史和

---

❶ C·詹克斯. 后现代建筑的语言 [M]. 李大夏，译. 北京：中国建筑工业出版社，1986:4.

❷ 薛恩伦等. 后现代主义建筑 20 讲 [M]. 上海：上海社会科学院出版社，2005：6.

❸ C·詹克斯. 后现代建筑语言 [M]. 李大夏，译. 北京：中国建筑工业出版社，1985：24.

❹ 转引自琳达·哈琴. 后现代主义诗学：历史·理论·小说 [M]. 李杨，李锋，译. 南京：南京大学出版社，2009:49.

意识形态上的话语方式作为其后现代主义诗学的模型使用，使得她在整个后现代主义诗学的研究中能够将理论与艺术实践更好地结合，对整个后现代话语整体结构做出深入分析。

## 第三节　去中心化与解定论化

### 一、"沉默群体"——差异、异质与非连续性

作为后现代主义对自由人文主义一系列信条的质疑与颠覆，哈琴认为其中最重要的是对"中心"的去除与对"定论"的解构。有学者把后现代主义从内容上划分为否定性（解构性）的后现代主义、建设性（建构性）的后现代主义及简单化（迪斯尼式）的后现代主义三大类，并指出，从时间上来看，60—80 年代主要是解构性后现代主义流行；从内容上看，文学艺术上的后现代主义大多是解构性的后现代主义。❶哈琴的后现代主义诗学理论便形成于这一时期，其诗学的主要研究示例均来源于文学艺术领域。因此，哈琴将"去中心化"与"解定论化"等后现代哲学的解构策略作为其诗学的重要切入点之一，不仅具有时间上的合理性，其对文学艺术作品等艺术实践的分析也具有可行性。

率先受到"去中心化"抨击的是人的主体性。在结构主义者那里，绝对存在的只有话语现象，而不是整体意义上的人。福柯"人类已经死亡"的命题便是集中体现。在他看来，最初的单一意义的人已经"死亡"了，有的只是一种语言存在意义上的"人"。因此，传统的作者创作观念被打破，传统的"作者"与"读者"都被当作一种话语的功能作用，只是参与了文本意义的生成过程。以拉康、德里达为代表的解构主义者走得更远。1966 年，在题为《人文科学话语中的结构、符号和游戏》的演讲中，德里达认为结构主义对"中心主义"的批判很不彻底。拉康解构了作为理性自足主体的"自我"，认为笛卡尔"我思故我在"命题中的"我"是一个伪主体。主体应该是通过具体的文化构造的"自我"，其自身必须置于外在世界和历史中才能

---

❶ 王治河.后现代主义辞典［M］.北京：中央编译出版社，2003：9-10.

建构起来。德里达则消解了文本的中心意义以及作者意图的存在，试图找出文本本身的边缘与裂缝以及文本与文本之间的非连续性。

也许结构主义与解构主义的策略在哈琴看来都太过绝对。在哈琴这里，与其说是"去中心"不如说是"质疑中心"，而"质疑"的对象也不仅仅是诸如"主体性""权威性""普世性"等概念的表面意义。哈琴指出"它质疑一切肯定无疑的事物（历史、主体性、指涉赖以存在的基础以及一切评判标准。谁制定了它们？在什么时候？在什么地方？出于什么原因？"❶因此，质疑一切形式的中心观念成为当代理论话语及审美实践的主要立场。后现代主义的"去中心"并非要真正消解"中心"的痕迹。哈琴认为，后现代主义之所以并不否定和取消一统化，是因为边缘、局部等非中心群体的存在是以一统化、权威性等"中心"的存在为前提的。她说："中心之外的事物：不可避免地与其渴望的中心发生联系，但又被拒之门外。"❷正如之前谈到的后现代主义首先运行于常规与传统之内，再对其进行质疑与颠覆，后现代主义对待"中心"也是如此。因为只有先在其内部运行，才能深入其中，对"中心"所赖以存在的基础进行质疑与颠覆，这正是后现代主义矛盾性的体现。消解"中心"的权威地位，使其让位于边缘与局部，也正是为了使矛盾的复杂性得到更充分的呈现。但另一方面后现代也避免因边缘与局部的群体受到重视而成为新的"中心"，而同时重视异质性和临时不定性，"受到肯定的异质性并没有以多种固定、独特的主体形式出现，而是被视为被语境化的各种身份在流动。"❸对于后现代主义来说，一切自由人文主义的特点都将导致文化同质化的后果。究其原因，便是话语权威的普世性。而后现代主义的矛盾性则为多元、异质和临时不定性保留了空间，因而能有效地抵制文化同质化的出现。

哈琴广泛分析了后现代主义历史编纂元小说中以阶级、性别和种族为主题的一部分作品，比如福尔斯的《蛆》《法国中尉的女人》，拉什迪的《午

---

❶ 琳达·哈琴.后现代主义诗学：历史·理论·小说［M］.李杨，李锋，译.南京：南京大学出版社，2009：79.

❷ 琳达·哈琴.后现代主义诗学：历史·理论·小说［M］.李杨，李锋，译.南京：南京大学出版社，2009：83.

❸ 琳达·哈琴.后现代主义诗学：历史·理论·小说［M］.李杨，李锋，译.南京：南京大学出版社，2009：81.

夜的孩子》等。后现代主义小说打破了 19 世纪小说固有的要么死亡要么结婚的结尾规则，替而代之一种自觉的带有悖谬性质的多元式结局。解构主义倡导以块茎式结构取代现代主义的树状结构，后现代主义小说自觉地运用了这类结构，连小说的意象也呈现出块茎似结构概念，如翁贝托·艾柯的《玫瑰之名》其中的图书馆便呈现为一种"没有中心和边缘的迷宫式意象"。哈琴还对产生于 20 世纪 60 年代的黑人小说与其后出现的黑人女性小说以及范围更广的后现代女权小说作了全面考察。20 世纪 60 年代美国的黑人小说首先引发了人们对经典、作品分析方法及文化价值等标准的重新思考，也对种族中心主义和男性中心主义提出了质疑。随之而来的是女权主义、少数民族、同性恋、原住民和"第三世界"文化对边缘和中心之外的事物以及差异的多元回应。继之，另一种更新的声音出现了，一种在结构和意识形态上更加复杂的叙事形式——黑人女性作品。如哈琴所说，通过差异性和特殊性来肯定身份是后现代思想中一个固定不变的做法。❶

对于哈琴所处的英语加拿大批评理论语境来说，加拿大的文学批评已经形成了完全相异于弗莱所代表的结构主义批评模式的势态。哈琴指出："把他们❷自己和他们研究的文学置于不仅是文学的而且是历史、社会和文化的语境，挑战被认为是带有文学'普遍性'的惯例，实则可以证明只代表了某个特定群体的价值——某个阶级、种族、性别和性别取向。"❸英语加拿大的文学批评面临着国家身份的自我认同与去殖民化的双重任务，因此加拿大后现代主义研究者非常关注那部分在传统加拿大文学中处于"非中心"边缘地带的少数民族作品，如里纳尔多·沃尔科（Naldo Wolcott）特就比较关注散居在加拿大的黑人群体。因为在所有的话语中，这一黑人群体都处于"被沉默"的境况。他们都非常重视文化内部的"去殖民化"，而这也正是女性主义所一直努力的重要方面之一。哈琴还对乔伊·小川 (Joy Kogawa)、汤婷婷等作家的日裔加拿大女性和非裔美国女性的身份较为关注。在她们的作品中，"民族主义的、性别歧视的、种族主义的语言成为叙事人谋求界

❶ 琳达·哈琴.后现代主义诗学：历史·理论·小说［M］.李杨，李锋，译.南京：南京大学出版社，2009：81.

❷ 指当代加拿大文学批评家。

❸ Hutcheon Linda. *The Canadian Postmodern: A Study of Contemporary English-Canadian Fiction*.［M］.Toronto New York, Oxford: Oxford University Press, 1988:108.

定她与众不同的主体性的基础"❶这也正是一种"非中心"特征的表现。

## 二、解定论化与解自然化——再现与政治

"解定论化（De-doxify）"❷是哈琴套用罗兰·巴特的"多扎格"（Doxa）概念，借以说明后现代主义文化的呈现方式的一个概念。为了避免出现新的"多扎格"，罗兰·巴特在对"多扎格"这一概念的说明与描述上犹犹豫豫，他在《罗兰·巴特自述》中说："他从不明确（从不确定）地说明在他看来是最需要的而且是他一直在使用的那些概念（即那些总是归入一个词的概念）。"❸虽然如此，巴特还是对这个概念进行了一些模糊不清的描述，他把"多扎格"称作一种"不佳的对象"，这种"不佳的对象"来自于"不佳的形式"，因为"它没有任何依据内容而确定的定义，而只有依据形式来确定的定义，而这个不佳的形式，无疑是重复。"❹自此，我们可以探究到罗兰·巴特的"多扎格"这一概念的本义，即在不断重复中形成一种固定的形式，一切意义的生成都依据这一形式而来。在这重复的过程中，"自然本性"，即"神话"逐渐形成。巴特认为，"主题"这一概念即是在不断地"重复"中所形成的那种"不佳的形式"。

此外，罗兰·巴特的"解神话（Demythification）"理论给予了哈琴很大的启示。理查德·沃林（Richard Wolin）说："在这段时期中（近代几个世纪），艺术完全暗含在韦伯所说的传统权威的合法化之中——或者是以神话的形式（如荷马的《伊利亚特》），或者是以宗教的形式（如中世纪的基

---

❶ 琳达·哈琴.后现代主义诗学：历史·理论·小说［M］.李杨，李锋，译.南京：南京大学出版社，2009：100.

❷ 在由怀宇所译的 "Roland Barthes par Roland Barthes" 的中译本《罗兰·巴特自述》中，Doxa 意译为"舆论"，除此之外，学者们对这个词的翻译各不相同，如"主流意见""套语""通俗看法""定见""意见""公众意见""民众信仰"等。本文作者认为，罗兰·巴特是从反本质主义、反形式化的意义上来引入 Doxa 一词的，因此，台湾学者刘自荃在琳达·哈琴 The Politics of Postmodernism 一书的中译本《后现代主义的政治学》中的译法"定论"似乎更为贴切。本文也沿用此译法。

❸ 罗兰·巴特.罗兰·巴特自述［M］.怀宇，译.天津：百花文艺出版社，2001：42.

❹ 罗兰·巴特.罗兰·巴特自述［M］.怀宇，译.天津：百花文艺出版社，2001：39.

督教绘画），或者是以国王的神授之权（如宫廷艺术）的形式。"❶"神话"这一概念在罗兰·巴特那里，既是指古典或人类学意义下的一篇叙事，但更多意义上意指资产阶级的意识形态以"近似匿名的方式"强加在所有社会阶层之上的一种叙事方式。为了在阅读活动中给读者充分的自由释义的空间，巴特对神话的产生机制作了详细分析，并指出"神话既是一种去政治化的言谈，也是一种符号学体系。"❷他把神话定义为一种传播体系、一种意义构造方式或者是一种话语。这种"去政治化"的话语形式，在罗兰·巴特看来，面临着"自然化"的危险。他说："神话并不否认事件，相反地，它的功能是谈论它们；它简直是纯化它们，它使它们无知，它给它们一种自然的和不朽的正当化，它给予它们一种清晰度，那不是解释的清晰，而是事实叙述的清晰。"❸在这种纯化和正当化中，事件的复杂性和矛盾性被消除了。

　　哈琴认为，后现代主义在这方面继续了罗兰·巴特的后结构主义思想。早期，后现代主义将"我们生活方式中的某些主要特质的非自然化"作为关注的焦点。有许多在我们的经验中是"自然而然（natural）"的，其实都是由于人为的不断"重复"而形成的定论。这一矛头主要所指向的是包括自由人文主义、种族制以及资本主义文化霸权在内的"文化的（cultural）"结果。正如巴特所看到的那样，这些"自然化"将事物的复杂性和矛盾性消除。而这种复杂性和矛盾性正是体现后现代主义对待社会、政治等因素的包容、兼收的态度上。虽然这一态度表明了后现代主义的立场有些模糊不清，但哈琴看来，正是这种妥协性的立场使得后现代主义能够参与到政治中，并将这一它本身所不能也不想避免的意识形态基础转化为非自然化批判的阵地。❹

　　后现代主义去中心化和解定论化的目标是已形成的普遍的文化再现方式及其中的政治含义。哈琴指出，解定论化是基于这样一种理论立场：人们只有通过社会上既定的意义系统，即话语，才能认识世界。另一方面不

---

❶ 理查德·沃林.文化战争：现代与后现代的论争，选自《激进的美学锋芒》[M].周宪，译.北京：中国人民大学出版社，2003：3.

❷ 参见罗兰·巴特.神话——大众文化诠释[M].许蔷蔷，许绮玲，译.上海：上海人民出版社，1999：167-176.

❸ 罗兰·巴特.神话——大众文化诠释[M].许蔷蔷，许绮玲，译.上海：上海人民出版社，1999：203.

❹ 琳达·赫哲仁.后现代主义的政治学[M].刘自荃，译.台北：骆驼出版社，2006:2-3.

可否认的是，在任何话语系统中，都不可避免地渗透进了权力关系和意识形态的因素。这一点，后现代主义深受路易·阿尔都塞（Louis Althusser）的意识形态理论的影响。阿尔都塞在马克思关于意识形态的理论的基础上，进一步考察认为，意识形态是一种实践，是对人的意识的加工。在任何情况下，人类的生活都是在意识形态当中。意识形态通过各种途径将具体的个人建构成主体，但在这一过程中意识始终支配着人的观念。这便是意识形态的功能：将个体召唤为主体。如亚里士多德在《政治学》中所说："人是天生的政治动物。"❶阿尔都塞也下了一句著名论断："人天生就是意识形态动物。"❷因此，在阿尔都塞那里，意识形态不仅体现了人与人之间的关系，还是人与社会以及社会各系统之间关系的体现，虽然它是虚构的，但却是整个社会系统中不可缺少的部分。哈琴认为，这两点对于后现代主义思想的启发非常大，这同时也是哈琴本人对后现代主义的政治性的讨论的理论导向。❸

　　同"去中心化"的策略相似，哈琴分析，后现代主义采取的策略是既支持又挑战意识形态。她以小说和摄影这两种艺术类型为例。这两类艺术一直以来都以现实主义的反映模式为理论基础，忠实地维护着纪实性和传统性两大立场。但哈琴指出，它们被现代形式主义措辞所重构……也就是纪实性的历史现实，与形式主义的自我指涉性和戏仿性的交汇处❹，它们就站到了与这两大立场相抗衡的立场上。小说和摄影在后现代中的这种立场，显示出其自身的矛盾性：一方面，它们无法摆脱传统法则的力量，自身要靠传统法则才得以存在；另一方面，又对这种传统的表现方式失去了信心。因此，后现代小说和摄影便通过戏仿的方式，既使用又滥用对它们来说已经显得颇为沉重的传统规则，又反讽式地努力要颠覆其中心地位，将传统的特质解自然化。同时，戏仿的手法又使后现代主义艺术将社会关注与审美需求集于一身。

---

❶ 亚里士多德.政治学[M].吴寿彭，译.北京：商务印书馆，1997：7.

❷ 路易·阿尔都塞.读资本论[M].李其庆，冯文光，译.北京：中央编译局出版社，2001：361.

❸ 琳达·赫哲仁.后现代主义的政治学[M].刘自荃，译.台北：骆驼出版社，2006:2-3.

❹ 琳达·赫哲仁.后现代主义的政治学[M].刘自荃，译.台北：骆驼出版社，2006：8.

# 第四节　后现代的语境化

正如之前所分析，后现代主义所具有的历史性、政治性以及多元化等特征使得它必须冲出形式主义和人文主义的桎梏，才能实现其对一统化和有限的封闭的知识的质疑与颠覆。要达到这一目的，哈琴认为"语境化(contextualizing)"是非常有效的重要手段。

利奥塔在论述后现代视野下体制对语言的限制时曾说：

> 例如：大学里是否可以给语言（诗学）的实验游戏保留一席之地？部长会议上可以讲故事？军营里是否可以请愿？答案很清楚：是的，如果大学开办创作室；是的，如果部长会议正在展望社会未来；是的，如果长官同意和士兵协商。换句话说：是的，旧体制的各种界线已经移位。❶

哈琴从两个层次上定义后现代主义中的"语境化"。一是将艺术与理论置放于表达行为之内；二是将二者置放于这一行为隐含的更广泛的历史、社会和政治（以及互文）语境中。❷

第一个层次，即"表达行为"层次，属于语言学中的言辞内语境，其背后是语言交际理论。根据索绪尔的语言循环理论，一次成功的语言交际过程包括说话者在某种目的的驱使下，将语言信息正确地传递给听话者，而听话者又能正确地理解信息发出者传递过来的信息。这一成功的过程包括两个方面：说话者如何才能正确地传递语言信息；听话者如何才能正确地理解传递过来的信息。著名的社会语言学家约翰·甘柏兹（John Gumperz）在分析语境化在语言交际行为中的作用时也指出："'语境化'概念应当在解释学理论上进行理解，……对表达内容的阐释应当在

---

❶ 让－弗朗索瓦·利奥塔尔.后现代状况——关于知识的报告［M］.车槿山，译.北京：生活·读书·新知三联书店，1997：36-37.

❷ 琳达·哈琴.后现代主义诗学：历史·理论·小说［M］.李杨，李锋，译.南京：南京大学出版社，2009:103.

交互式的交流语境下进行。而它将受到'说话的内容'和'理解方式'两方面的制约。"❶

第二个层次，即"历史、社会和政治（以及互文）语境"，属于语言学中的言辞外语境。这个层次是交往过程中的客观环境因素。

哈琴强调，后现代主义的理论和实践都植根于这两个重要语境。罗曼·雅各布森（Roman Jacobson）的语言交际"六因素"中，"说话者、受话者、语境"占据了最首要的位置。只不过，在这里雅各布森将言辞外的语境排除在了他的"文学性"之外，而使自己将注意力集中于自身的音响、语汇、句法和审美意义。虽然雅各布森的这一形式主义语言学理论遭到了后现代主义理论及艺术的质疑与批判，但正如哈琴所说，它从另一方面使"文学和文学理论均意识到了语言的意义实质上是靠语境产生，意识到了表明一切话语环境的重要性。"❷

## 一、重视文本接受者的参与

后现代主义理论及实践首先强调的是应重视读者在意义生成过程中的作用。从文学阐释学开始，已经重视读者在文学作品的理解中的作用。尽管这个流派内部关于文学阐释学究竟研究什么，存在着许多差异和论争，但是焦点还是在作品与读者的关系上。❸接受美学的产生，读者的接受成为"康士坦茨学派"研究的主要对象，且地位被抬得很高。再进一步发展到美国的"读者反应理论"，更是详细地分析了读者在阅读和批评中如何参与到作品意义的生成过程中。只是在后现代主义理论和话语实践中，读者更多地被称为文本接受者。因为读者被理解为"在人们设想中拥有特定'语境'的话语的制造者"❹，并且成为后现代主义理论关注的焦点。

---

❶ John Gumperz. Contextualization and Understanding [M]. *Rethinking context: Language as An Iteractive Phenomenon.* edited by Alessandro Duranti and Charles Goodwin, Cambridge Unversity Press, 1992, pp. 230-231.

❷ 琳达·哈琴.后现代主义诗学：历史·理论·小说 [M].李杨，李锋，译.南京：南京大学出版社，2009:103.

❸ 张首映.西方二十世纪文论史 [M].北京：北京大学出版社，1999：29-240.

❹ 琳达·哈琴.后现代主义诗学：历史·理论·小说 [M].李杨，李锋，译，南京：南京大学出版社，2009：103.

虽然阐释学、接受美学甚至读者反应理论都重视读者的作用，但终究还是建立在对文本的封闭式理解的基础上。赛义德就看到了这种对文本的任意解读割裂了文本与世界（World）以及接受者与世界之间的联系，忽视了外部世界对文本意义建构的作用。因此，他倡导一种"批评介入"的思想。他认为批评家的价值在于以自己的文字建立起文本与世界之间的联系，"批评家不仅创造判断和理解艺术的价值标准，而且他们在写作中还体现现时现在的那些过程和实际情况，因为依靠它们艺术和写作才具有意义。"❶在此，赛义德不仅将政治和意识形态的责任赋予批评家，还将批评家置入"特定动机"和"特定环境"的语境中，赋予其参与文本建构过程的权力。

同样地，哈琴认为批评语境（critical context）的介入也可以避免将"艺术"与"生活"相分离的错误。她主张将文学视作一个模仿的动态过程，而阅读和写作都同时属于生活和艺术的过程。对于读者来说，一方面，现实构成了元小说的悖谬性的一面；另一方面，作为另一位创作者，又肩负着一个明确的责任，那就是根据自己的生活经历对文本进行再创造。❷

哈琴通过对历史编纂元小说的分析，认为后现代主义艺术实践对主体作为话语制造者的身份的关注，在形式上主要体现为"在文本中公开强调叙事的'我'和作为读者的'你'"，❸以此来彰显话语的产生和表达行为的过程。如约翰·伯杰（John Berger）的《加》，叙事者不断地在第三人称和第一人称中转换，即使我们注意到第三人称叙事常规，又通过这种转换来打破这一常规。在过去的文学批评和理论中，也有过重视历史、社会因素的情况，如丹纳的"种族环境批评法"，但其乃是以作者为中心的研究方法。而后现代主义重视文本接受者所处的历史、社会环境，不仅如此，它运用的还是一种自相矛盾的后现代话语，先对语境进行确立，继之质疑其界限。在叙事中，叙事者时刻不忘唤醒接受者的自我意识。整个语言交际行为过程中的参与者都无法避免且不得不考虑语境的作用。哈琴指出："无论在面

---

❶ 赛义德.赛义德自选集［M］.谢少波，韩刚，译.北京：中国社会科学出版社，1999：154.

❷ Linda Hutcheon. *Narcissistic Narrative: The Metafictional Paradox* ［M］. Waterloo: Wifrid Laurier University Press, 1980: 5.

❸ 琳达·哈琴.后现代主义诗学：历史·理论·小说［M］.李杨，李锋，译.南京：南京大学出版社，2009：103.

对面的交谈中，还是在诠释艺术文本的过程中，话语都是社会实践的形式，是参与者在具体情境中相互作用的形式，而在诠释艺术文本的过程中，每个读者都不得不把诠释者自文本中总结出的'言语情况'考虑在内。"❶

## 二、重视文本制作过程

哈琴认为，无论读者在最终操控阅读行为方面有多么自由，也会一直受到其阅读的内容和文本的制约。而在后现代小说中，文本的产生过程往往是所要彰显的重点。❷乔纳森·卡勒（Jonathan Culler）在讨论阅读过程中的自由与局限性时断言："肯定永远存在着双重性：阐释者及其要阐释的东西。"❸阅读与接受过程不可能只取决于接受者一方面，作为交流过程中的信息的载体，文本是一个重要环节。只不过，在后现代主义的接受过程中，重视的不再是封闭的作品本身，而是将焦点转移到了文本制作的过程中。文本制作过程在后现代小说中的彰显，主要是通过文本背后隐含的叙事者的自我指涉完成的。只是这种隐藏在文本背后的叙事者需要读者通过特定的语境关系感觉和推断出来。哈琴指出，文本有自己的语境，而且或许通过接受者对文本制作行为的推断和接受者本人实际的感悟行为，形式被赋予意义。❹由此看来，文本制作者和文本的意义都需要读者，或者说是文本接受者通过自己所处的话语语境，社会、历史及意识形态的语境，文本中各个意义的语境关系，来进行彰显。

后现代主义对语境的强调，再一次显示出了它对叙事的连续性和主体的连贯一致性的质疑。福柯在《什么是作者》中对作者的功能和特权进行考察时说："非常明显，在对一部作品（不论是文学文本还是哲学体系，抑或是科学文本）进行内部的或结构性分析，以及在界定心理学的和传记式

❶ 琳达·哈琴.反讽的锋芒：反讽的理论与政见[M].徐晓雯，译.郑州：河南大学出版社，2010：111.

❷ 琳达·哈琴.反讽的锋芒：反讽的理论与政见[M].徐晓雯，译.郑州：河南大学出版社，2010:111.

❸ Jonathan Culler. *On Deconstruction: Theory and Criticism after Structuralism* [M]. Ithaca, New York: Cornell University Press, 1982: 75.

❹ 琳达·哈琴.后现代主义诗学：历史·理论·小说[M].李杨，李锋，译.南京：南京大学出版社，2009：109.

的参照时，有关主体的绝对性和原创性角色的质疑便会产生。但主体却不应该被完全忽视，它应该被重新思考，不是要恢复一种原创性主体的主题，而是抓住它的功能，它对话语的介入以及它的从属系统。"❶福柯对主体的作用及绝对性与原创性进行了彻底的质疑，他主张将主体重新置入"心理学的和传记式的参照"，也就是置入一种特定的语境中进行考察。

哈琴认为，后现代元小说使用的"反讽"策略集中体现了接受者参与到文本意义生成的过程。她指出，我们每一个人都各自不同的体验，归属于这些不同的世界，它们构成了种种期待、推想以及假定的基础，而我们将这些期待、推想和假定带入针对话语的复杂处理过程，带入使用语言的复杂处理过程。❷接受者在对反讽的理解过程中，是无法脱离制作者、文本及其自身在特定语境中的具体表现的。不同语境中的接受便有着种种不同的期待与推想，其结果也自然千差万别。这不正是后现代所期盼的多元化存在吗？

## 三、主体位置关系的重新思考

在后现代主义理论和实践中，文本的制作者和接受者作为两个不同的主体位置，都要求置入新的、特定的语境中被重新思考。因此，传统的作者与读者之间的关系受到了质疑。哈琴提出："在足以阐述当今艺术的后现代诗学中，必须考虑到制作者和接受者的主体位置之主体性和相互作用力，甚至是这两个主体位置之间串通一气的问题。"❸在主体被重新思考之时，处于不同主体位置之上的制作者和读者之间的一整套社会关系也会发生根本性的改变。比如，本雅明在《理解布莱希特》中提出了应该重视技术在文本的制作过程中所起到的重要作用。因为技术问题关系到整个文本各要素

---

❶ Michel Foucault. What is Author?, in *Language, Counter-memory, Practice——Selected Essays and Interviews* [M]. edited with an Introduction and translated by Donald F. Bouchard, Oxford: Basil Blackwell, 1977: 137.

❷ 琳达·哈琴.反讽之锋芒：反讽的理论与政见[M].徐晓雯，译.郑州：河南大学出版社，2010：111.

❸ 琳达·哈琴.后现代主义诗学：历史·理论·小说［M］.李杨，李锋，译.南京：南京大学出版社，2009:109.

之间的生产关系，而文本中涉及的社会关系正取决于这种生产关系。❶当生产文本的技术工具发生改变，制作者、文本和接受者之间的关系也就发生了彻底改变。在《机械复制时代中的艺术作品》中，本雅明指出，机械复制使得作品与读者（观众）之间的距离缩小，神秘化和距离感被打破，使得大众都可以参与到文本的制作中，如照相术、电影等。人们可以根据自己的需要选择观看作品的时间与地点。在这种关系下，作者和作品高高在上的特权地位被彻底颠覆了。

伊格尔顿也赞成布莱希特和本雅明的这种观点。他认为，如果完全把作品当作作家的个人灵感所创造的东西，而无法将其与具体的历史时代和特定的语境关系结合起来，这样的作品是僵硬的、孤立的。"作品一旦与作家的历史条件分享，必然会显得意图不明，神秘莫测。"❷哈琴认为，历史性、社会性和意识形态性都是这种重新思考过程中所不可避免的语境。将传统意义上的作者理解为作品的制作者，将作者从绝对权威的位置上拉下来，成为一个仅仅代表了文本中需要填充的位置，这样就避免了在谈论作者时只是谈单个个体，而将重点放在与之相关的历史、社会及意识形态因素中。

上一节谈到，在罗兰·巴特那里，主题以及主体性等都是在重复行为的过程中建构起来的。因此，哈琴意识到后现代历史编纂元小说中，将虚构人物和历史人物同时安排在小说中，这种情节设计将主体的本质性问题化了，质疑了现实主义和写实主义中将主体确立为连贯一致和有连续性的实体的常规。例如《但以理书》《鱼鹰湖》《蜘蛛女之吻》和《反地球》这样的后现代元小说中，第一人称和第三人称之间的不断转换就是将语言中主体性的根基复杂化，在确立它的同时又颠覆它。❸

哈琴提出将后现代主义语境化的目的，是要消除文本意义阐释中的"原创性意识"，实际上这也是一种"去中心化"的表现。后现代主义之所以能将文本语境化，取决于文本主体的意识形态性。在被意识形态构建的过程

❶ Walter Benjamin. The Author as Producer, in *Understanding Brecht* [M]. Translated by Anna Bostock. London: Verso, 1998: 85-89.

❷ 特里·伊格尔顿.马克思主义与文学批评[M].文宝,译.北京：人民文学出版社，1986：74.

❸ 琳达·哈琴.后现代主义诗学：历史·理论·小说[M].李杨，李锋，译.南京：南京大学出版社，2009：115.

中，特定的历史、社会、政治等因素对其意义的产生起到了非常重要的作用。在语言交际过程中，语言作为符号的本质与社会、历史环境是分不开的。巴赫金指出，符号作为语言交际过程中的媒介角色，其中也"充斥着他人的动机"，❶他认为符号不可避免地具有历史性、社会性和意识形态性。因此，他的对话理论总是话语作为说话者与对话者之间言语的相互作用的形式。哈琴指出，巴赫金和巴特对过程、语境和表达情境的强调无论在理论上还是在实践上对于后现代话语都至关重要。❷她大胆地将后现代主义把对小说叙事的研究焦点从单一的作者的个体表达和模仿式再现转向对话语共同体中所体现的"共有表达语境"的关注，看成是对结构主义只关注语言和能指与所指间武断却稳固的关系的"言语报复"。❸这是一种对言语发出者的绝对地位的挑战及对其与言语接收者之间的固有关系的质疑。

哈琴总结性地指出，后现代主义将研究的关注点从作者转向读者，从作品转向文本的历史、政治、社会因素的做法，从话语实践上来看，是符合文学批评理论发展轨迹的。她以伊格尔顿的"现代理论史三阶段论"为例进行说明。伊格尔顿在《文学社会学的两条途径》中指出，文学社会学有两条基本的途径或方法，第一是现实主义，在这条途径中文学的意义及价值由社会语境所决定；第二是实用主义，此种方法的基本观点是文学由在语境存在的所有因素（即语境因素）所构形。❹虽然伊格尔顿认为这两种方法都不可避免地带有缺陷，但他对两种方法的基础表示赞同，即离开社会语境，文学便无从实现自身。

在《文学理论导论》中，伊格尔顿总结了现代文学理论发展的三个阶段：浪漫主义与 19 世纪的文学理论是以作者为研究重点；新批评则专注于文本

---

❶ Mikhai Bakhtin. *The Dialogic Imagination: Four Essays* [M]. edited by Michael Hloquist, translated by Caryl Emerson and Michael Holquist, Texas: University of Texas Press, 1981: 293.

❷ 琳达·哈琴. 后现代主义诗学：历史·理论·小说 [M]. 李杨，李锋，译. 南京：南京大学出版社，2009:110.

❸ 琳达·哈琴. 后现代主义诗学：历史·理论·小说 [M]. 李杨，李锋，译. 南京：南京大学出版社，2009:112.

❹ Terry Eagleton. Two Approaches in the Sociology of Literature, [J] .*Critical Inquiry*. spring 1988: 469-475.

分析；从接受美学开始，读者成为研究关注的焦点。❶虽然伊格尔顿与哈琴各自出于不同的话语角度来看待文学理论的这一发展过程，但哈琴认为伊格尔顿对文学理论的这一总结也概括了过去 150 年文学实践的发展变迁。她说："假如我们从话语实践而不是从体裁和不同角度来思考，则会毫不奇怪地发现某一时期的艺术可能会与其理论一样关注同样的问题。……我只想强调一点，艺术领域和批评领域的浪漫主义和现代主义在把焦点从作者转向读者方面功不可没。后现代主义艺术和理论现在所处的位置是向我们展示下一阶段，在其质疑分析——指涉话语压抑一切表达行为及其实施者之时，它们可能已经向我们展示了这个阶段。"❷哈琴这段话的意思其实还是针对将理论和实践相脱离的做法，她一直认为理论和艺术实践之间是相互促进的关系。不管何时，她都一直将"理论阐释必须来自于其意欲研究的对象"这一理念贯穿于整个理论分析和话语批评中。

---

❶ Terry Eagleton. *Literary Theory: An Introduction* [M]. Minneapolis: University of Minnesota Press, 2008: 64.

❷ 琳达·哈琴. 后现代主义诗学：历史·理论·小说 [M]. 李杨，李锋，译. 南京：南京大学出版社，2009：107.

# 第三章　从真理主义到问题诗学

福柯在对知识、权力、制度与人的主体化关系进行研究时认识到，思想对于人的主体建构起着非常重要的作用。他认为人的思想史的特征就在于"发现各种各样的'问题化（Problématique）'或'成问题化（problématisation）'的基本模式"。❶问题化就是要对面临的对象和各种存在的前提、条件提出质疑，回到对象和事实的产生，摆脱各种既成事实的影响。因而能使我们对事实的分析有充分的自由。同时，提出"问题"产生的过程中如何隐含着回答问题和解决问题的因素和方向。他在讨论话语与真理的关系时认为，对于真理的问题化就是话语生成的过程。他说："真理的问题化是前苏格拉底哲学的结束期和当今哲学体系开始时期的特征。它包括两个主要方面，一是在判断一句结论是否为真时推理的过程是否正确；二是涉及以下这些问题：哪些因素对个人和社会在真理的讲述、真理的理解以及由谁来讲述真理来说是重要的，以及如何认识它们。"❷他同时指出前一个问题是关于传统哲学中的"真理的分析"，而后一个方面的根源则在于西方对传统的批判。而他所要讨论的是有关"问题化"的问题化，是属于批判的传统。福柯的整个话语实践都致力于对权力和总体化的批判，这对后现代哲学和批评理论都产生了重要的影响。我国学者高宣扬就指出，"福柯的批判火力毕竟痛击了传统文化的要害处，以致在他的影响下，整个后现代主义者也对传统西方文化全面出击，在福柯的'成问题化'思考模式的启发下，在同传统西方文化和现代文化周旋，并在不断对之吞噬的过程中，不断地提出问题，进行一种具有'后现代'风格的无目的自由创造游戏活动。"❸

❶ 高宣扬. 后现代论［M］. 北京：中国人民大学出版社，2005：351.

❷ Michel Foucault. *Discourses and Truth: The Problematization of Parrhesia.*［M］. Six Lectures given by Michel Foucault at Berkeley, Oct-Nov. 1983, p. 65.

❸ 高宣扬. 后现代论［M］. 北京：中国人民大学出版社，2005：288.

受福柯观点的影响或者说与福柯的观点类似，哈琴认为后现代主义诗学对理论和艺术内涵的认识存在于其所反对的对象中，即当今文化的统治力量的思想和审美基础。❶要在其中生成后现代主义诗学的话语实践，就必须深入到这种思想和审美基础的内部，与其内部制度和思想进行交流。毫无疑问，这就是一种质疑行为，而质疑行为的本质就在于对其质疑的对象先确立后质疑。这种形式体现了后现代主义本身的悖谬性。她说："后现代主义的悖论极力指引我们认识一统化体系和固定的、约定俗成的界限（包括认识论与目的论）的不足之处。"❷在认识到差异存在的同时，又包含着更深一层的疑虑。而在后现代艺术与理论中，这种疑虑常常体现在历史的问题化与主体性的问题化方面。

# 第一节　历史的问题化

杰姆逊将后现代主义定义为"晚期资本主义的文化逻辑"，他特别赞同经济学家曼德尔对这一文化形态的剖析与责问。曼德尔认为后现代社会在历史上是没有原创性的，他把后现代社会视为资本在历史进化过程中的第三个阶段，一个比以前任何存在形式更"纯粹"的资本主义社会。杰姆逊认为资产阶级社会正是一个缺乏历史感的社会，由于机械复制技术给艺术带来灾难，后现代社会中过去的意识与历史感消失了。他说："资产阶级不知道自身正向何处去，已经失去了控制，也失去了历史感。"❸他认为后现代主义所谓的对历史的回归只不过是无力把握历史的一种"怀旧"，历史和传统只不过是作为碎片而形成了后现代主义的"七拼八凑的大杂烩"。❹伊格

---

❶ 琳达·哈琴.后现代主义诗学：历史·理论·小说［M］.李杨，李锋，译.南京：南京大学出版社，2009：299.

❷ 琳达·哈琴.后现代主义诗学：历史·理论·小说［M］.李杨，李锋，译.南京：南京大学出版社，2009：302.

❸ 弗里德里希·杰姆逊.后现代主义与文化理论——弗·杰姆逊教授演讲录［M］.唐小兵，译.西安：陕西师范大学出版社，1987：180.

❹ 詹明信.后现代主义，或晚期资本主义的文化逻辑，选自张旭东主编《杰姆逊批评理论文选》［M］.陈清侨等，译.北京：生活·读书·新知三联书店，1997:454.

尔顿虽然并没有否认后现代主义的历史倾向，但他却认为后现代主义仅仅
将历史作为一种目的论的东西，并"以它自己的多元论原则、臭名昭著的
侵犯性抹平了历史的多样性和复杂性。"❶但伊格尔顿也同杰姆逊一样，对后
现代主义对历史语境的重视颇为不满，他认为"后现代主义的历史倾向虽
然生动强烈然而却是一维的，为了目前，当代语境，即时事态勉强挤出了
这个分层的时间概念。"❷杰姆逊以"科幻小说"中表达的"现时"时间观为
例，认为这是后现代文化对时间意识的一种新的表达。他认为这种时间意
识与真正体现了历史感的历史小说是完全不同的。后者是力图将现时看作
过去的发展结果，而前者则是对现实的一种新认识，只不过是从历史的角
度来想象我们所处的"现时"。对于杰姆逊和伊格尔顿来说，这样的历史倾
向和时间认识并不是真正的"历史感"。

　　与之相比，迈克尔·斯坦福（Michael Stanford）的概括似乎更为客观
一些，他认为后现代主义的史学理论具有下列特征："（1）历史著述/文本
自成体系，与历史事实无关；（2）历史著述的好坏，不在它是否反映历史
事实，而在于它文笔是否优美；（3）过去并不存在，而只有对过去的一些
解释——这些解释也许言之成理，但也许胡说八道；（4）无法用真假来评价
历史著作；（5）历史著述通常是意义含混的，无法重新解说；（6）历史的过
去只是'建构'出来的，其实并不存在。"❸虽然斯坦福的概括在有些方面显
得比较夸张，与后现代主义历史观的实际观点并不符合，但却或多或少把
握住了后现代历史观的一些基本要点。对于后现代来说，的确历史与过去
之间的对等关系已经非常值得怀疑了。因为我们无法把握那种真正存在过，
但却无法知道的史实。

　　在哈琴看来，后现代作品就是以其价值观对语境的依赖的本质为主题
的。从尼采的"谱系学"对标准历史观的质疑开始，语境的意义和作用便浮
现出来。尼采拒绝对"起源"的探究，因为首先人们总是在起源中收集事物
的精确本质、最纯粹的可能性、同一性……寻求这样的起源就是试图找到

❶　特里·伊格尔顿.后现代主义幻象［M］.华明，译.北京：商务印书馆，2006：60.

❷　特里·伊格尔顿.后现代主义幻象［M］.华明，译.北京：商务印书馆，2006：61.

❸　转引自王晴佳.从历史思辨、历史认识到历史再现——当代西方历史哲学的转向与趋向
［J］.山东社会科学，2008（4）：16.

"已然是的东西"。❶传统的线性历史研究将起源公设为"真理之所在"。尼采说："真理是一种错误，但它的优势是能免遭反驳，这肯定是因为历史进程的长期焙烧使它变得不可改变了。"❷正如我们在后现代的语境化这一节中所论及的那样，福柯认为对主体的重新思考应该拒绝一种线性的或者说是连续性的历史知识，将其放入历史的临时不定性语境中进行重新考察。根据笔者对哈琴思想的考察以及哈琴本人在信中所述，对其历史问题化思想产生影响的主要是海登·怀特的"元历史"思想，在接下来的部分中我们将会对此问题进行集中讨论。

哈琴认为，历史不仅是能使后现代主义的"问题化"的策略得到充分发挥的地方，而且还构成了后现代小说及其他艺术形式所密切关注和运用的主题。后现代主义并没有如杰姆逊所说的那样将历史抛弃在了资本主义的文化逻辑下，也不是像伊格尔顿所认为的那样没有历史深度感，抹杀了历史的复杂性和多样性。她指出，杰姆逊对后现代主义无深度、平面化、怀旧但历史感消失的概括在其自己的一段阐释中不攻自破："20世纪60年代的那一代人（他们的确创造了后现代主义）或许出于显而易见的原因倾向于比他们的前辈进行更多的历史思考。"❸为了回应真正无视历史的形式主义和唯美主义，后现代主义带着新的对历史思考的愿望，对历史进行了问题化的回归与重访。在哈琴的后现代主义诗学中，历史的问题化涉及到以下几个问题：

## 一、两种"历史"的张力

"历史"一词本身是模棱两可的，它既包括人类以往各种活动的总体和事件的过程，也包括对这个总体和过程的叙述与说明。❹在谈及后现代主义的历史化问题时，哈琴认为"历史"概念的不同意义上的运用，都体现在后现代主义的文学和艺术中。并且，通过自我指涉式的互文性，两种意

❶ 福柯.尼采、谱系学、历史，选自杜小真编选《福柯集》[M].上海：上海远东出版社，1998：148.
❷ 转引自福柯.尼采、谱系学、历史[M].上海：上海远东出版社，1998:149.
❸ Fredric James. Periodizing the 60s,[J].*Social Text*. No. 9/10, The 60's without Apology, 1984(Spring-Summer): 178-209.
❹ 杨耕、张立波.历史哲学：从缘起到后现代[J].学术月刊，2008（4）：34.

义上的"历史"显示出一种张力，这种张力构成了后现代主义的矛盾之一。她认为第一种历史是默克里·克里格（Murray Krieger）所谓的"一连串连续无阻的、经验的、原始的事实"❶，另一种历史其实指的是历史方法，是历史讲述者借助想象力来重构历史的过程和将历史知识系统化的过程，也就是"历史的编写"。❷《大英百科全书》对"历史"也作了这样的解释："历史"一词在使用中有两种完全不同的含义，第一，指构成人类往事的事件和行动；第二，指对此种事件的记述及其研究模式。前者是实际发生的事情，后者是对发生的事件进行的研究和描述。第一种历史，即历史事件本身，是我们无法真正了解的。一切曾经看起来是"真实的""权威的"史料、档案等，都有想象、虚构的成分。对此，哈琴用了两个概念来区分这两种历史，即"事件（events）"和"事实（facts）"。

　　在哈琴的论述中，并没有直接对"事件"和"事实"两个概念的内涵进行界定，但这两个概念一直被她运用于整个讨论过程中。通过对哈琴相关论述的分析，我们可以大体厘清这两个概念在哈琴的后现代主义诗学中的内涵及意义。"事件"即指历史上发生的具体事件本身。这一概念的含义基本上没有什么争议。而"事实"却引起了人们的误会。哈琴认为，我们通过历史编写和小说叙述所知道的所谓历史"事实"并不是事件本身。她说："历史提供由原始事件制造的、经过人为阐释的、能表意的、带有话语性的、被文本化的事实。"❸因此，我们所能触及的只是历史"事实"，这种"事实"是由历史编写或是小说这两种话语体系来表达的，是经过"人为阐释"的事实。历史事件是构建历史事实的基础和前提，她指出，在历史编纂元小说中不否认过去的存在，但它强调，我们对过去和历史的认识都来自被阐释和编织过的"文本化的残余(textualized remains)"——文献、档案

---

❶ Murray Krieger. Fiction, History, and Empirical Reality [J]. *Critical Inquiry*, 1974(2): 339.

❷ 琳达·哈琴. 后现代主义诗学：历史·理论·小说 [M]. 李杨，李锋，译. 南京：南京大学出版社，2009：126.

❸ 琳达·哈琴. 后现代主义诗学：历史·理论·小说 [M]. 李杨，李锋，译. 南京：南京大学出版社，2009：207.

证物和目击证据等 ❶。默克里·克里格也认为："无论是原始材料，也就是所谓的资料，还是我们的观念所强加其上的形式构建，都将历史看作是人们所经历的历史和历史学家的历史。"❷

这种话语性的、被文本化的表意体系所构建的"事实"正是利奥塔攻击的对象。利奥塔对知识的合法性的质疑就是对传统的语言表意体系的不信任。在他看来，不同的语言游戏之间具有不可通约性，任何一种语言规则之下的表意都不能作为其他语言的评定标准。哈琴显然赞同利奥塔对知识话语体系的这种质疑。因此，她认为后现代主义艺术和文学中，体现得最明显的就是对"事实"的质疑。因为我们现在所掌握的"事实"，不过是传统的历史编写规则和叙事规则下的产物，我们目前所了解的所谓"事实"只不过是文化作品所制作、支撑的"事实"。❸

哈琴指出，后现代主义历史和文学将历史和小说都看作是话语，两者都构建了制造过去意义的表意体系。历史的意义和形式并不存在于历史"事件"本身，而是存在于由历史编写规则和叙事规则所构建的历史"事实"的体系中。❹这种"事实"体系，就是海登·怀特所说的"按赋予动机的方式被编码，从而提供给读者的故事。"❺

后现代质疑权威的态度也是历史的产物，是受了 20 世纪 60 年代社会思潮的影响而成。历史编纂元小说通过反讽的手法向读者展示了它对传统的小说世界构建手法，包括前面章节所谈到的传统的历史编写手法（因为在以历史编纂元小说为主要代表的后现代主义小说中，历史编写与小说世界的建构是融为一体的）的态度，即"先维护后破坏"。它的目的是先向"传统"的读者敞开怀抱，使之觉得其易于接近，再让这些传统的读者在感受到"历史"的同时接受反讽带来的评判与颠覆。哈琴说："也许最有效的颠

---

❶ 琳达·哈琴.后现代主义诗学：历史·理论·小说［M］.李杨，李锋，译.南京：南京大学出版社，2009:96.

❷ Murray Krieger. Fiction, History, and Empirical Reality.［J］.*Critical·Inquiry*,1974(2): 339.

❸ Craig Owens. Representation, Appropriation & Power［J］. *Art in America*. 1982(5): 9-21.

❹ 琳达·哈琴.后现代主义诗学：历史·理论·小说［M］.李杨，李锋，译.南京：南京大学出版社，2009:121.

❺ 海登·怀特.元史学：十九世纪欧洲的历史想象［M］.陈新，译.南京：译林出版社，2004: 7.

覆模式就是能直接向'传统的'读者讲话，然后，再零打碎敲地凿烂其对这些传统之明晰性所抱有的信心"。❶她以多克托罗另一部历史编纂元小说《泰格拉姆时代》为例，指出作者故意将尼克松时代和威尔逊时代的历史事件混淆，以便能达到"借此讽彼"的目的，同时又进一步指出事件涉及的种族主义等问题都有其更深的历史根源。

## 二、历史知识的临时不定性

既然历史编写出的历史知识被确定为作为表意体系的话语，那么这一体系就应具有语言的本质——临时不定性和虚构性。哈琴指出，历史知识的临时不定性并非是后现代主义的发现。长久以来，历史学家、小说家以及批评家们就已经注意到了历史知识的临时不定性，并对历史事实的本体论和认识论的状态提出了质疑。❷正如哈琴所说，从18世纪开始，历史的连续性和一致性就在历史编写和小说中同时遭到问题化。 19世纪以前，历史编纂学一度被当作一种文学艺术，其虚构的本质得到普遍的认可。从19世纪开始，赫伯特·冯·兰克（Herbert Von Ranke）及其追随者开创了实证主义的历史编纂学，将"对过去的叙述"当作仿佛其真的发生过一般。然而，在19世纪末之前，尼采、德里达等人已经开始对历史叙事的有效性提出质疑了。到了20世纪，历史的经验性和客观性继续受到历史编纂学、哲学和文学理论领域的攻击。在历史编纂领域的科林伍德（Robin Crearge Collingwood）、克罗齐（Benedetto Croce）、海登·怀特（ Hayden White）、多米尼克·拉卡普拉（ Dominick LaCapra），哲学领域的米歇尔·福柯、德里达，文学理论领域的新历史主义者和文化唯物主义者的作品里，我们可以找到越来越多的对历史编纂学的推测性和虚构性本质，及其对文学所产生的直接影响的关注。❸因此，其不可避免地带有语言的虚构性。

哈琴指出，有不少现代主义者认识到了历史知识的临时不定性，并将之称作"历史的梦魇"。因为在现代主义者那里，对"过去"的呼唤中包含

---

❶ 海登·怀特.元史学：十九世纪欧洲的历史想象[M].陈新，译.南京：译林出版社，2004：273.

❷ 海登·怀特.元史学：十九世纪欧洲的历史想象[M].陈新，译.南京：译林出版社，2004：121.

❸ Jesus Benito Sanchez. Doctorow's Ragtime: A Breach in the Frame of History [J], *Atlantis*, 1997(2): 16.

着对一种更加坚固和稳定的价值体系的渴望。寻找"过去"是为了超越"过去"。 海登·怀特在其《元历史：十九世纪欧洲历史学的想象》中指出："从瓦莱里、海德格尔到萨特、列维—斯特劳斯和米歇尔·福柯，都严厉地质疑特定'历史'意识的价值，强调历史重构的虚构特征。"❶难怪哈琴自信地说："历史知识的临时不确定性并非后现代主义的发现。"由于历史知识的临时不定性本质，启蒙理性主义者所假设的那种具有评判性的元史学原则就像海登·怀特的书名《元史学：十九世纪欧洲的历史想象》所揭示的那样——只不过是一种想象。海登·怀特对历史知识的临时不定性的详细追溯对哈琴或者说对后现代主义的帮助非常大。哈琴非常肯定地说："意义和形状不存在于事件本身，而存在于把过去'事件'转变成现在历史'事实'的体系中。"❷在有关后现代主义的界定的论述中，我们曾谈到后现代主义与传统有着无法割舍的内在联系。在后现代主义看来，这种通过人工制造的"事实"体系虽然具有临时不定性，但却是无法摧毁的。因为后现代主义者认为，过去的摧毁会导致万籁俱寂，同时这也是现代主义者的发现。❸

　　在 19 世纪以前的"历史编纂"领域，以培尔、伏尔泰为代表的启蒙理性主义思想家反对任何带有"虚构"特征的历史。怀特认为，启蒙理性主义者们渴望一种具有评判性的元史学原则来对往事的个体性和具体性进行评判，从而得出普遍真理。他们误以为理性能承担这一重任，然而现实却是这种原则无法成为可能。因为他们最终认为其依据的历史资料、文献是非理性的，具有不确定性。❹维柯称之为"人类想象的最无理性之处"，他认为人类历史存在着这样一种悖论，这些非理性的想象事实充当了社会与文化制度结构的基础，而人类理性又正是在这样的社会与文化制度中产生的。因此，怀特说，必须假定人类的理性文明的原初形态是古人受非理性支配所建构起来的。❺至此，海登·怀特将历史知识的临时不确定性追溯到了人

❶ 海登·怀特.元史学：十九世纪欧洲的历史想象 [M].陈新，译.南京：译林出版社，2004：1.

❷ 琳达·哈琴.后现代主义诗学：历史·理论·小说 [M].李杨，李锋，译.南京：译林出版社，2004：68.

❸ Umberto Eco. *Postcript to The Name of the Rose*.Translated by William Weaver, San Diego, California [M]. New York, and London: Harcourt Brace Jovanovich: 67.

❹ 海登·怀特.元史学：十九世纪欧洲的历史想象 [M].陈新，译.南京：译林出版社，2004：68.

❺ 海登·怀特.元史学：十九世纪欧洲的历史想象 [M].陈新，译.南京：译林出版社，2004：69.

类理性文明的最初时期，即认为历史知识的临时不确定性是所有理性知识所共有的、原初的本质。怀特坚信波普尔的说法"不可能有'事实如此'这样的历史，只能有历史的各种解释，而且没有一种解释是最终的，每一代人都有权形成自己的解释。"❶这正如哈琴所注意到的，历史再现的意义是由语境决定的。

那么在历史诗学领域又是怎样的情况呢？海登·怀特发展了一种独特的历史诗学观念，在他看来，在历史小说中这种"虚构"特征正是创造性的体系。然而，对于"创造"是否是史学家的任务，传统的想法也在发生悄然改变。怀特指出，有这样一种史学传统，认为"历史"与"小说"之间的差别在于史学家"发现"故事，而小说家"创造"故事。❷怀特认为这种有关史学家的任务的传统观念将作为史学家任务中的一部分的"创造"模糊化了。而史学家的"创造"是通过对故事的情节化的解释来实现的，这也是一个将现实情节化的过程。这些情节结构都是升华过的形式，是一种虚构的原型。怀特指出，不同的故事形式的原型为我们刻画不同种类解释效果的特征提供了一种手段，该效果正是史学家在叙事的情节化层面能够争取到的。❸因此，他认为历史学家和历史哲学家"作为历史叙述和概念化的楷模，他们的地位最终有赖于他们思考历史及其过程时，那种预构的而且是特别的诗意本性。"❹正如海登·怀特一再重申的那样，历史是"以叙事散文话语为表现形式的词语结构"❺，用哈琴的理解来说就是："编史就是诗的创作。"❻

因此哈琴指出，历史编纂元小说"以反讽的方式重访过去"的策略为现代主义从"历史的梦魇"中苏醒过来提供了有效的途径。她认为历史编纂元小说能够"一方面试图更准确一致地再现某一特殊的历史时期，另一方面

❶ 卡尔·波普尔.开放社会及其敌人 [M].（第二卷），郑一明等，译.北京：中国社会科学出版社，1999：404.

❷ 海登·怀特.元史学：十九世纪欧洲的历史想象 [M].陈新，译.南京：译林出版社，2004：8.

❸ 海登·怀特.元史学：十九世纪欧洲的历史想象 [M].陈新，译.南京：译林出版社，2004：13.

❹ 海登·怀特.元史学：十九世纪欧洲的历史想象 [M].陈新，译.南京：译林出版社，2004：4.

❺ 海登·怀特.元史学：十九世纪欧洲的历史想象 [M].陈新，译.南京：译林出版社，2004：9.

❻ 琳达·哈切恩.加拿大后现代主义——加拿大现代英语小说研究 [M].赵伐，郭昌瑜，译.重庆：重庆出版社，1994：94.

又依赖文本互文关系，既表明它与历史事实迂回的关系（即通过文献或文本），又表明它本质上的文学性。"❶后现代主义小说家和艺术家们经常通过各种方法将所谓的编史的真实与小说的虚构混杂起来。她以蒂莫西·芬德利（Timothy Findly）的作品为例，《著名的遗言》(*The Last Famous Words*)中，佩斯利这样的人物是纯粹虚构的，而弗索虽然是虚构人物但却能够与被证实为真实的历史人物马泰奥蒂相提并论，同时书中又出现了一系列的真实历史名人，如庞德、温莎公爵、谢伦柏格等，尽管书中对这些真实的历史名人也进行了一定的虚构。历史编纂元小说将"历史事实与创作行为（和表现）之间的关系"作为共同的主题。❷

在有关历史小说方面，美国学者芭芭拉·福利（Barbara Foely）提出了"元历史小说（metahistorical novel）"的概念。与哈琴提出的历史编纂元小说概念不同的是，"元历史小说"是对传统历史小说理论的修正，它所关注的还是过去与现在之间的连续性，以及各种不同形式的历史意识与历史的回归问题。❸然而，在这些关注的背后，一些元历史小说也表现出了对历史重构的诉求。其重点不再是将历史本身作为文学主题，而是注重其与创作之间的关系，表现"生活在当今"的人物对过去的一种"历史编纂"式的意识。在这里，历史的固有意义和传统价值受到了质疑，传统历史小说中将历史作为主题的规则悄然发生了改变。值得注意的是，有一些被芭芭拉·福利概括在元历史小说范围内的小说，如福克纳（William Faulkner）的《押沙龙！押沙龙！》(*Absalom! Absalom!*)等，同时也被认为是后现代主义的历史编纂元小说。与现代主义者不同的是，后现代主义者更加自觉地将自己置身于历史之内，并在作品中公开地承认自身与历史的联系。哈琴说："后现代历史、文学作品使我们懂得，历史和小说都是话语，两者构建了表

❶ 琳达·哈切恩.加拿大后现代主义——加拿大现代英语小说研究［M］.赵伐，郭昌瑜，译.重庆：重庆出版社，1994：97.

❷ 琳达·哈切恩.加拿大后现代主义——加拿大现代英语小说研究［M］赵伐，郭昌瑜，译.重庆：重庆出版社，1994：99.

❸ Ansgar Nunning. Where historiographic metafiction and narratology meet: towards an applied cultural narratology [J]. *Style*, 2004(3)：352.

意体系，我们借此制造过去的意义。"❶

对于历史和话语这两种表意体系，法国语言学家埃米尔·本维尼斯特（Emile Benvesniste）关注将这两种表意体系作为陈述的两种不同表现。他认为两者是有本质区别的，历史叙述具有无叙述者的特点。他说："这里（历史叙述中）无人在讲话，事件看起来是在自我讲述。"❷但同时他又承认了任何陈述背后都隐藏着说话者和听话者，因此历史陈述只是"看起来"好像没有讲述者。结构主义语言学试图以形式来抹去主体的存在，而在哈琴看来，后现代主义的历史编纂元小说却将这两种表达体系合二为一，公开地将隐藏在背后的陈述主体浮现出来。根据本维尼斯特的分析，历史编写与写实小说有一个共同的倾向，即在对过去事件的叙述时，其历史表述倾向于压抑文法对言语的话语情境的指涉，以至于作为叙述者的主体被隐藏起来，由此来显示其再现的客观性、中立性、无情感性。而在后现代主义中，历史和小说将历史、意识形态、情感、道德等各种因素混杂起来，传统历史的总体性以及客观性和中立性的假设前提便显得根基不稳了。

在历史知识的临时不确定性的语境下，历史编写和小说的再现功能被"问题化"，而历史的临时不定性又使得历史编写与小说之间的叙事显示出天然的公分母。❸如果说在现代主义艺术中，这种临时不定性受到的是回避的待遇，那么在后现代主义中这种问题便被直接面对。哈琴指出，后现代主义对这些问题的直接面对采取了两步走，它将历史语境重新确立意义，并承认其对于意义和形式的决定作用。在这个重新确立意义的过程中，它又对其进行质疑，将其"问题化"。在这个质疑的过程中，后现代主义始终持批评的态度来对待"历史"。它一边利用建立在"事实"基础上的历史知识，一边又意识到这种历史知识的临时不定性，从而对历史编写、叙事及小说三者之间关系重新思考，将历史知识的再现与认知地位问题化。这种质疑与重新思考集中体现在被哈琴称之为"历史编纂元小说"的一类小说

❶ 琳达·哈琴. 后现代主义诗学：历史·理论·小说 [M].李杨,李锋,译.南京:南京大学出版社,2009: 121.

❷ Emile Benveniste. *Problems in General Linguistics* [M]. translated by Mary Elizabeth Meek, Coral Gables Fla: University of Miami Press, 1971: 206-208.

❸ 琳达·哈琴. 后现代主义诗学：历史·理论·小说 [M].李杨,李锋,译.南京:南京大学出版社,2009: 123.

中。哈琴曾一度将后现代主义小说与历史编纂元小说等同起来，但在笔者最近与哈琴的一次通信中，她修正了这一看法，认为历史编纂元小说虽然不能完全代表后现代主义小说，但绝大部分的后现代主义小说可以用历史编纂元小说的概念来进行概括。❶

哈琴认为，历史编纂元小说所真正要挑战的是传统的区分历史和小说的方法。在历史编纂元小说中，区分历史再现和小说虚构的界限被打破，历史编写和小说都被置于同一个文本中，并同时成为了解历史真相的途径。因此，历史学家和诗人便成为同一个人，故事讲述和历史编写之间的区别也随之消失。❷历史和小说都被定义为作为表意体系的话语，正是这一身份同时授予了二者对真相的拥有权。❸在海登·怀特所开创的"新历史主义"运动中，用叙述化改造历史学的尝试使得历史编纂的传统功能和形式开始发生改变。这在叙述学中被称为"叙述转向（Narrative Turn）"。❹在后现代主义的悖谬性和矛盾性的基础上，哈琴认为，后现代主义不仅继续了这种"转向"，同时以反讽的方式实现了对过去的重访，最大限度地以自涉式的语言彰显了历史编写与小说叙事之间的张力。

按照哈琴一贯的做法，对后现代主义中任何现象的分析和描述都以具体的文学艺术实践为基础。她认为历史的书写无法摆脱意识形态、习俗制度以及对写作行为本身的分析。因此，在后现代主义文本中，历史编写和文学评论的一些惯常的做法被打破。以历史学家勒鲁瓦·拉迪里（Le Roy Ladurie）的《罗马人的狂欢节》为例，故事的讲述者不再是貌似处于客观位置的事件见证者或者是卷入其中的参与者，而是一位具有鲜明政治立场的学者，用一种夹叙夹议的方式来表明自己所处立场的价值体系。处于双重身份的意识形态背景下的加拿大英语小说创作更是在这一点上有所体现。除了前文所提到的芬德利的《著名的遗言》等小说，还有鲁迪·威伯（Rudy Wiebe）的《大熊的诱惑》（*The Temptation of Big Bear*）、《焦林中的人们》

❶ 见附录，作者与琳达·哈琴教授的重要通信摘录。

❷ Murray Krieger. Fiction, History, and Empirical Reality. [J].*Critical Inquiry*, 1974(2): 339.

❸ 琳达·哈琴.后现代主义诗学：历史·理论·小说［M］.李杨，李锋，译.南京：南京大学出版社，2009:127.

❹ 赵毅衡.符号学原理与推演［M］.南京：南京大学出版社，2011：322.

(*The Scorched-Wood People*) 等小说中白人所书写的条约,《圣经》所代表的"事实"与印第安人的口头的、没有书面记录的口语形成了对立。不仅如此,如《焦林中的人们》中的里尔还产生了对这种口头传统进行书面记录的迫切愿望,身陷书文形式的永恒性所带来的矛盾中。像这样的小说,语言对事实与叙述的关系有着自觉的意识,还显示出对语言和书写行为之间关系的自觉认识。❶为了达到以上所述的目的,后现代主义艺术及小说采用了"反讽式戏仿"这一策略。在历史编纂元小说中,常规既被确立又被颠覆,既被使用又被误用。❷哈琴认为,历史编纂元小说同时具备自我指涉性与其看似与历史背景相对立的态度,是为了揭示文学和历史知识的局限与力量。以此种方式来挑战历史及其书写,并不是否定它,而恰恰体现了其本身所具有的深刻的历史性。❸

另一方面,哈琴又注意到了反对后现代主义的人对后现代主义所做的另一种诋毁,那就是认为后现代主义对历史的回归(return to history)是犯了怀旧病,仅仅是一种怀旧式的感伤或者说是发思古之幽情。戏仿的反讽性使得后现代对历史的回归并非是怀旧,或者如杰姆逊、伊格尔顿等理论家所认为的那样具有无历史感和现时化(presentification)特征。伊哈布·哈桑就猛烈抨击杰姆逊等人对后现代主义的这种批评是因为忽视了历史和后现代主义的要点。哈桑认为,在后现代主义中各历史因素之间是一种新的关系,而非为了"现在"就对"过去"进行压制。❹后现代主义与历史之间的关系并非如前所述的思想家们认为的那样简单、绝对,要么是对其进行否认,要么就是感伤式的怀旧。在哈琴看来,后现代历史主义在对过去的形式、语境和价值观进行评说和与其对话时,决意摆脱恋旧情绪

❶ 琳达·哈切恩.加拿大后现代主义——加拿大现代英语小说研究 [M].赵伐,郭昌瑜,译.重庆:重庆出版社,1994:101.

❷ Linda Hutcheon . A Postmodern Problematics [J]. *Ethic/aesthetics: Postmodern Positions*. Robert Merrill eds. Washington D.C: Maisonneuve Press, 1988(1): 2.

❸ Linda Hutcheon . A Postmodern Problematics [J]. *Ethic/aesthetics: Postmodern Positions*. Robert Merrill eds. Washington D.C: Maisonneuve Press, 1988(1): 3.

❹ Ihab Hassan. Pluralism in Postmodern Perspective [J]. *Critical Inquiry*. The University of Chicago Press, 1986(3): 507.

的影响。❶要证明这一点似乎不难。从前述后现代主义对历史的"问题化"中我们知道，后现代主义通过对历史编写与小说、叙事与虚构之间的传统界限的质疑和问题化，以多元性和差异性质疑了叙事的一元性和一统化，这种行为本身便使读者意识到了历史指涉对象与反讽式的互文本之间的既相互依赖又互相抵触的矛盾关系。后现代主义总是以一种"质疑"和"评判"的态度在与历史对话。因此，哈琴不无肯定地说："符号学意识到，一切符号的意义都随时间而改变，这一认识阻止了人们怀恋过去和翻腾陈年旧事。"❷

## 三、形式与历史的"二元对话"

同为加拿大学者的莱恩·芬德利（Len Findlay）认为哈琴的做法实质上是将形式与历史强制性分开，使其脱离彼此，并且否认了二者的辩证关系。❸首先，芬德利不同意哈琴的后现代主义之前的历史性思考既不是批判性的也非语境性的看法。芬德利认为，思维的本质不可能避开语言，那么它就一直是社会性的和历史性的，只是在选择以何种方式进行历史性思考时有所不同。他列举了从柏拉图主义到马克思主义对于思维的语言性和历史性的论证，从而推断出社会和历史话语本质上便是批判性和语境性的。这或许是芬德利对哈琴的误解。在芬德利的文章中，我们没有看到他是如何找到哈琴将形式与历史的辩证关系强行终止的证明。然而，在哈琴的文章中我们可以看到这样的语句：

> 历史元小说公开质疑历史是否真有假想中那么大的力量，能废掉形式主义。历史元小说的冲动劲使其形式的、虚构的身份免遭压抑。但是它也恢复了历史事物的地位，这和大部分主张艺术

❶ 琳达·哈琴.后现代主义诗学：历史·理论·小说［M］.李杨，李锋，译.南京：南京大学出版社，2009:122.

❷ 琳达·哈琴.后现代主义诗学：历史·理论·小说［M］.李杨，李锋，译.南京：南京大学出版社，2009:124.

❸ 参见莱恩·芬德利.另一种观点：后现代主义与对抗历史.蓝仁哲，韩启群，译.选自帕米拉·麦考拉姆、谢少波选编，《后现代主义质疑历史》［M］.北京：中国社会科学出版社，2007：41–62.

绝对自立的论点针锋相对……❶

从上面这段话可以看出，哈琴所反对的是一种封闭的形式主义和绝对的艺术自足论。自始至终，哈琴都通过历史编纂元小说来呼吁一种"形式与历史并存"的艺术形式。在她看来，恰恰是实证主义和经验主义才致力于将历史和任何有"纯文学"痕迹的东西分离开来。❷由此看来，并非是哈琴将形式和历史强制分离，在她看来，后现代主义正是觉察到了实证主义、形式主义中历史和形式互相分离的现象，才呼吁重新回归历史。只是正如大卫·卡罗尔（David Carroll）所指出的那样，回归历史的呼声不仅来自于后现代主义，回归历史也是一种必然。问题的关键在于以何种方式回归以及回归到何种形式的历史。❸

哈琴指出，杰姆逊曾说过这样一段话："20世纪60年代的那一代人（他们的确创造了后现代主义）或许出于显而易见的原因倾向于'比他们的前辈进行更多的历史思考'。"❹因此，杰姆逊对后现代主义无深度、平面化、怀旧但历史感消失的概括在自己的这段阐释中不攻自破。莱恩·芬德利认为，这是因为人们对于何为"历史性思考"的看法不一致，甚至在他的字里行间我们可以感觉到，他认为哈琴对什么是"历史性思考"的看法有误。如前所述，芬德利首先认为思维天然地具有语言性，因此它顺理成章地便具有社会性和历史性。在此前提下，杰姆逊所说的后现代主义无历史感以及哈琴所认为形式主义无历史感的说法都不成立。因为在芬德利看来，历史性是人类思维和语言别无选择的选择。那么，哈琴和杰姆逊各自所理解的历史性思考又是什么样的呢？

在《后现代，或晚期资本主义的文化逻辑》中，杰姆逊说："历史性在

---

❶ 琳达·哈琴.后现代主义诗学：历史·理论·小说［M］.李杨，李锋，译.南京：南京大学出版社，2009:129.

❷ 琳达·哈琴.后现代主义诗学：历史·理论·小说［M］.李杨，李锋，译.南京：南京大学出版社，2009:130.

❸ 转引自（加）琳达·哈琴.后现代主义诗学：历史·理论·小说［M］.李杨，李锋，译.南京：南京大学出版社，2009:129.

❹ Fredric James. Periodizing the 60s［J］. *Social Text*. No. 9/10, The 60's without Apology 1984(Spring-Summer): 178-209.

我们这个时代逐渐消退的最大症状，我们仿佛不能再正面地体察现在与过去的历史关系，不能再具体地经验历史（特性）了。"❶由此我们可以看出，杰姆逊所认同的"历史性"意味着一种现在与过去之间具有连续性的历史关系。用哈琴的话来说，杰姆逊所反对的是一种"融历史和虚构于一体和擅自篡改公认的'事实'的行为"。❷虽然芬德利认为杰姆逊对后现代主义的抨击"显然言过其实了"❸，然而他的观点却与此类似。他对哈琴提出"历史指涉还是当前的事"颇为不满，认为现时构成问题与历史指涉造成的问题紧密相关。要是专断地解决前一个问题，才会发现以"具体呈现"和"适当表征"解决后一个问题"同样容易"。❹可以说，芬德利和杰姆逊一样，对历史的总体性的连续性有着不可割舍的依恋情怀。因此，他才会始终坚持形式和历史之间的辩证关系。杰姆逊也认为"辩证写作的独特困难实际上在于它的整体主义的、'总体化'的特征"。❺

　　而哈琴却明确指出，历史元小说最清楚地显示了后现代主义的核心矛盾：形式主义和历史性并存❻，并且两者之间没有辩证关系。在她看来，虽然形式与历史共同出现在文本中，并且在很多时候二者的界限并不是那么泾渭分明，但在后现代的审美实践中，依然可以很明显地感觉到两者之间的紧张对立关系。

　　其实，将形式主义与历史性兼收的理想在罗兰·巴特那里也明显表达出来了。罗兰·巴特的符号学思想滋生的土壤是结构主义，在他的早期作品

❶ 杰姆逊.后现代，或晚期资本主义的文化逻辑，《晚期资本主义的文化逻辑——杰姆逊理论文选》[M].选自张旭东主编.陈清侨，译.北京：生活·读书·新知三联书店，1997:462.

❷ 琳达·哈琴.后现代主义诗学：历史·理论·小说[M].李杨，李锋，译.南京：南京大学出版社，2009:122.

❸ 莱恩·芬德利.另一种观点：后现代主义与对抗历史》选自帕米拉·麦考拉姆、谢少波选编.《后现代主义之一历史》[M].蓝仁哲，韩启群，译.北京：中国社会科学出版社，2007:59.

❹ 同上，第59页。

❺ 詹姆逊.辩证的批评，选自王逢振主编，《詹姆逊文集》第1卷，[M].北京：中国人民大学出版社，2004: 1.

❻ 琳达·哈琴.后现代主义诗学：历史·理论·小说[M].李杨，李锋，译.南京：南京大学出版社，2009: 137.

如《写作的零度》中，巴特曾不遗余力地将文学的问题归结到写作上，把"写作"作为一切设问的中心。在之后的《新文学批评集》《叙事作品结构分析》等论著中，他也针对文学的思想内容作了批评，认为语言结构才是文学的支配力量。但是，随着巴特的符号学向更广的文学艺术以及日常生活等大众文化领域扩展，他逐渐意识到形式不能离开内容而谈，而内容又是属于作为历史科学的意识形态。在《神话——大众文化诠释》中，他指出世界给予神话的是一个历史性现实，而神话的功能就是使这种历史意图正当化，使偶然性显得不朽。因此，他指出："形式的特定研究与整体性和历史的必要原则是丝毫不矛盾的。恰恰相反：一种系统越是特定地在其形式中得到了确定，这种形式就越是服从于历史批评；……有那么一点点形式主义在远离历史，但许多形式主义又重归于历史。"❶哈琴认为现代主义小说以艺术自律的名义将文本外的过去逐出艺术的领域，并将其纳入历史编写的范围，这种做法的不可行性在以结构主义为典型代表的现代主义中已经逐渐被认识到。她认为，后现代主义艺术恰恰与形式主义相反，在后现代主义中，这两者共存但并不互相合并，这种状态为实现罗兰·巴特的建立形式主义和历史性兼备的文本理论理想提供了可能性。

杰姆逊本人也一直坚持不应将形式研究与历史研究相对立，他认为将共时与历时相对立的做法同样是武断的。他看到了形式主义者因过度关注于形式，从而走进"语言的牢笼"。在这一点上，以杰姆逊为代表的后现代主义的反对者和以哈琴为代表的后现代主义的支持者是一致的。只不过，杰姆逊等人认为，作为晚期资本主义商品经济文化产物的后现代主义，让人大失所望。

但对于形式与历史之间的关系，哈琴更赞同用巴赫金的"二元对话"模式来进行描述。这种"二元对话"模式与传统的"二元对立"模式完全不同，它强调"对话性"。巴赫金将小说看作是现代文化的缩影和一种最深刻的对话式语言的运用形式。在评论陀斯妥耶夫斯基的小说时，巴赫金认为它最重要的特征是"同时共存和相互作用"。正是在这样的时间历史的维度上，陀斯妥耶夫斯基的小说才体现出了复调式对话的特征。而拉伯雷（Rabelais）的小说中奇特的现实主义则是语言的狂欢化运用的平台。多米

---

❶ 罗兰·巴特.罗兰·巴特随笔选［M］.怀宇，译.天津:百花文艺出版社，1995:92-117.

尼克·拉卡普拉曾说过，对巴赫金来说，小说是一种以评价类别划分的局限性的类别，它通过与其他类别的相互作用及多重声音与视角之间的相互变换不断地更新自己。❶巴赫金在谈到形式主义时指出，因为形式主义"坚持艺术结构本身的非社会性"，"不能把（文学的）独特性与社会历史生活的具体统一体中的生动的相互影响结合起来"。❷因此，形式主义坚持的这种文学的独特性是与意识形态和社会生活相隔绝的。而巴赫金却坚持形式与历史间有着必然联系并相互决定，在他看来，任何意识形态的符号都与所处的时代有着必然的联系。辩证方法的最大问题在于，它企图提供一种确定无疑的方法和标准来解决审美实践中问题丛生的双重文本所具有的矛盾性。

然而，后现代主义也始终没有将俄国形式主义提出"文学性"时所提出的目的遗忘。那就是要坚持文学成为文学的特性，使其能够区别于政治、历史、新闻等其他形式的文本。哈琴通过对后现代文本的分析，指出后现代主义艺术，特别是作为后现代小说的主要形式的历史编纂元小说，将文学语言与指涉语言相结合，使虚构性与历史性既参与话语构建，本身又是话语。❸

## 四、理论话语的回应

哈琴在形态各异的后现代批评话语中找到了对历史化与历史的问题化的回应与支持。哈琴指出，从福柯的著作中，我们可以看到后结构主义对权力和知识之间关系的表述，一定程度上还有德里达的作品"对我们以后现代方式重新思考过去和对过去的书写（无论是在小说中还是在历史编写里）这两者之间关系的重要影响。"❹我们已对海登·怀特所开创的新历史主义对历史知识的临时不定性以及历史编写常规的突破所产生的影响作了详细论

❶ Dominik LaCapra. History and Criticism [J]. *Ithaca*, New York:Cornell University Press, 1985:116.

❷ 巴赫金.文艺学中的形式主义方法 [M].李辉凡，张捷，译.桂林：漓江出版社，1989：48-49.

❸ 琳达·哈琴.后现代主义诗学：历史·理论·小说 [M].李杨，李锋，译.南京：南京大学出版社，2009:192-193.

❹ 琳达·哈琴.后现代主义诗学：历史·理论·小说 [M].李杨，李锋，译.南京：南京大学出版社，2009:132.

述。此外，哈琴还指出，符号学、马克思主义与女权主义、以德里达为代表的解构主义和巴赫金的"复调"思想等理论话语，都对后现代主义艺术中历史和政治语境及形式等因素上的问题作出了回应。

后结构主义对以结构主义为代表的形式主义企图通过共时分析来抹杀历史的做法提出驳斥，通过历时分析、重复、变化、系谱学等概念的强调，激发人们对批判历史学的新兴趣。以系谱学的叙事代替本体论，使本体论问题成为历史化的问题。❶在后结构主义那里，一切事物都只能通过被选择、组织过的话语来得到表达和理解。在话语结构中，没有终极意义存在，通过不同的阐释过程，现实被作为一个文本来解读，从而呈现出不同的话语意义。在后现代主义中，这种过程被称为"被符号化"和"被编码"。

后结构主义是社会、历史的发展使人们对形而上本体一元论这个旧文化基石发生怀疑的产物。经过了启蒙时期对人类理性异乎寻常的高度评价，随着牛顿时代的结束、爱因斯坦时代的到来，人们对于理性能否绝对精确、全面地掌握客观世界的信心发生了动摇。爱因斯坦的相对论、海森伯格的测不准原理等自然科学打破了以精确／错误、主观（观察者）／客观的二元对立思维来观察世界的常规，自然的丰富、复杂和奇特远远超出了人类以自身的理性逻辑思维结构所能包容的范围。❷利奥塔在 1985 年的一封信中写道："今天，三个重大的事件正在发生：第一，技术和科学在巨大的技术科学网络里融合；第二，在各门科学里面，不单是假设或是'范式'受到修改，曾被认为是'自然的'或不可违反的推理方式或逻辑也在受到修改——悖论大量存在于数学、物理学、天体物理学和生理学的理论里面；最后，新的技术带来的质的变化——最新一代的机器可以进行记忆、查阅、计算、语法、修辞和诗学、推理和判断（专业知识）的操作。"❸结构主义对传统形而上学的依附形式的"范式"在种种悖论下显得问题丛生。

后结构主义首先察觉到了这样的悖论并试图对其实现突破。在《知识考古学》中，福柯强调用"考古学"和"谱系学"的历史研究方法，对历史

---

❶ 彼德斯，迈克尔·后结构主义/结构主义，后现代主义/现代主义：师承关系及差异 [J]. 王成兵，吴玉军，译.哈尔滨学院学报，2000（5）：1-12.

❷ 朱晓斌.从结构主义到后结构主义：学习理论的嬗变 [J].外国教育研究，2000（4）：1-5.

❸ 转引自陈嘉明.利奥塔的悖谬逻辑 [J].浙江学刊，2002（5）：74.

中的"断裂"和"非延续性"进行分析。他将历史看作是一种话语建构的文本，并指出"话语被看作是一种生产意义的手段，而不仅仅是一种传递有关外部指涉物信息的工具。"● 在福柯那里，考古学、谱系学并不是在"追述事件演进的渐进式曲线，而是重新找出事件扮演不同角色的各种不同场景。"❷ 哈琴指出，德里达比福柯更进了一步，他质疑线性历史的转瞬即逝性。德里达明确地将历史的直线论与逻各斯中心主义、语音中心主义、语义论和唯心主义联系在一起。他指出，形而上概念的历史是一种"意义的历史"：它产生自己、展示自己、完成自己。……它是直接地完成这些活动：以直线或环形线的方式。❸ 德里达将之称为"形而上学的封闭体"。正如哈琴在论戏仿时所说过的那样，戏仿的所有意义都来自于对它的内涵的重新界定。历史这一概念，在德里达的解构思想中之所以同样占据重要位置，是因为他将其范围重新界定为一种"里程碑的"、分层次的、矛盾的"历史"以及"一种包含着复述和踪迹的新逻辑的历史"。❹ 德里达提出的这种"新逻辑的历史"旨在反对传统的历史编写将某种意义强加于过去的做法，他强调，应将"历史"从传统的高高在上的地位上拉下来，将历史的真实降格为文本的东西。哈琴认为后现代小说的做法正是对德里达这一思想的实践。

虽然德里达曾经是福柯的学生，其解构思想的形成也深受福柯的影响。但哈琴认为，德里达关于文本化的思维又反过来对福柯的"话语"理论产生了推动作用。福柯接受了德里达关于"去中心""差异"和"自由游戏 (free-play)"的观点，也采纳了其关于"本体论的放逐（banishment of Ontology）"及其对再现和现象学的抨击。"非延续性（Discontimuity）"是理解福柯有关话语实践理论的关键概念。在福柯看来，非延续性标志着时

● 海登·怀特.形式的内容：叙事话语与历史再现［M］.董立河，译。北京：北京出版社出版集团、文津出版社，2005：59.

❷ Michel Foucault. *Nietzsche, Genealogy,History*［M］. *Language, Counter-Memory, Practice: Selected Essays and Interviews.* edited by D. F. Bouchard, Ithaca: Cornell University Press, 1997: 139.

❸ 雅克·德里达.多重立场——与亨利·隆塞、朱莉·克里斯特娃、让—路易·乌德宾、居伊·斯卡培塔的会谈［M］.余碧平，译.北京：生活·读书·新知三联书店，2004：64.

❹ 雅克·德里达.多重立场——与亨利·隆塞、朱莉·克里斯特娃、让—路易·乌德宾、居伊·斯卡培塔的会谈［M］.余碧平，译.北京：生活·读书·新知三联书店，2004：65.

间上的断裂，而这正是传统历史学家企图回避的。哈琴对此评价道："福柯抨击理论与实践中统一性和连续性里的一切中心化力量，从而质疑一切形式的一统化思想。"❶她进而指出，福柯的断裂观认为一切话语都具有断裂性，同时又靠规则被聚拢在一起。现代知识一直渴望得到其无法完全理解和再现的事件，这便为形成具有后现代特色的悖论提供了基础。历史编纂元小说正是通过对这些规则与传统的使用与误用，来彰显来自"断裂"两端所形成的张力。

　　哈琴指出，虽然福柯的话语理论直接受到了德里达解构思想的推动，但在此之前的尼采、马克思的思想也对福柯产生了较大影响。福柯一直视尼采为自己的前辈，对尼采在《对历史的使用与误用》（*The Use and Abuse of History*）一书中提出的要"写出评判性历史"的呼吁十分赞同。

　　利奥塔将对"元叙事"的怀疑与合法化危机联系起来，使得传统的历史书写者和历史理解的合法性受到了质疑。在利奥塔看来，人类的历史不过是由许许多多飘浮不定、时隐时现的叙事构成的。人类自以为是创造历史的主体，而实际上却是被这些叙事在牵着鼻子走。❷在此意义上，"叙事"成了主体的一种存在方式，叙事中所包含的结构、视角以及情感等因素都是主体存在方式的表现。历史不再是一个线性发展过程，而是如叙事一样是断裂的、片断式的。

　　由此，哈琴指出，后结构主义者以及以海登·怀特为代表的新历史主义者对历史学家仅仅将历史限定在"意义"和"事实"层面上的做法进行了猛烈抨击。他们认为这种行为是对"理论"的压制，理论与实践之间的关系不应被忽视。他们还认为理论具有独立于实践之外的地位，而实践却必须要在理论的指导下才能进行。哈琴指出这反映出一种趋势，即历史与历史哲学或历史评论与文学理论领域之间的界限越来越模糊，后现代小说就将这种趋势很好地反映出来。她说，在后现代小说里，理论和叙事是相互渗透的。被问题化了的历史知识与将语言视为社会契约的符号学观念被

---

❶ 琳达·哈琴.后现代主义诗学：历史·理论·小说［M］.李杨，李锋，译.南京：南京大学出版社，2009:134.

❷ 张庆熊，孔雪梅.合法性的危机和对"大叙事"的质疑［J］.浙江社会科学，2001（3）：94.

重新确立在文学的元小说自觉、自我调节的表意系统里。❶"问题化"不仅可以模糊传统的规则与界限，也可以生成话语。历史的问题化使得后现代主义话语中形式与历史之间的张力和冲突显得越来越突出。福柯将知识话语体系及其中具体策略的建构和运用的过程看作是一种历史事件，其《知识考古学》就是对西方传统的历史和政治活动的揭露和批判，是对知识话语产生的过程的整个历史事件的解构。

唯心主义和实证主义历史学家们宣称真实通过这些（历史）的表征才能得到，一是因为历史是一个理性的秩序，同时它的运动表达了接近知识的本质，二是因为历史的知识能够通过给定的事实而被获得。❷对此，哈琴指出，历史编纂元小说给人以这样的提示：虽然事件的确发生在真实的、经验上的过去，我们却是通过选择和叙事定位将这些事件命名和组建成历史事实。❸也就是说，我们通过这种"被符号化"和"被编码化"的"历史"所了解到的真实是经过历史见证者和讲述者人为选择的，它要随着后者的变化而发生改变。后现代将常规和历史问题化的目的在于显示差异，将后现代中可有蕴含的创新揭示出来。福柯就将"一种关于我们自身的历史本体论"作为其社会理论的核心。他指出，思想的"问题化"和"成问题化"过程，主要是要考虑提出问题后思想所作出的各种回答的可能条件，要考虑解决这些问题的各种因素的社会基础。❹

哈琴同时指出，批评理论与史学研究的结合，对文学研究产生了非常重要的影响。哈琴不仅从后结构主义中找到了历史被"问题化"和"编码化"的端倪，也受到了新历史主义的种种观点的重要影响。前面章节谈到了海登·怀特对历史知识的临时不定性的讨论对后现代主义产生了极大的影响，叙事和理论之间的相互渗透也使历史的共时分析和历时分析出现了相互交叉。除此之外，哈琴还指出，海登·怀特之后的康奈尔大学历史系教

❶ 琳达·哈琴.后现代主义诗学：历史·理论·小说［M］.李杨，李锋，译.南京：南京大学出版社，2009:136.

❷ 安·沃兹沃斯.德里达和福柯：书写历史的历史性，选自 erek Attridge 等编.《历史哲学：后结构主义路径》［M］.夏莹，崔唯航，译.北京：北京师范大学，2009:130.

❸ 琳达·哈琴.后现代主义诗学：历史·理论·小说［M］.李杨，李锋，译.南京：南京大学出版社，2009:132.

❹ 高宣扬.后现代论［M］.北京：中国人民大学出版社，2005：315.

授多米尼克·拉卡普拉对历史编写和批评理论的关注，也对质疑和重新思考历史文件的地位和性质提供了重要思路。多米尼克·拉卡普拉认为，历史应该对社会、政治、文化等现实问题提出有价值的思考和解决线索。他指出，"有些历史学家已经开始在他们的著作中借鉴某些当代批评理论，而有些则正在试图理解并回应这些新理论。……这种转变至少是对单一的研究模式的必要的、宝贵的补充。"❶对于历史学家和批评理论家来说，历史文件的作用并不是单一的，它除了能提示历史事件的"真实"之外，还有一个更重要的角色，那就是"补充或者改写'真实'的文本"。❷他甚至呼吁，应对历史进程的概念进行重新定义，以将文本与阅读和写作语境之间的关系包括进去。❸

哈琴说："历史编写对文学研究产生了重要影响，不仅表现在新历史主义领域，甚至也体现在符号学这样曾经在形式上将历史拒之门外的领域。"❹的确，在索绪尔的语言符号学中，我们可以看到明显的共时性偏向。因为索绪尔提出共时概念意在扭转赫尔曼·保罗的唯历史研究独科学的观点，他甚至做出这样的断言："语言学中，凡是非历史的都是非科学的。"❺杰姆逊则认为索绪尔的这种做法是武断的，因为索绪尔把结构研究和历史研究相对立，认为"任何东西只要有一点意义，它就必定是共时的。"杰姆逊认为，尽管索绪尔的理论中也暗含历时模式、突变理论，能够对历史变化做出复杂的和有启发性的生动的解释，但最终还是不能解决把历时和共时在同一个系统中重新结合起来这一根本问题。❻因此，他断定，索绪尔所从事的工

---

❶ 多米尼克·拉卡普拉.历史、阅读与批评理论 [J].宋耕，译.史学理论研究，1999（3）：109.

❷ Dominik LaCapra. *History and Criticism* [J].Ithaca,New York: Corne University Press, 1985: 11.

❸ Dominik LaCapra. *History and Criticism* [J].Ithaca,New York: Corne University Press, 1985: 106.

❹ 琳达·哈琴.后现代主义诗学：历史·理论·小说 [M].李杨，李锋，译.南京：南京大学出版社,2009:137.

❺ 弗雷德里克·詹姆逊.语言的牢笼——结构主义及俄国形式主义述评[M].钱佼汝，译.南昌：百花洲文艺出版社，1997:3.

❻ 弗雷德里克·詹姆逊.语言的牢笼——结构主义及俄国形式主义述评[M].钱佼汝，译.南昌：百花洲文艺出版社，1997:17.

作的第一条原则就是一条反历史主义的原则。❶在这一点上，哈琴与杰姆逊持同样的看法，她认为，这一原则被作为一种"神话"在符号学的分析中坚持下来，作者被认为是作品之父，作品一经诞生，文本的意义便被固定、限制。这一"神话"的打破，开始于罗兰·巴特。巴特首先宣布了"作者的消亡"，认为任何一个文本都处于"互文性"中，没有文本真正具有"原创性"。罗兰·巴特将文本意义的生成比作"编织"的过程。"编织"是一个多元的、动态的、无规律的过程，在这样的结构中，索绪尔在共时结构中所期盼的所谓的"稳定的意义"是根本不存在的。罗兰·巴特强调读者对于文本意义生成的作用，因为读者处于历史发展之中。其后，越来越多的符号学家意识到，符号的意义的制造和接受只有在历史语境里才能实现。❷不仅如此，哈琴认为历史语境对意义的作用也受到了马克思主义和女权主义的重视。与此同时，被认为是对传统有彻底摧毁意义的解构主义也无法回避历史的问题，并将解构定义为对"语言的历史沉积问题的敏锐意识"。

## 第二节　主体的问题化

　　杰姆逊在《政治无意识》一书中对巴尔扎克作品中的主体性问题进行考察时认为，在后现代语境中，巴尔扎克作品中常常被称作"全知的叙述者"可以得到重新有效的审视。他认为，那种所谓的叙述者的"全知"只不过是古典"叙事"封闭的后果，"在古典叙事里，叙述开始之前事件就已成为过去并得到了处理。这种封闭本身以运气、命运、天命或命定等概念投射某种类似意识形态的幻象……"❸在哈琴的后现代主义诗学中，历史编纂与小说叙事中的主体在经历了从结构主义到后结构主义的去中心化过程后，具有了与传统所不同的多重性和不稳定性。

---

❶ 弗雷德里克·詹姆逊.语言的牢笼——结构主义及俄国形式主义述评[M].钱佼汝,译.南昌：百花洲文艺出版社,1997:5.

❷ Marike Finlay-Pelinski. Semiotics or History: From Content Analysis to Contextualize Discursive Praxis [J]. *Semiotica*. 1982(3-4): 229-266.

❸ 弗雷德里克·詹姆逊.政治无意识——作为社会象征行为的叙事[M].王逢振,陈永国,译.北京：中国社会科学出版社,1998 年：140.

### 一、主体的去中心化——从结构主义到后结构主义

维克多·伯金（Victor Burgin）对主体性作了以下定义："人文主义所假设的'个体'是一个自足的存在。它拥有关于自我的知识和不可约的核心'人性'，这是一种我们都或多或少所具有的'人的本质'，一种促使历史逐渐完善及实现其自身的本质。"❶在伯金看来，"主体性"概念是以人文主义的个体观为背景的，它具有"自足""不可约"的特点。从培根关于运用知识统治自然的主张、笛卡尔关于人是"自然的主人和所有者"的观念，到康德的"人为自然界立法"，无不反映出人文主义体系对主体性的张扬。❷但是主体性的极度膨胀造成的后果便是现代性所面临的一系列困境。因此，从尼采提出"上帝之死"，宣布与主体传统性的决裂开始，这种主体的反话语就一直充盈着哲学与审美领域。人们对主体性概念的理解呈现出不同的视角，随着对主体性理解的方式的质疑，再现、解释、知识、权力等危机也在不断加剧。这种危机与困境，正是后现代主义的重要生长点之一。有学者认为，精神分析学、女权主义和后现代主义既反映了这些危机，又对这些危机起着推波助澜的作用。❸

如前所述，对主体性以及人的主体化的质疑也并非后现代主义的发现。哈贝马斯就曾说过："哲学的反话语从一开始就伴随着康德开创的现代性的哲学话语，现在已经把对主体性的反思制定为现代性的原则了。福柯在《词与物》最后一章中敏锐判断的意识哲学的基本概念困境，席勒、费希特、谢林和黑格尔也曾予以类似的分析。"❹只不过，后现代主义对主体性的问题化，直接受到了福柯、德里达、拉康等后结构主义者的影响。因此，在哈琴的后现代主义诗学中，罗兰·巴特、福柯等人对主体的解构是一个重要的理论来源。

---

❶ Victor Burgin. *The End of Art Theory: Criticism and Postmodernity* [M]. Atlantic Highlands, NJ: Humanities Press International, 1986:32.

❷ 刘绍学."破"与"立"——后现代主义对"主体性"的解构与重建[J].上海大学学报（社会科学版），2004（6）：12.

❸ J·弗拉克斯.后现代的主体性概念[J].王海平，译.国外社会科学，1994(1):11.

❹ 于尔根·哈贝马斯.走出主体哲学的别一途径：交往理性与主体中心理性的对抗，选自汪民安主编《后现代性的哲学话语》[M].陈永国，译.杭州：浙江人民出版社，2001:366-367.

与历史知识的临时不定性与历史的问题化相对应的是，对主体性及人的主体化的问题化与历史化。与后结构主义者及前述现代学者，包括哈贝马斯等人，将主体性定位于意识哲学的层面不同，哈琴提出应更多地将对"主体"的关注同时置于批评与艺术的层面上进行考察。她认为，"主体"是批评与艺术实践所共同关注的问题，这一现象标明了不同学科的又一交叉点，而这类交叉点正是后现代主义诗学所特有的。❶哈琴一直强调后现代主义诗学所具有的多元性和矛盾性正体现在这类交叉点上。她指出，审美理论或实践都具有一个无法克服的问题，那就是都自以为自身要么对主体拥有可靠而确切的认识，要么就干脆完全忽视主体。这与后现代主义质疑主体、将其问题化而并不对其进行彻底否认的原则是背道而驰的。只有将"主体"概念置于理论和实践的不同学科的交叉点进行考察，才能颠覆有关"主体"的许多传统意识，使整个主体性概念问题化，从而能够对其进行语境化的分析。

近现代知识作为资本主义现代社会功能及其实现过程的正当化和合理化的强大支柱，其精神力量很大程度上取决于对知识结构的论述的逻辑力量，这便是传统的主体性所赋予人的强大力量。人的主体意识及其主体化过程，与近现代社会的知识体系和文化制度的稳定性之间存在着必然的内在联系。为了对当代社会和文化制度的正当化基础标准以及近现代知识的论述模式及策略做出深刻的解剖和揭示，福柯首先将质疑的对象锁定在了"主体的解构"上。在福柯看来，线性历史的发展与主体的强大功能有着密不可分的关系。在《词与物》中，福柯将西方知识发展的基础归于语言的话语结构在不同历史阶段所展现出的不同模式。这些模式虽然形态各异，却有一个共同的基础——人的主体活动对话语的运用。因此，福柯对话语模式的分析，实际上就是对人的主体化意识活动的基本结构的剖析与揭示。❷在福柯看来，知识始终是主体的各种历史经验的形式。在西方知识的结构中，处于支配地位的是西方人对自身、对他人和对社会生活及世界的基本观念，而人的思想观念又无法摆脱一系列社会道德和法规制度的规训和约

❶ 琳达·哈琴. 后现代主义诗学：历史·理论·小说［M］. 李杨，李锋，译. 南京：南京大学出版社，2009:215.

❷ 参见高宣扬. 后现代论［M］. 北京：中国人民大学出版社，2005：308-310.

束。这种规训和约束要塑造的是一种"社会群体的公共意识"，这种所谓的"公共意识"在福柯看来，正是压抑"小写的主体"间不可通约的差异的"元凶"。因此，福柯将主体性的批判集中于知识、权力、道德三大领域的历史建构过程中，并深入考察三者之间错综复杂的交叉关系。尼采的"上帝之死"被福柯进一步宣告为"人的死亡"。

作为一个激进的解构主义者，德里达也并不主张否认或消灭"主体"。在德里达看来，主体是绝对不可缺少的。他说："我并不是要消灭主体，而是要给主体定位。"❶他同样认为"大写的主体"是不存在的，人与人之间的差异不可通约。但与福柯不同的是，他颠覆了福柯将历史的建构置于话语体系中的思想，将历史与意义的建构归结到文字的痕迹与不在场的说话者中。对后现代主义的主体性理论产生重要影响的是，另一个将人文主义哲学和理论转变为后结构主义的精神分析学家拉康。拉康对主体的深层结构的剖析是以弗洛伊德的"无意识"理论为基础的。弗洛伊德认为人的思想、信念以及关于"自我"的概念都是由潜伏在主体深层的"无意识"决定的。这种非理性的"无意识"对理性的"意识"产生了压抑，弗洛伊德最终的目的是增强"意识"的力量来战胜"无意识"，使理性决定"我"的存在。拉康则把"无意识"的力量视作语言运用的多元结构的内在基础。这与传统语言学将语言的运用归入主体的做法大为不同。他认为，正是这种内藏于潜意识中的深层结构使人在使用语言的过程中显得"熟练""自然"，而非传统观念认为的语言的使用是主体理性的力量。于是，在拉康的理论中，人的思考和行为真正地脱离了"主体"的理性控制，从而达到其对"主体"的解构目的。❷

哈琴认为，福柯、德里达、拉康等对人的主体化意识过程的质疑与揭示，为后现代主义对主体的"去中心化"奠定了基础。后现代主义将主体进行重新定位，对其进行"语境化"和"去中心化"。哈琴说："根据后现代主义的信条，为主体定位就是要认可种族、性别、阶级、性取向等的差异。

---

❶ 转引自琳达·哈琴.后现代主义诗学：历史·理论·小说［M］.李杨，李锋，译.南京：南京大学出版社，2009:215.

❷ 参见高宣扬.后现代论［M］.北京：中国人民大学出版社，2005:195-196.

为其定位还必须既要承认主体的意识形态，又要提出主体性的其他概念。"❶
后现代主义对主体性的主要批判矛头是对主体性的单一理解，坚持认为"人
的本质"概念是被历史地建构着。哈琴以历史编纂元小说的文本分析为基
础，将"主体"置于历史语境和叙事结构中进行考察，对后现代主义理论
和审美实践中的主体去中心化和历史化的建构过程作了系统分析和梳理。

　　哈琴认为历史编纂小说的做法呼应了福柯等人引入的一种基于断裂
（discontinuity）和差异范畴的历史分析法。历史的延续性与主体的整体活动
是密不可分的。福柯在主体及其相关概念的分析中，运用了结构主义的方
法，但最终目的却在于主体的解构。在福柯看来，知识并不是什么先验存
在的东西，而是人类借助于权力建构起来的一系列话语体系。主体性是历
史的，是话语和实践的结果。这一建构过程正是人对符号和语言的运用过
程，是一种历史的过程，人的主体性也在这个过程中被建构。托马斯·弗林
（Thomas Flynn）说："福柯所有的著作主要是有关历史的问题。"❷因此，福
柯对主体及主体性的分析与揭示，最终还是要落实到有关"历史"的问题上
来。正如哈琴所说："将主体重新安插进它的言语框架内，将其指涉活动重
新安插进历史和社会语境内，这等于是不只对主体，也对历史开始进行重
新定义。"❸我们曾谈及福柯对历史的线性发展这一过程的质疑，他认为历史
的发展过程不是一种线性发展的连续过程，而是断裂的、由许多偶然性构
成的。主体的非中心化和历史的非连续性，构成了福柯断裂理论的两大主
要方面。在《临床医学的诞生》中，福柯这样写道："关于统一的历史的假
想，试图建立一种文化的总体形式，一种社会的物质和精神原则，一个时
代一切现象的综合，而这些现象又具有某种统一的意义，即人们所称之'时
代面貌'。这样一种无视每个时代的多重异质性，将其纳入单一封闭的整体
的历史写作应该被彻底否定。"❹

　　正如我们在后现代的语境化一节中谈到的那样，"主体"在后现代理

---

❶ 琳达·哈琴.后现代主义诗学:历史·理论·小说［M］.李杨，李锋，译.南京:南京
大学出版社，2009:215.

❷ Thomas Flynn. Foucault's Mapping of History［J］. *Gutting*, 1994(a): 28.

❸ 琳达·哈琴.后现代主义诗学:历史·理论·小说［M］.李杨，李锋，译.南京:南京
大学出版社，2009:216.

❹ 米歇尔·福柯.临床医学的诞生［M］.刘北成，译.南京:译林出版社，2001:15.

论和审美实践中并未消失，而是其在叙事中的传统位置受到了质疑，从而促使其发生深刻的变化。一直以来，主体和历史在叙事中的地位是占有绝对优势的，但这种地位似乎在形式主义语言学中被中断了。但是到了 20 世纪 70 年代，后现代主义对主体和历史的关注并非简单的怀旧，而是质疑和重新思考，这在对其持否定和排斥态度的语言学中也显现出端倪。按哈琴和其他不少学者的话来说，这是一种"回归"。弗朗索瓦·多斯（Francois Dosse）就曾说过："主体已经从社会科学的关切中销声匿迹，特别是被下列野心排除在外：更好地把语言学当成一门科学确立起来。但在 70 年代，语言学走向了'被压抑者的回归'，这个学科的声望也加速了再次使主体成为焦点的进程。"❶当时法国著名的符号语言学家邦弗尼斯特就开始坚持"主体符号学"的路线，提出了与以格雷马斯等为代表的法国"客体符号学"全然相异的新观点。在他看来，一切形式的话语与主观表述都是非常重要的。他提倡在语言学中确立主体的立场领域，然后建立"我 / 这里 / 现在"这个三元组，以使它成为一切言语的参照系。❷

　　后现代主义者坚持认为，主体性是一种推理的结果，而不是超验的、非历史的、固定不变的、客观的地位、实体和状态。❸在历史编纂元小说中，历史与小说之间的传统界限被打破了，都被纳入被后现代主义称之为"话语"的建构中，"叙事"是二者的共同建构方式，这对长久以来将历史视作一门科学的传统是一种巨大的冲击。早在 20 世纪初，剑桥大学近代史的钦定教授屈维廉（George M. Trevelyan）就认为，如果史家只是遵照科学的原则，探究历史事件发生、发展的因果关系，那么历史写作就失去了其重要的功能，即用叙述的方式，生动而又写实地描写历史的进程。他的主张是：虽然历史学家应该对历史的因果关系提出自己的看法或臆测，但历史学始终而且永远是一门叙述的艺术，这是它的"基石"。❹他认为，史学家的第

❶ 弗朗索瓦·多斯.从结构到解构：法国 20 世纪思想主潮［M］.季广茂，译.北京：中央编译出版社，2004：427.

❷ 弗朗索瓦·多斯.从结构到解构：法国 20 世纪思想主潮［M］.季广茂，译.北京：中央编译出版社，2004:63.

❸ J·弗拉克斯.后现代的主体性概念[J].王海平，译.国外社会科学，1994(1)：12.

❹ 王晴佳.从历史思辨、历史认识到历史再现——当代西方历史哲学的转向与趋向［J］.山东社会科学，2008（4）：8.

一职责就是讲故事，历史在本质上就是"一个故事"，史学家的任务就是将历史事实及其解释"按其感情上和知识上的全部价值，以惨淡经营的文学技巧陈述给广大公众。"❶

　　杰姆逊虽然对此有不同的看法，但他同时也认为，历史必须置于"叙述"的层面，才能被我们理解和接近。他说："历史并不是一个文本，因为从本质上说它是非叙事的、非再现性的。然而，还必须附加一个条件，历史只有以文本的形式才能接近我们。换言之，我们只有通过预先的（再）文本化才能接近历史。"❷杰姆逊的这种"文本化"的观点与屈维廉将历史定义为"故事"的做法虽然有所不同，但从"文本"和"故事"中，我们都可以追寻到"主体"的踪迹。虽然在"文本"概念中，作者的创造性主体因素被抹去了，但杰姆逊强调的是读者的想象性建构在历史意义的制造中的参与和作用。在杰姆逊那里，"文本"不是像在结构主义中的自足的系统，而是与历史语境紧密结合的建构过程。

## 二、不稳定的视角——主体的多重性

　　哈琴认为，在传统小说中，叙事主体具有确定性，它就是像电影中摄影机的"眼睛"那样的叙事视角。叙事视角的存在是叙事主体性存在的保证。实质上，哈琴的矛头指向的是传统写实主义小说中的单一视角。曾受读者批评理论影响较深的哈琴主张将主体表现为"被阅读"的主体，在阅读和阐释中展现一种不反映任何作者的主体性。后现代主义对主体性和历史的连续性和确定性的质疑在后现代历史编纂元小说中表现为两种形式，一是故意暴露自己身份的对故事进行操控的叙事人，二是多元视角和多重声音。在这两种情况下，主体性的确被问题化了。

　　杰姆逊在《政治无意识》一书中将主体定位于"作为单一的和自觉的行为中心的个人意识"❸，哈琴提出的"被阅读"的主体就是对这种"意识中心"式的主体的颠覆。在她看来，这样的以个人意识为中心的行为，是传

❶ 屈维廉．克里奥：一位缪斯，选自田汝康、金重远选编《当代西方史学流派文选》[M]．上海：上海人民出版社，1982.
❷ 弗雷德里克·詹姆逊．政治无意识[M]．王逢振，译．北京：中国社会科学出版社，1999：70.
❸ Fredric Jameson. *The Political Unconscious: Narrative As a Socially Symbolic Act* [M]. Routledge, 1983: 153.

统意义上的主体理论。她将视觉艺术（如电影、摄影）中的"凝视（gaze）"理论与女性主义与后殖民主义中的"认同"理论相结合，并引入到后现代主义小说的分析中，对《白色旅馆》和《午夜的孩子》等具有典型后现代特征的小说进行了细致分析。

　　哈琴对艺术领域的广泛涉猎使得她在对不同艺术领域的理论和作品进行综合观照时显得得心应手，运用自如。她首先发现了意大利学者特雷萨·德·劳瑞蒂斯（Teresa de Lauretis）的电影分析中对女性主体的定位对于主体意义的生成有很重要的意义。德·劳瑞蒂斯认为，电影中女性主体的意义生成并不仅仅存在于"再现"的形式中，女性主体既是产品又是观众，既是风景又是观景人，可以从"再现"的层次上转化为"表演"。德·劳瑞蒂斯将女性置于两个层面上进行考察，一个是作为历史主体的"女性"，另一个是由男性话语所生产的"女性"。❶这两种层面，虽然不是直接但却必然地与女性的"身份认同"相联系。她指出，与"身份认同"最直接相关的是社会文化的影响。从符号学的角度说，符号史的发展在社会文化的影响下会产生一系列的预设的认同，女性和男性的性别化的过程就发生于这样的认同过程之中。这种认同过程是一个历史过程，在这个历史过程中，曾经作为单一的、操控型的叙事人变成了具有认同目光的"凝视"者。

　　对此，哈琴将摄影理论中的"凝视"理论引入历史编纂元小说的分析中。"凝视（gaze）"是电影叙事学研究中的重要理论，不少理论家和摄影家都将"凝视"作为一种主要的观看方式。拉康认为，"凝视"是一种双重体验，一方面，我们观看银幕上所展现的客观世界；另一方面，又把这个银幕世界移植到我们的头脑中，将其转化为我们对自身和外部世界的部分认知，正如哈琴所讲的"既是产品又是观众，既是稀罕景又是观景人"。哈琴引入"凝视"理论，意在对历史编纂元小说中女性主体及女性身份认同进行分析。在传统的电视观看中，男性化的凝视通常都被"自然化"，而成为占主导地位的观看方式。在很多电影作品中，女性形象一直是被作为男性视觉快感的重要来源。美国传播学者E·安·卡普兰（E·Ann Kaplan）归纳了三种"男性化凝视"的类型：一是片中的人物会带着性欲来"凝视"女

❶ Teresa De Lauretis. *Alice doesn't: Feminism, Semiotics, Cinema* [M]. Indiana University Press, 1984: 5-6.

性；二是摄影机会对准片中的女性，有时甚至会像片中的人物那样主观地"凝视"女性；三是电影院中的观众通过摄影机的镜头来"凝视"片中的人物。❶德·劳瑞蒂斯和哈琴都反对这种对女性的"男性化凝视"。她们将女性观众的认同引入到"凝视"中，以女性主体的问题化为例表现对传统主体性的确定地位的质疑。

对于历史编纂元小说中所表现的历史和历史书写，哈琴同样在福柯和尼采的思想中找到了支撑和注解。在尼采的谱系学中，在追溯"善"与"恶"的道德偏见的过程中，他表现出了自己对传统历史和传统历史书写的效力的质疑。他指出，传统历史是一种"宏大历史（Monumental History）"，它关注的是一些重大历史时刻、英雄人物和过去的重大事件对现在产生的影响。它要求作为历史主体的我们，将自身看作是这种连续性的一部分，要求自身的行为和意志受权力意志的指导。因此，尼采认为，当前的社会道德范畴中出现了对怀疑和违背在以往历史中起支配作用的力量与因素，引入"效果历史（effective history）"原则。正如伽达默尔说："历史学家的兴趣并不只是注意历史现象以及历代留传下来的作品，而且也附带地注意这些现象和作品在历史（包括对这些现象和作品进行研究的历史）中产生的效果。"❷由此看来，尼采和伽达默尔提出效果历史的原则，意在对传统历史中的霸权力量进行质疑与反抗。一直以来，以作者为中心的文学史，将作者与作品之间的信息传递看作是直接而圆满的过程，认为理解作品就是作者真正意图的传达者。阐释学使读者的重要作用浮出水面，但也仅仅是为了能更好地理解作品。因此，由伽达默尔开始的将"效果历史"的原则应用于阐释学的做法，被认为是理解领域和方法论领域的一次重要突破。

对于哈琴来说，对其后现代主义诗学的建构更有意义的是福柯对尼采的效果历史思想的阐述。因此，我们还是来重点了解福柯对尼采的"效果历史"思想是如何进行描述的。在《尼采、谱系学、历史》一文中，福柯对尼采的谱系学方法进行了详细而精到的分析与总结。对于"效果历史"而言，

---

❶ E·安·卡普兰.女性与电影——摄影机前后的女性 [M].曾伟祯等，译.台北：远流出版事业股份有限公司，1997：36-37.

❷ 伽达默尔.效果历史的原则 [J].甘阳译自《真理与方法》二篇二章，哲学译丛，1986（3）：55.

福柯认为"效果历史"对传统历史的开战首先体现在"连续性"上。他说："历史是在如下层面上变得'有效'，它将'断裂性（discontinuity）'展示给我们每一个人，它将人类的情感进行划分，夸大了我们的本能，使我们的身体得以延续并以之对抗自身。效果历史去除了自我在生命和自然属性上的可靠性和稳定性，……因为知识并非是为了理解而是为了去除"。❶然而，效果历史是如何做到这一点的呢？福柯认为，尼采对传统历史和效果历史的特点的区分可以帮助我们更好地进行理解。"（效果历史）颠覆了事件的发生与不可避免的连续性之间的通常关系。整个传统历史（不管是神学的还是理性主义式的）都试图将常规的事件消解到一种理想化的连续性中，而效果历史则根据其独特之处或者是其最明显的特征来对待某一事件。"❷

福柯对于尼采"效果历史"理论的分析与描述，与伽达默尔甚至尼采本人提出效果历史原则时的原意侧重点有所不同。伽达默尔与尼采更强调历史事件对整个历史书写逻辑和效力的反作用，而福柯从中提取出了"连续性"与"断裂性"在历史有效性中的张力。正是在这种张力中，彰显了质疑行为本身的意义，为我们理解历史事件及其排列顺序提供了新的视角。

哈琴认为，福柯对历史过程中发挥作用的力量的本质产生怀疑，这对后现代小说的作者产生了深刻影响。在他们的小说中，她以拉什迪《午夜的孩子》中表现的历史态度及历史书写为例，认为这部作品中所体现的历史观与历史书写从以下几方面与福柯的"断裂观"遥相呼应。

**（一）"真正的历史感"**

在福柯看来，"历史学家的历史"总是受超历史观点的摆布，因此陷入了形而上学的囹圄中，以一种末世论的眼光展望未来的历史。这是一直受到尼采批评的历史观，并非真正的历史感。福柯说，这种历史学家的历史赋予自己超时间的支点，试图以启示录的客观态度评估一切，根源在于它

---

❶ Michel Foucault. Nietzsche, Genealogy, History, *Language, Counter-Memory, Practice: Selected Essays and Interviews* [M]. D. F. Bouchard eds.,Ithaca: Cornell University Press, 1980: 154.

❷ Michel Foucault. Nietzsche, Genealogy, History, *Language, Counter-Memory, Practice: Selected Essays and Interviews* [M]. D. F. Bouchard eds.,Ithaca: Cornell University Press, 1980: 154.

设定永恒真理、不死灵魂和自我同一的意识。❶而"实效历史"才真正具有历史感，"它不以任何恒定性为基础""它将所有那些据信内在于人的不死的东西重新引入到变化中。"❷因此，他说："在将非连续性引入我们的存在这个意义上，历史是'实际'的。"❸哈琴认为，在《午夜的孩子》中，主人公萨利姆正是体现了这样的历史感。虽然萨利姆一直坚持的是男性话语，但他并未将之作为历史的绝对的、终极的坐标点，而是将其当作"个人与历史的众多的'知识视角'之一"。❹不仅如此，作为"男性话语"的主体还被拉什迪作为与女性话语主体的冲突而存在。萨利姆的"男性话语"与女性听故事者帕德玛的叙事要求之间的张力与冲突，故事与历史的连续性与因果性受到质疑与挑战。

## （二）身体与主体的分裂

哈琴将历史编纂元小说中的历史和叙事传统中的人文主义结构与功能所遭受的质疑，追溯到曾作为统一体的男性书写主体本身的分裂性及其在真实身体上的体现。福柯在分析主体存在在历史秩序中断裂时说道："它（实效历史）裂析人的情感，强调人的本能，复殖人的肉体并使肉体与其自身对立起来。它使自我一无所有，不再拥有起确保作用的生命和本质的稳定性……它挖空了人们给它找到的基础，拒斥所谓的连续性。"❺他指出，这一切都是由于实效历史颠倒传统形而上学信仰所建立起来的秩序关系的意图。传统历史喜欢把一切本源追溯到抽象的概念和绝对的价值。实效历史将目光投向切近的东西，投向肉体、神经系统、营养和消化系统、能量等被传统历史视为野蛮、纷乱的要素，目的就是为了深入把握各种景观，展现散

❶ 福柯.尼采、谱系学和历史，选自杜小真编选《福柯集》[M].上海：上海远东出版社，1998：156.

❷ 福柯.尼采、谱系学和历史，选自杜小真编选《福柯集》[M].上海：上海远东出版社，1998：156.

❸ 福柯.尼采、谱系学和历史，选自杜小真编选《福柯集》[M].上海：上海远东出版社，1998：157.

❹ 琳达·哈琴.后现代主义诗学：历史·理论·小说[M].李杨，李锋，译.南京：南京大学出版社，2009：220.

❺ 福柯.尼采、谱系学和历史，选自杜小真编选《福柯集》[M].上海：上海远东出版社，1998:157.

落和区别。❶在《午夜的孩子》中，萨利姆作为男性主体的真实身体所出现的
"脱落、缺失和裂纹"暗示着其生活的印度领土遭到的分裂。至此，哈琴指
出，传统人文主义的理想，即政治、历史、物质和叙事等每个层面上的完
整统一性都遭到了质疑。就算萨利姆失去记忆后，仿佛失去了历史感带给
主体的多样性，作为叙事主体也具有不可避免的双重性。

**（三）主体转变与语境**

《午夜的孩子》中，主人公萨利姆一直以笛卡尔式的阳性主体作为其话
语意义的起源。但另一方面，他又承认自身话语意义的生成依赖于具体的
语境，因此，主体的存在与意义也不是具有绝对性的。萨利姆因为失忆而
失去了历史意识与个人意识——这两者被作者拉什迪称为将过去与现在结
合起来的"黏合剂"，传统历史学的连续性和同质性正是通过二者得以实
现——此时他的主体意识的连贯性和一致性遭到了破坏。在哈琴看来，后
现代主义历史编纂元小说正是通过这样的方式在传统中破坏传统，将传统
历史的连续性和整体性从内部断根。对此，哈琴还以另一部倍受争议的后
现代小说 D.M. 托马斯的《白色旅馆》为例进行说明。

## 三、"言语的报复"——从言说主体到话语主体

哈琴将后现代主义小说中的主体与"在小说和历史中如何制造意义"❷这
一目的紧密联系起来。在她看来，后现代主义中的意义生成过程具有多元
化和多样性的特征，这与叙事主体的多元化视角与多重的主体性密切相关。
福柯将文本视为包含了主体性的言语过程，因此，在从言语到话语的转化
过程中，"主体性"扮演了关键的角色。

索绪尔语言学理论提出的符号学的原则，其影响并未简单地限定在语
言学的范围。正如美国学者塞尔弗曼（Kaja Selverman）指出的那样，它
（《普通语言学教程》）提出了将符号学原则运用于文化现象的各个方面的要
求。❸翁贝托·艾柯甚至指出，符号学的触角延及动物学、嗅觉信息学、触

❶ 福柯. 尼采、谱系学和历史，选自杜小真编选《福柯集》[M]. 上海：上海远东出版社，
1988:158.

❷ 琳达·哈琴. 后现代主义诗学：历史·理论·小说 [M]. 李杨，李锋，译. 南京：南京
大学出版社，2009:225.

❸ Kaja Silverman. *The Subject of Semiotics* [M]. Oxford University Press, 1984: 4.

觉交流、辅助语言学、医学等领域。❶在这里，对于我们来说有价值的是，索绪尔对符号的"能指（Singifer）"和"所指（Signified）"两部分之间关系的认定具有主观性和随意性。他坚持能指和所指之间没有必然的联系。乔纳森·卡勒（Jonathan Culler）进一步认为，不仅仅是能指和所指之间的关系具有主观随意性，这两个部分本身也具有主观性。索绪尔认为，符号间的这种关系只有在"语言结构"中才能实现。也就是说，只有在话语活动中这种主观性才能实现，因为说话人如何选择词语和句子也是具有主观性的。因此，符号的价值也只有在语言的结构系统中才能得到体现。而皮尔斯却努力从符号与其所指物之间寻找各种联系。

　　谈到语言与话语中的主体性研究，有一个人是不能避开的。那就是法国结构主义语言学家，被称为"陈述语言学之父"的埃米尔·本维尼斯特（Emile Benveniste）。在他那本著名的《普通语言学问题》中，本维尼斯特这样定义"主体性"："我们在这里论述的'主体性'，是指说话人自立为'主体'的能力。"❷从本维尼斯特对"主体性"的定义中可以看出，他将主体性看作是陈述者将自己建构为主体的能力，反对将语言看作是人与人之间交流的工具，认为语言是人本身具有的自然本性。他说："人在语言中并通过语言自立为主体，……言说的'自我'即存在的'自我'，我们由此可以发现'主体性'的根本所在，它是由'人称'的语言学地位确定的。"❸

　　哈琴指出，像《蜘蛛女之吻》这样的后现代小说，在有的对话形式中，男性人物通过第三人称来将自我表达为女性，将说者与听者在人称上的传统形式问题化，从而使主体性在得以显现的同时又颠覆了它的传统地位。

　　哈琴将本维尼斯特陈述语言学中的"言说主体（the speaking subject）"和"话语主体（the subject of speech）"的概念引入后现代元小说的叙事主体分析中，强调主体在语言中得以产生但却只能通过具有陈述性的、包含了文化代码的多重内涵的话语才能得以显现。不仅如此，哈琴认为，卡娅·塞

---

❶ Umberto Eco. *A Theory of Semiotics* [M]. Bloomington: Indiana University Press, 1976: 9-14.

❷ 本维尼斯特.普通语言学问题 [M].王东亮,译.北京:生活·读书·新知三联书店, 2008: 293.

❸ 本维尼斯特.普通语言学问题 [M].王东亮,译.北京:生活·读书·新知三联书店, 2008: 293.

尔弗曼（Kaja Selverman）的"被言说的主体（the spoken subject）"的概念是对本维尼斯特的"言说主体"和"话语主体"概念的延续和补充。卡娅·塞尔弗曼将主体的产生及显现归结到从言语到话语再到"被言说"的过程中，并在这一过程中确立了从索绪尔为开端到皮尔斯，再到罗兰·巴特、雅克·德里达，最后到本维尼斯特这一系列坐标点，寻找到主体性在语言过程和行为中的生成与显现过程。

哈琴认为在《白色旅馆》这样的后现代主义小说中，主人公丽萨的主体性就是如塞尔弗曼所说的"通过与话语（或者小说和电影）主体取得一致而构成的主体"。在此主体性中，包含着被"断断续续激发出来的"读者的主体性，也有通过本人及他人的话语而产生出来的具有"双性人"特征的主体。对于丽萨来说，作为主体的她，既由自身确立，也由小说中的"弗洛伊德"确立。对此，哈琴是这样分析的：

> 形成丽萨的，是一系列话语。其中一些话语故意将她确立为一个统一而连贯的主体，安娜·吉夫人作为女性神经病患者，其症状源于她特殊（而又具有普遍性）的过去经历，而"弗洛伊德"在其病历中却对她进行公开的男性称呼和塑造，此外，在小说的后半部分，第三人称叙事人的叙述将丽萨作为一种意识中心来利用。但是除了这些统一性话语之外（常常也在这些话语之内），还出现了另外两种话语，它们显示出赋予主体性更为矛盾、多重的方式。第一种是她自身的自我确立系列……第二套杂乱话语则由文本公开涉及的许多互文语境构成……❶

哈琴极力主张将主体与主体性的问题置入话语中进行考察，目的就在于设置出统一性话语中的主体与矛盾、多重的杂乱话语中的主体的对话与冲突，在这一过程中彰显主体及主体性的重重问题。后现代小说中的杂乱话语是由文本公开涉及的许多互文语境构成的。这些互文语境的最终指向也是人文主义的传统观念，不同的互文语境交叉形成多重的主体，也展现

---

❶ 琳达·哈琴.后现代主义诗学：历史·理论·小说［M］.李杨，李锋，译.南京：南京大学出版社，231-232.

出了具有断裂性的主体。对于小说来说，就体现在主人公固定不变的身份在文本与读者那里都发生了彻底变化。

在这里，我们又再一次从哈琴有关叙事主体的论述中找到福柯的影响。在福柯那里，"话语被看作是一种生产意义的手段，而不仅仅是一种传递有关外部指涉物信息的工具。"❶当作者的神圣地位受到动摇时，主体的连贯一致性也由此根基不稳。无论是本维尼斯特的"语言主体"和"言说主体"的滑动还是塞尔弗曼所引入的"被言说的主体"，对于受过较长时间读者接受理论训练的哈琴来说，都有助于强调读者在话语实践中的主体作用和对意义生成的重要作用，是对主人公主体性的"一统化"趋向的阻碍。杰姆逊也对这个问题非常重视，他认为构成传统的叙事方式的基本特征是"可以称之为'力必多'的投入或作者的愿望满足，在这种象征的满足形式当中，传记式的主体、'隐在的作者'、读者和人物之间的有效的区分实际上已被抹去。"❷杰姆逊将之视为典型的弗洛伊德式的"欲望满足"式的主体。

## 四、互文中的历史与"回忆"中的主体

塞尔弗曼还指出，在这种互文语境中还包含了话语自身场景的文化与历史本性对主体形成的"文化确立"作用。值得注意的是，在哈琴看来，后现代主义小说所具有的元小说的自我意识，使得它意识到自身无法避免这种"文化确立"的作用与影响，从而牵扯到所构成主体的性别问题。主体的"性别问题"来源于人文主义一直极力确立超验的、自足的男性主体的传统。哈琴与德劳瑞蒂斯，以及《白色旅馆》的作者 D.M. 托马斯都将"女性主义"这一概念引入到主体问题中，使得作为固定实体的人文主义的"主体"概念显示出性别的差别。哈琴将弗洛伊德的理论视为男权文化的典型代表。她说："弗洛伊德或许曾经把意识从人文主义努力谋求的中心位置移开，但实际上弗洛伊德理论也用来将这种主体性恢复为一种维持社会秩序的方式，把曾经得病的患者（通常为女性）再度同资产阶级社会结合起

---

❶ 海登·怀特.形式的内容：叙事话语与历史再现［M］.董立河，译.北京：北京出版社出版集团，文津出版社，2005:59.

❷ 弗里德雷克·詹姆逊.政治无意识——作为社会象征行为的叙事［M］.王逢振，陈永国，译.北京：中国社会科学出版社，1998:141.

来。"❶在弗洛伊德的理论与案例中，男性总是主动、施暴的主体，而女性则是忍受、被动、受虐的主体。

历史在这一过程中起到了重要的作用。从传统的历史叙事的观念受到怀疑开始，历史书写的意义与主体之间的关系就显得问题重重。因此，哈琴提出"从记忆是如何界定并赋予主体以意义这一角度入手"来思考历史的书写。❷对后现代主义来说，"记忆"意味着对权力的留恋。传统理性主义相信对过去的回忆之中包含着理性，每一次回忆都是一种重复，这是打开理解之门的钥匙。而后现代主义小说却通过颠倒记忆行为的功能，将主体（通过记忆）与历史的关系进一步复杂化。哈琴指出，这里所需要的是超人的先见之明，它取代了记忆，成为阐释的力量。❸

"记忆"与"再现"总是无法脱离关系的两个概念。哈琴认为，后现代主义对记忆功能的颠覆，目的并非在于与记忆说再见。她说："后现代依然活跃在再现领域，不过，它不断质疑这一领域的规则。"❹

## 第三节　走向悖谬之途

在哈琴关于后现代主义的"问题化"的观点中，我们可以看到，后现代主义艺术不管是历史的问题化还是政治上的双重言说，都与其自身的矛盾性有关。多元化、差异性、异质性等，无论是在其支持者还是反对者，包括如哈琴这样的将自己确立为将后现代主义作为一种业已存在的文化现象的客观描述者那里，都成为对后现代主义描述不可或缺的关键词。但是，如果哈琴对后现代主义的研究和概括仅限于此，那么其诗学研究便毫无新意和价值可言。

---

❶ 琳达·哈琴.后现代主义诗学：历史·理论·小说［M］.李杨，李锋，译.南京：南京大学出版社，2009：238.

❷ 琳达·哈琴.后现代主义诗学：历史·理论·小说［M］.李杨，李锋，译.南京：南京大学出版社，2009：236.

❸ 琳达·哈琴.后现代主义诗学：历史·理论·小说［M］.李杨，李锋，译.南京：南京大学出版社，2009：236.

❹ 琳达·哈琴.后现代主义诗学：历史·理论·小说［M］.李杨，李锋，译.南京：南京大学出版社，2009：309.

在第二章中，我们集中讨论了哈琴将以保罗·波多盖希、文图里、查尔斯·詹克斯等人为代表的后现代主义建筑理论作为其后现代主义诗学的研究模型。哈琴说："如果说我以建筑为模型对后现代主义进行了一般性阐述的话，那么在本研究❶中，后现代主义的基本界定特征便是其悖论性。"❷在以此模型作为其后现代主义诗学研究模型的过程中，哈琴对后现代主义艺术的表现形式及特征作了详尽的、以具体文本为基础的分析。她把艺术中的后现代界定为：与过去——无论是形式的、社会的、美学的还是意识形态的——戏仿或反讽的联系。在这种戏仿与反讽式的联系中，后现代艺术既无法也不愿脱离传统的历史——政治语境，又必须通过一种内向式的自我指涉性将自身与这种传统拉开距离，以达到对其质疑、颠覆的目的。

正如福建师范大学的林元富教授所分析的那样，哈琴将整个后现代主义现象定位于后现代理论和美学实践的重大"交迭点（overlap）"上，以期能建构"一种灵活的概念性结构，它既能构筑、涵盖后现代文化，也能包含我们关于或接近这一文化描述的话语。"❸林教授分析说，对于这个"交迭点"，哈琴将其描述为：悖谬或自相矛盾。这是她对整个后现代主义文化现象与理论问题化进行考察的着力点。

## 一、"悖谬"与"对立统一"

从古希腊智者学派的"诡辩"思想开始，具有"悖谬"特征的思想一直被排斥在主流哲学思想之外。然而，这种处境丝毫不影响它作为传统的"突破"的斗士的角色。从智者学派到苏格拉底的"辩证法"，"悖谬"的特征逐渐明晰。"对立统一"是矛盾的根本属性，虽然"悖谬"与"对立统一"有着千丝万缕的联系，但两者间也有着微妙而根本的差别。对此问题，尚杰作了比较清楚的分析。他在《悖谬与后冷战时代的政治哲学——读德里达＜友谊政治学＞》一文中这样对二者进行区分："悖谬不同于矛盾，悖谬

❶ 琳达·哈琴.后现代主义诗学：历史·理论·小说［M］.李杨，李锋，译.南京：南京大学出版社，2009:271.

❷ Linda Hutcheon. A Postmodern Problematics.［J］. *Ethics/Aesthetics: Post-Modern Positions.* Robert Merrill eds, Washington D.C: Maisonneuve Press, 1988(1): 1.

❸ 林元富.琳达·哈琴后现代主义诗学初探［J］.福建师范大学学报（哲学社会科学版），2005（6）：61.

是在对立面的统一之外遭遇到矛盾、解释不了的事件。"❶因为"不对称的部分可以是任意的因素，比如可以是时间。两个没有关系的时刻放置在一起也是悖谬的。同时肯定与否定同时失去作用的句子，让'being'失去使用价值。"❷由此看来，悖谬与对立统一的根本区别在于"选择"。对立统一的双方一定是相互联系的关系，并且处于相互对立的位置上。而悖谬则提供了无限可能性，可以是任意因素之间的悖论，也没有时间因素的限制。矛盾的对立统一，根本在于其统一性。

正如哈琴所认为的那样，后现代主义的悖谬，不是一种非此即彼的选择，它本身的特点就在于不提供任何解决的办法与途径。也许在她看来，后现代主义才是最适合悖谬成长的土壤。在利奥塔那里，他一直坚持的"开放体系的研究"也以"悖谬"作为后现代性的基础与特征。利奥塔说："……有关开放体系的研究，局部决定论，反方法论——总之，这一切都被我归纳于悖谬逻辑之中。"❸在利奥塔的"开放体系"的研究中，后现代性及后现代主义所运用的去中心、反总体性等策略，都是根源于后现代所具有的悖谬逻辑。因此，他试图建立的新的"元叙事"体系的合法化过程也建立在悖谬逻辑的基础上。对此问题，杰姆逊也有相关的专门论述。杰姆逊认为，后现代具有二律背反的特征。他认为"矛盾是个单一的存在，围绕它可以说出多种不同的、看似矛盾的东西；稍作努力，稍微有些独创性，就足以说明两种矛盾的事物以某种方式互相关联，或者相同——一种事物包含着另一种事物，或者不容怀疑地由另一种事物引起。"❹在他看来，二律背反是两种与处境和语境无关的不可调和的观点。同时，杰姆逊指出，"不应假定一种我们必须在这两个范畴之间进行选择的境况（或许矛盾意味着现代主义的选择，而二律背反更多的是提供一种后现代的选择），而应根据每一个

❶ 尚杰.悖谬与后冷战时代的政治哲学——读德里达《友谊政治学》[J].社会科学辑刊，2007（3）：17.

❷ 尚杰.悖谬与后冷战时代的政治哲学——读德里达《友谊政治学》[J].社会科学辑刊，2007（3）：17.

❸ Jean-Francois Lyotard. *The Postmodern Condition: A Report on Knowledge* [M]. Minneapolis: University of Minnesota, 1984: 100.

❹ 詹姆逊.现代性、后现代性和全球化，王逢振主编《詹姆逊文集》（第四卷）[M].北京：中国人民大学出版社，2004：290.

范畴以其独特的方式在最重要的意义上使另一个受到怀疑的情况，同时运用这两个范畴并使它们彼此相对。"❶杰姆逊在另一篇文章中对二元对立的辩证思想进行了深入分析。他说："辩证写作的独特困难实际上在于它的整体主义的、'总体化的'特征：仿佛不首先讲了所有的事物，就不能够讲述任何一个事物；也仿佛随着每个新观念的出现，势必需要概述整个的体系。"❷

　　虽然哈琴与杰姆逊在对待后现代主义的态度上不尽一致，但杰姆逊在这里很明显地表现出对传统的对立统一思想的不满以及对后现代主义所具有的悖谬特征的青睐。他将同一性和差异性两个概念归入二律背反的范畴中，并认为二律背反不提供解决问题的办法，并且在二律背反概念周围是没有任何东西能与之对应的。

　　值得注意的是，哈琴对杰姆逊思想背后的"二元"思维模式认识得非常透彻。她的后现代主义的"悖谬"的分析拒绝杰姆逊式的形而上分析，而是将其放置到"人文主义"的文化大背景中。她认为，后现代主义之所以是一种悖论，在于它的理论和美学实践都无法摆脱它所试图颠覆的体系——自由人文主义的文化体系。它从自由人文主义内部发起攻击，但却无意也最终无法替代或回避它。在后现代主义理论和艺术中，表面上看起来似乎是相互冲突、抵触的各部分之间实际上是"共谋与挑战"的关系。在哈琴看来，后现代主义的悖谬是拒绝否定的，因为否定就意味着选择。而杰姆逊却明确地将后现代主义视作对现代主义的否定。他在《关于后现代主义》一文中说："现代主义的确立，使20世纪60年代的一些人感到压抑，所以很自然，那一代人后来通过否定现代主义的价值来努力为自己找到一个生存空间。就文学方面来说，这些被否定了的价值包括语言的复杂性和含混、反讽、具体的普遍性以及精心设置的象征体系的建构。"❸矛盾的对立统一性使得它无法对事物各因素之间的联系进行全面的认识和阐释，而杰姆逊式的二元论思想也同样使得他无法看到哈琴所意识到的各部分之间的"共谋"

---

❶ 詹姆逊.现代性、后现代性和全球化，王逢振主编《詹姆逊文集》（第四卷）［M］.北京：中国人民大学出版社，2004：292.

❷ 詹姆逊.现代性、后现代性和全球化，王逢振主编《詹姆逊文集》（第一卷）［M］.北京：中国人民大学出版社，2004：1.

❸ 詹明信.关于后现代主义，选自激进的美学锋芒［M］.周宪，译.北京：中国人民大学出版社，2003:93.

关系。后现代主义各部分间的"共谋与挑战"，目的就是要显示差异，并将目光向上，看到更多、更新的疑虑，而非实现矛盾的统一。

## 二、元小说式的悖谬

为了更好地展现后现代主义诗学的这种特征，哈琴挖掘出了在后现代小说中占据主要地位的，历史编纂元小说所具有的"元小说"式的悖谬特征。那么，元小说式的悖谬究竟是什么样的呢？或者说，哈琴所提出的后现代文学中，元小说的悖谬是如何体现自身的悖论性的呢？正如前文所提到的，后现代主义叙事将读者在文本意义的生成过程中的作用提到很重要的位置上。后现代小说要求读者以创造想象者的身份加入到小说的自我虚构过程，与此同时，它自身所具有的自我指涉性也使得它通过文本的自我意识拉开与读者的距离。在其叙事过程中，后现代小说不仅注意到自我的存在，还将注意力集中到它自身的叙事过程与语言结构上。哈琴将这种元小说式的悖谬描述为"自恋的叙事（Narcissistic Narrative）"。哈琴将小说看作"叙事"而非某一作者的作品，因为"叙事"意味着故事正在讲述，而作品则意味着故事已经讲完。在叙事的过程中，文本所具有的自我意识带来了读者地位的变化，叙事的过程是包含了读者想象的过程。而读者地位的改变，正是现代向后现代转变的关键所在。

元小说所产生的悖谬性在"艺术"与"生活"的界限上。当读者面对元小说所具有的矛盾性时，他必须要接受自己所面对的"艺术"，又要结合自己的生活经历与经验，参与到艺术的创造过程中。而元小说本身所具有的悖谬性又体现在文本自身的矛盾性上。一方面，元小说本身具有自恋式的反身自涉性；另一方面，元小说又必须向外，面对读者。在元小说文本中，读者既根据自己的生活经历，又被要求通过见证小说的自我分析过程，从而能够从这两个层面上参与文本意义的建构。

哈琴将她有关后现代主义诗学所有工作的最终目的概括为对"文学性边界"的讨论。对于后现代主义文学所具有的元小说式的悖论，哈琴有如下一段话：

> 后现代主义的悖论极力指引我们认识一统化体系和固定的、约定俗成的界限（包括认识论与目的论）的不足之处。历史元小

说的戏仿与自我指涉性既充当了文学的标志，也在挑战文学的局限性上发挥了效力。它利用可以核实的历史与指涉对具有自我意识的文学进行自相矛盾的"污染"，从而打破了我们认为存在于文学以及与文学相邻的超文学叙事话语之间的界线：历史、传记、自传。这种质疑特别关注（同时也边缘化）人文主义文学的局限性，同女权主义及其他"少数"群体将正典视为固定不变、具有永恒和普遍意义的"伟大"作品的观点交织在一起。这里的交叉点便是理论与实践共同认识到的问题，即"文学性关键并不取决于一个文本本身在形式上的属性，而是取决于这些属性（在主流意识形态领域的环境内）为文本所确立的立场。"❶

　　哈琴的这段话是什么意思呢？最后一句话是关键，"文学性关键并不取决于一个文本本身在形式上的属性，而是取决于这些属性为文本所确立的立场"。这句话首先明确"文学性的关键无关乎形式"。谈到形式，也许大家还觉得俄国形式主义语言学的宣言萦绕于耳。俄国形式主义认为文学的本质在于形式，必须从形式观照文学。他们提出"文学性"研究的目的在于，找到文学的根本属性与历史、传记等叙事形式之间的根本区别。雅各布森（Roman Jakobson）说："艺术永远是独立于生活的，它的颜色从不反映飘扬在城堡上空的旗帜的颜色。"❷在这一点上，后现代主义艺术的确是走上了一条与形式主义相异甚远的道路。对于哈琴来说，身处的加拿大后现代主义批评语境使她突破自己的导师诺思洛普·弗莱所建构的那一套自给自足的文学世界的愿望愈加强烈。也许正因为她师从弗莱，对形式主义文学批评进行过深入学习和研究，她在其之上进行的突破与质疑才会显得更加有力。哈琴肯定了后现代主义理论和美学实践具有不可避免的历史性与政治性，但同时又不否认形式在其中所起的作用。她关注形式，便更重视形式所确立的包括主流意识形态在内的立场。

---

❶ 琳达·哈琴.后现代主义诗学：历史·理论·小说［M］.李杨，李锋，译.南京：南京大学出版社，2009:302.

❷ 雅各布逊.何谓诗，参见，朱立元主编《美学文艺学方法论》（下册）［M］.北京：文化艺术出版社，1985：530-531.

# 第四章 历史的重访——从"元小说"到"历史编纂元小说"

在第三章中，我们曾谈到在海登·怀特及后现代主义那里，历史知识具有临时不定性，这种"临时不定性"产生于人们用语言对历史事件进行建构的过程中，它质疑了历史档案的权威性与真实性，但我们却不能避免历史记述与语言的天然联系。正如本维尼斯特所认为的那样，语言是人类的本质存在，而并非人类的工具，"语言是人类的自然本性，人类并没有制造语言。"❶历史的建构是无法脱离语言而存在的。美国历史学家格奥尔格·伊格尔斯（Georg G.Iggers）说："我们永远无法知道历史的本来面目，只能知道通过语言中介构建的历史。"❷有学者将史学界对此的认识称为"历史的语言学转向"。正是这种意识，通过文学批评的路径对后现代主义历史编纂思想的产生起到了重要的推动作用，这同时也是话语理论的重要内容。罗兰·巴特也认为，历史话语在本质上是一种意识形态阐述，或者更确切地说，是一种想象的阐述，其功能不是"再现"而是"构建"。❸继历史在语言学和话语理论上的转向之后，人们开始对叙事理论中一直具有权威地位的"宏大叙事"进行质疑。在这种质疑中，历史的真实与小说的虚构在文本中相映成趣，叙事的功能从"再现"开始向"解释""建构"转变。叙事研究的视角也从人物、情节等转而投向叙事文本的考察，历史叙事的审美层面、史学的修辞作用以及历史编纂的伦理问题等成为叙事研究的热点。历史哲学开始了所谓的"叙事转向"的历程。

❶ 埃米尔·本维尼斯特.普通语言学问题［M］.王东亮，译.北京：生活·读书·新知三联书店，2008:292.

❷ 格奥尔格·伊格尔斯.历史编撰学与后现代主义［J］.李丽君，译.东岳论丛，2004（6）:26.

❸ R.T.汪.转向语言学：1960-1975年的历史与理论和《历史与理论》［J］.陈新，译.哲学译丛，1999（4）：32-42.

　　历史哲学在语言学和叙事学上的转向，对后现代主义的历史编纂及后现代主义的文学批评话语理论都产生了非常重要的影响。从以海登·怀特为代表的新历史主义者开始，历史被作为"文本"，与小说一同被视为"文学性的人工制品"。在这样的"人工制品"中，虚构和真实的界限变得越渐模糊。正如哈琴所说："后现代理论和艺术目前所质疑的正是文学和历史的分离，而且近来对历史和小说的评判性阅读更多地集中在这两种写作方式的共同点，而非不同点。人们认为它们的力量更多地来源于其逼真性，而不是客观真实性；它们都被认定为语言构建之物，其叙事形式极为循规蹈矩；无论是其语言还是其结构都完全没有明晰性可言；它们同样具有互文性，在其自身复杂的文本性里有效地利用了过去的文本。"❶

　　在谈到小说中的"历史性"时，杰姆逊说："我应该将我心目中重要的文学例子，多克托罗（E. L. Doctorow）具世纪转折气氛的《散板曲》（*Ragtime*），以及大部分和 30 年代有关的《潜鸟湖》（*Loon Lake*）❷，也包括在这个讨论里。但这些对我来说只是表面上的历史小说。多克托罗是现在仍继续从事创作的严肃艺术家和少数真正的左翼或激进小说家之一。但无论如何，认为他的故事表现我们的历史往昔不如表现我们关于历史往昔的理念或文化成见那样，并不是对他的贬损。"❸然而哈琴却认为，以多克托罗的小说为代表，绝大多数后现代主义小说中所包含的历史指涉是一种真正的"历史性"。她认为，一方面，小说作者将一些真实可考的历史事件融入故事中，或以其为背景，或以其本身情节为基础进行构筑，表现出了小说中强烈的历史感；另一方面，因其元小说式的自我指涉特征，使得它的故事中又表现出自我作为小说的虚构的本质，并体现出强烈的社会政治和意识形态性。这些特征恰恰是杰姆逊、伊格尔顿、丹尼尔·贝尔等不少理论家认为后现代主义所缺乏的。哈琴将具有以上特征的这些后现代主义小说称为"历史编纂元小说"，并从"历史性"和"政治性"这两方面入手，分析了以"历史编纂元小说"为代表的后现代主义小说的特征与策略。

---

❶ 琳达·哈琴.后现代主义诗学：历史·理论·小说［M］.李杨，李锋，译.南京：南京大学出版社，2009:142.

❷ 也有一些译者译为"鱼鹰湖"，本文的行文中通常采用"潜鸟湖"的译法。

❸ 杰姆逊.后现代主义与消费社会，选自张旭东编《晚期资本主义的文化逻辑—杰姆逊批评理论文选》［M］.曾先冠，译.北京：生活·读书·新知三联书店，1997：407.

# 第一节　"历史编纂元小说"概念的提出

当我们谈到"历史编纂"和"历史小说"这两个概念时，会毫不犹豫地把它们归属于两个不同的领域。因为在我们的传统观念中，"历史编纂"注重客观真实性，而"历史小说"的本质却在于其虚构性。我们脑中的观念反映了海登·怀特所说的19世纪以前将文学与历史进行分离的传统。他指出："在18世纪，思想家通常区分三类史学，即传说的历史、真实的历史和讽刺的历史。"❶在对传统史学界的三种史学意识进行分析之后，怀特指出，要承认这三种史学之间的差异，就必须假定第四类史学意识，即一种立于三类史学（虚构性、讽刺性和真实性史学）向读者可能提出的主张之上，又在其中进行评判的元史学意识。❷他认为，"'元史学'意识避免了将真实与想象看作对立关系来进行考虑，而是将它们都设想成真实与想象在不同程度上的混合。"❸

怀特之所以在"历史编纂"的"真"与"小说"的"虚"之间设置一个"元史学"的评判标准，目的是想瓦解传统史学和文学理论的二元对立关系，以便发掘出历史编写中所包含的不可避免的虚构性。

"元小说"又称为"超小说"，它并非是后现代主义独有的概念。美国作家威廉·加斯(William Gass)在1970年发表的《小说和生活中的人物》中首次使用了"元小说"这一术语，指出"应该把那些'把小说形式当作素材的小说'称作'元小说'。"❹加斯还认为，这种现象说明小说艺术已经陷入了困境。英国学者帕特里夏·沃芙(Patricia Waugh)是西方第一个对元小说进行系统研究的学者。她说："所谓元小说就是指这样一种小说，它为了对虚构和现实的关系提出疑问，便一贯地把自我意识的注意力集中在作为人工制品的自身的位置上。这种小说对小说本身加以评判，它不仅审视

---

❶ 海登·怀特.元史学：十九世纪欧洲的历史想象[M].陈新,译.译林出版社,2004:64.

❷ 海登·怀特.元史学：十九世纪欧洲的历史想象[M].陈新,译.译林出版社,2004:66-67.

❸ 海登·怀特.元史学：十九世纪欧洲的历史想象[M].陈新,译.译林出版社,2004:67.

❹ William H. Gass. *Fiction and the Figures of Life*[M]. New York: Alfred A. Knopf, 1970: 125.

记叙体小说的基本结构，甚至探索存在于小说外部的虚构世界的条件。"❶戴维·洛奇 (David Lodge) 说："'超小说'是关注小说的虚构身份及其创作过程的小说。最早的超小说当属《项狄传》，它采用叙述者和想象的读者间对话的形式。这种形式是斯特恩用以强调艺术和生活间存在差距的多种方法之一，而这种差距正是传统的写实主义小说所试图掩盖的。所以，超小说不是一项现代的发明；但它是当代许多作家认为颇有感染力的一种形式。"❷

　　传统小说关心的往往是人物、事件和作品所叙述的内容，而元小说则更关心作者本人是怎样写这部小说的。元小说中喜欢声明作者是在虚构作品，喜欢告诉读者作者是在用什么手法虚构作品，更喜欢交代作者创作小说的一切相关过程。小说的叙述往往在谈论正在进行的叙述本身，并使这种对叙述的叙述成为小说整体的一部分。因此，传统小说界和理论界一度认为"元小说"与传统小说，尤其是现实主义小说之间，形成了一种断裂。"元小说"似乎颠覆了传统小说的所追寻的精彩的故事情节和激烈的矛盾冲突，转而将作者对小说的创作作为小说的一部分。这在许多人看来是荒诞而不可理解的，但这种"断裂"实质上却是小说在叙述上表现为意识到自己是语言虚构的某种"自我意识"或"反身指涉"。❸

　　对于传统小说界来说，"元小说"概念及其创作方法的提出，无疑是在叙事成规的沉闷空气中注入了一股清新气息。"元小说"是对小说这一形式和叙事本身的反思、解构和颠覆，它无论在形式上还是在语言上都导致了传统小说及其叙述方式的解体。一些为人熟知的小说家及其作品被纳入到"元小说"的框架之中，如纳博科夫的《洛丽塔》，博尔赫斯、约翰·巴斯等的作品。

　　刘象愚认为"元小说"是后现代主义文学中与黑色幽默相映成辉的另一艺术景观。❹然而，在哈琴看来，"元小说"并不能完全指涉后现代主义小说的全部内涵及特征。虽然"元小说"的概念是在 1970 年才正式提出，但是当我们审视和反观整个文学史，很容易在文学史上找到"元小说"的先行

❶ 王先霈，王又平.文学批评术语词典 [M].上海：上海文艺出版社 1999：676.

❷ 戴维·洛奇.小说的艺术 [M].王峻岩等，译.北京：作家出版社，1997：230.

❸ 王丽亚."元小说"与"元叙述"之差异及其对阐释的影响[J].外国文学评论，2008（2）：35-44.

❹ 刘象愚.从现代主义到后现代主义 [M].北京：高等教育出版社，2002：396.

者，如莎士比亚的戏中戏，菲尔丁和理查森作品中的侵入式叙述者等。"元小说"所具有的"自我意识"或"反身自涉"等特征都是现代主义文学特征的一部分。"元小说"中运用的陌生化创作技巧以及"自我反省"的特征，都是形式主义等现代派文论所提出的创作技巧和方法。"元小说"渐渐发展到了一种被哈琴称作"晚期现代主义激进小说的语言实验"，如美国的"超小说"和法国的"新新小说"。它们之所以走到极端，是因为"完全将小说自我封闭起来，脱离现实，也远离历史，自说自话地沉迷于文字游戏"。此种小说，完全是在玩"文字游戏"，各个部分之间没有必然的情节联系，意义毫不确定，每个部分都像是一个孤立的片断。

其实，这种把艺术与历史之间分开的现象，由来已久。哈琴指出，"还有一个悠久的历史，应当从（我们刚刚看到）亚里士多德算起，不仅把小说同历史分开，而且认为它高于历史，而历史则被视为再现偶然与具体事件的一种写作形式。"❶她认为这种极端的小说注定是没有出路的，在被读者渐渐抛弃的过程中，它自身也慢慢走向孤立，完全脱离现实生活和历史语境，从而走向边缘。20世纪60年代以来，在欧美文坛又重新出现了与历史和社会语境相联结的创作潮流。"历史编纂元小说"❷即被哈琴用来专门指称这部分小说。这一创作潮流是哈琴最早关注的艺术形式，她的第一本著作《自恋的叙事：元小说式的悖谬》即是对于此类小说的专门研究。只不过，在写作这本书的时候，哈琴还没有正式提出"历史编纂元小说"这一概念来对其进行指称。在这本书中，哈琴还是以"元小说"来指称这一类小说，但很明显，这一类小说同前文谈到的元小说在内涵与特征上已经有了很大区别。

哈琴对"历史编纂元小说"的定义是，"指那些名闻遐迩、广为人知的小说，既具有强烈的自我指涉性，又自相矛盾地宣称与历史事件、人物有关。"❸在她看来，历史编纂元小说故意和这类现代主义鼎盛时期的、极端的

---

❶ 琳达·哈琴.后现代主义诗学：历史·理论·小说［M］.李杨，李锋，译.南京：南京大学出版社，2009:145.

❷ 对于 Historigraphic metafiction 国内学术界有几种不同的译法：历史元小说、编史元小说、历史编纂元小说、史记式后设小说、编史性元小说等，本文统一采用历史编纂元小说的译法。

❸ 琳达·哈琴.后现代主义诗学：历史·理论·小说［M］.李杨，李锋，译.南京：南京大学出版社，2009: 6.

元小说"唱对台戏",试图通过形式和主题正视历史,避免文学的边缘化。哈琴甚至曾一度认为,后现代小说就是历史编纂元小说。在《后现代主义诗学:历史·理论·小说》一书的序中,她明确指出:"本书中把具有鲜明后现代主义特征的小说称为'历史编纂元小说(historiographic metafiction)'。"她认为,后现代主义文学的特征就是"自我意识的反省"和"戏仿的互文性"。后来,哈琴修正了这一看法,她指出:"历史编纂元小说并不能完全指代后现代小说,它只是后现代小说中一种重要的模式,但却是占据主导地位的。"被她纳入"历史编纂元小说"的范围的作家作品有汤亭亭的《女勇士》和《中国佬》、E.L. 多克托罗的《但以理书》《拉格泰姆时代》、约翰·福尔斯的《法国中尉的女人》、埃姆伯托·艾柯的《玫瑰之名》、约翰·巴思的《烟草经纪人》、托马斯·品钦的《V.》《万有引力之虹》、罗伯特·库弗的《火刑示众》、塞尔曼·拉什迪的《午夜的孩子》等。根据哈琴的论述,历史编纂元小说作为典型的后现代主义小说,其基本特征就是运用历史素材,通过重访历史的写作来质疑历史叙事的真实性和权威性,对历史叙事的形式及内容进行重新思考和再加工。

　　"历史编纂元小说"是"元小说"在历史小说中的一个延伸,或者说是后现代历史小说的一个品类。哈琴认为,读一部历史元小说不同于读一部现实主义的历史小说,后者告诉读者历史是什么,而前者则告诉你,历史是怎么被编出来的。在历史编纂元小说中,历史的文本性与文学的文本性相映成趣,也就是说,如今了解历史的唯一途径是通过历史的痕迹、历史的文本。这是后现代主义的训喻之一。在历史编纂元小说中,历史编写和元小说的互动显示了一个问题,即所谓的"真实"再现说和"非真实"模仿说统统遭到了拒绝,艺术原创性的意义和历史指涉性的明晰性一律受到了强烈的质疑。❶

　　哈琴的"历史编纂元小说"定义是将马尔科姆·布拉德伯里(Malcolm Bradbury)所说的"借助诗学进行辩论"(元小说)和"借助历史主义进行辩论"(历史编写)结合,从而把两者间相互的质疑设立在文本之中。❷哈琴如

---

❶ 琳达·哈琴.后现代主义诗学:历史·理论·小说 [M].李杨,李锋,译.南京:南京大学出版社,2009:147.

❷ 琳达·哈琴.后现代主义诗学:历史·理论·小说 [M].李杨,李锋,译.南京:南京大学出版社,2009:59.

此定义的目的在于模糊元小说与历史编写之间被设置的绝对界限。因为，她认为元小说所具有的自我意识是小说本身所具有的特征。小说的自我意识本身并不会造成小说体裁的完结。她说："如果自我意识是此种体裁瓦解的标志，那么小说从它一产生之始便开始走向衰落了。"❶虽然"元小说"概念本身并非是一种什么新的小说形式，但当它与"历史编写"或"历史现实的叙事化再现"相结合时，便模糊了事实与虚构间的界限，将后现代主义矛盾的原本界限明确的两边结合在一起。此外，它还将已成为过去的历史与奇幻的现实结合在一起，对历史现实，或者是"现实"本身形成了质疑与挑战。

"历史编纂元小说"这个概念显示出了后现代主义所固有的矛盾，历史性及政治性的基础与自我指涉性的共存。语言的自我意识和对古典现实主义的再现方式的挑战与质疑，则是对现代主义特点的继承甚至深入。历史编纂元小说中使用的自我指涉、反讽、戏仿等手法，在现代主义艺术中也有使用。另一方面，后现代小说又反对现代主义小说中的"审美原创性""艺术的自律性""个人表达"等概念，以及其将艺术与大众文化和现实生活相脱离的做法。哈琴认为历史编纂元小说对过去作有争论地改写或者重读，无论这种"过去"是对历史的再现功能的加强还是颠覆，其目的是要提供对过去的另一种解读方式，并挑战我们形成的对历史真相的未经验证的观念。

哈琴将历史编纂元小说不同于一般小说的叙事技巧归纳为：碎片化、多重的具有操纵性的叙述者、自我指涉性、互文性、反讽、戏仿、对编年史的拒绝、对话式的复调等，这些技巧都显示出其去中心、边缘化以及对封闭的拒绝的特点。

# 第二节　指涉与话语权力

## 一、"五种指涉"之路

在符号学中，符号与指涉物之间的关系是整个符号学理论体系的核心

---

❶ Linda Hutcheon. *Narcissistic Narrative: The Metafictional Paradox* [M].Waterloo: Wilfrid Laurier University Press, 1980: 18.

内容。翁贝托·艾柯 ❶（Umberto Eco）在其著名的《符号学理论》(*A Theory of Semiotics*) 中指出符号哲学研究中的这样一种现象：

> 符号被用来命名客体，进而描述外界状态、提出实际事物、断定存在某物，以及明言此物如何如何。符号如此频繁地用于这一目的，以致许多哲学家都坚持认为，符号仅仅是在用以命名事物时才是符号。所以这些哲学家试图证实，意义概念，鉴于跟符号的"现实"和所证实"指称体"相分离，也即与符号所指涉的客体或外界状态相分离，因而缺少任何实际意旨。因此，甚至当它们接受意义与所指物（或指称体）之间的分工，而不把前与后者等同起来的时候，其兴趣也毫无例外倾向于符号与指称体之间的对应状态。意义被考虑进来，仅仅是就其被迫以特殊方式对应于指称体而言，才如此。❷

在艾柯看来，所指物（或指称体）是一个危险的概念，它往往使人们将其与"所指"混为一谈，从而出现"指涉谬误（referential fallacy）"。在艾柯那里，"内容"（所指）与指称物是两个不同的概念，而语义符号学的客体是所指，并不是指称体。

哈琴将艾柯关于"指涉谬误"的符号学理论运用到历史编纂元小说的分析中。她认为，历史编纂元小说通过几种不同层次的"指涉"，极力避免艾柯所指出的"指涉谬误"，将语言表达和指称的本质及功能问题化，将指涉过程中的符号、所指及所指物置入更复杂的文本化的话语网络系统中。哈琴反对以"二元论"的模式来研究历史编纂元小说中的指涉对象，主张以类似纳尔逊·古德曼 (Nelson Goodman) 的"指涉路径"理论模式来分析这种既包含了历史编写又包含了元小说的复杂实体。古德曼所提出的指涉路径模式并非指涉的起源，而是通过考察概念或符号与其所指之间的不同关系，建构起来的一套由不同的类型的指涉组成的指涉结构。❸哈琴认为古

---

❶ 又译作乌蒙勃托·艾柯，安伯托·艾柯，本文统一采用翁贝托·艾柯的译法。

❷ 乌蒙勃托·艾柯.符号学理论[M].卢德平，译.北京：中国人民大学出版社，1990：187.

❸ Nelson Goodman. Routes of Reference [J]. *Critical Inquiry*, 1981(1)：121.

德曼的这种分析模式避免了二元对立式方法中自我与事实，或者说虚构与事实间的紧张对立，从而形成一个开放、充满活力的体系。

因此，哈琴分析出历史编纂元小说的指涉路径中包含了互相搭界或重合的五个方向的指涉，即文本内指涉 (intra-textual reference)、自我指涉 (self-reference)、文本间指涉 (inter-textual reference)、被文本化的文本外指涉 (textualized extra-textual reference) 以及诠释性指涉 (hermeneutic reference)。❶

### （一）文本内指涉

在传统的写实主义小说中，小说虽然建构了一个虚构的框架，但是其语言的指涉最终还是指向现实和历史中的指称物。哈琴认为，历史编纂元小说强调的是小说文本内的指涉，即艾柯所重视的意指，而非真正存在于历史和现实中的指称物。当作者具备驾驭这种文本内指涉的能力时，他就可以利用自己创造的形式来对历史进行重塑。

### （二）自我指涉

简单地说，小说的自我指涉就是指向小说自身的虚构性。它不仅是元小说最重要的特征之一，也是历史编纂元小说几个指涉层面中最重要的一方面。对于历史编纂元小说中的自我指涉，我们会在下一节中进行专门的讨论，在此无须赘述。但有一点值得注意的是，哈琴对历史编纂元小说的自我指涉性有两个核心的观点：一方面，历史编纂元小说通过对其自身文本内的虚构性，在语言上自觉；另一方面，它也表现出了对于自身的文本形式的质疑与矛盾。

哈琴以加拿大英语小说家鲁迪·威博（Rudy Wiebe）的小说《焦林中的人们》（*The Scorched-Wood People*）为例，对此问题进行了详细说明。与其他历史编纂元小说一样，小说同样以历史事实与创作行为之间的关系为主题。主人公路易斯·里尔是一个同时有着白人血统和某个原始部落氏族血统的人。他自己的部落文化是没有任何历史材料记载的，他所具有的受教育的白人血统使得他追求能用文字记载其部落的"无声的、不为人知的"文化。但是他本人同时又对这种文字的形式有着非常矛盾的态度，一方面，

---

❶ 琳达·哈琴.后现代主义诗学：历史·理论·小说 [M].李杨，李锋，译.南京：南京大学出版社，2009:210.

他希望能借助文本记载的永恒性来使自己部落的文化在历史上占有一席之地；另一方面，他又对这种永恒力量保持怀疑。因为他明白"他记录的所有的声音都会成为遭受责难的把柄，因为每一个书的词汇都要经过挑剔和评价。"❶不仅如此，用另外一个种族的语言和文字（英语）来表现自己的部落文化，其合法性也值得怀疑。

哈琴对历史编纂元小说的自我指涉性的研究，关注事实与叙述的关系，语言、文本与观念历史间的关系，使得"自我指涉"概念的内涵得到了进一步延伸。

### （三）文本间指涉（互文指涉）

历史编纂元小说对历史文本和其他文本形式的戏仿和利用，使得它们之间形成了互文关系。哈琴进一步指出："大多数后现代小说不仅仅指涉一个特定的互文本，它们往往拥有大量的其他层面的互文指涉。"❷不仅如此，文本之间的互文指涉，往往也通过多种不同的层面而得以实现，"指涉可以是在语言层面上，也可以是在结构层面上。"❸以芬德利(Timothy Findley)的小说《著名的遗言》(*The Famous Last Words*)为例，小说的自我指涉所指向的虚构性将小说中的主人公休·塞尔温·莫伯利这个名字变成了元小说性的标记，同时它又指向了庞德(Ezra Pound)最为重要的长诗《休·塞尔温·莫伯利》这一文本。此外，在这部小说中，我们还可以看到，《圣经·但以理书》中大仲马、康拉德、海明威等人的作品的痕迹。小说中的语言，如"神已算出你的国度末日来临，已在天平上称出你的分量不够，你的国家将被分给他人"，同时指涉了《但以理书》中的语言，小说在结构和情节设置上也有同康拉德小说与庞德的长诗互为文本的倾向。

哈琴在提出互文指涉时只以历史编纂元小说为例，说明了小说文本之间的互相指涉关系。值得我们注意的是，文本间指涉不仅仅是小说文本或历史文本等形式之间的互文关系，电影、电视、戏剧等各种形式的艺术文

❶ 参见琳达·哈切恩.加拿大后现代主义——加拿大现代英语小说研究［M］.赵伐，郭昌瑜，译.重庆：重庆出版社：1994：91-101.

❷ 琳达·哈琴.后现代主义诗学：历史·理论·小说［M］.李杨，李锋，译.南京：南京大学出版社，2009：211.

❸ 琳达·哈琴.后现代主义诗学：历史·理论·小说［M］.李杨，李锋，译.南京：南京大学出版社，2009：211.

本之间，都可以通过互相指涉的方式形成互文关系。

## （四）被文本化的文本外指涉

"文本外指涉"在哈琴那里是一个与互文性指涉比较接近的层面。哈琴认为两者的差别在于侧重点不同。互文性指涉是把历史当作互文本；而"文本外指涉"则侧重于在小说中利用历史编写这一行为，将其变成通过文本来追溯与接近历史事件，从而构建事实的途径。

## （五）动态模式中的诠释性指涉

诠释性指涉与读者对文本的阅读相关。在哈琴那里，读者的理解和阐释的作用始终在文本的意义生成过程中占有极为重要的位置。哈琴认为，以上提到的四种指涉模式都是以文本的方式进行指涉的，要么是文本之内，要么是文本与文本之间。如果只限于将文本看作是已经存在的作者的"产品"——这种静态的指涉模式将作品的意义当成是一个早已存在的自足的实体——读者只是被动地接受产品。将读者的话语语境引入文本指涉中，是将指涉的研究对象从简单的单词、名称等语言层面转向话语结构的关键。哈琴说："与杰拉尔德·格拉夫（Gerald Graff）不同，我不主张元小说中生活与艺术之间的联系已经完全断裂或者是已经被绝对否认。相反，我认为二者之间的关键联系在一种新的层面上被重新建立起来，那就是在故事讲述的想象性过程中，而非产品（已经讲述完的故事）里。" ❶

以上五种指涉构成了历史编纂元小说中不同层面的指涉网络。在这五个层次的指涉中，作者和读者的意义在小说意义的生成过程中都受到了不同程度的重视。对于罗兰·巴特所提出的"作者之死"观点，哈琴认为有些极端。康斯坦斯·鲁克(Constance Rooke)说过："对读者的吹捧是以牺牲作者为代价的，为了让读者生存，作者就非死不可。这场革命对我来说既残忍又冷酷。" ❷我们不能简单地将这五个指涉层面中的任何一个划归为只考虑文本的接受或是文本的创作。因为通过哈琴对这几个层面的指涉的分析，我们可以看到文本的接受和文本的创作，换句话说，就是读者和作者的作

---

❶ Linda Hutcheon. *Narcissistic Narrative: The Metafictional Paradox* [M].Waterloo: Wifrid Laurier University Press, 1980: 3.

❷ Constance Rooke. Fear of the Open Heart [M]. in Shirley Neuman & Smaro Kamboureli, eds., *A Mazing Space: Writing Canadian Women Writing*. Edmonton: Longspoon/ NeWest, 1986: 285.

用在每个层面的指涉过程中都有重要的意义。克里斯蒂娃就批评结构主义符号学将文本视为话语和叙事关系构成的整体的观点是一种静态的研究方法，她强调将文本的意义视为一个开放性的生产过程，强调文本成义过程的动态性。哈琴也提出应当将作品视为一个"模仿的过程"而非已经完成的"产品"。文本开放性的生产过程，就是这几个层面的指涉过程。

## 二、从"诗性"到历史指涉的自我意识

"自我指涉性"是从语言学引入文学批评的一个术语。它在后现代主义文学理论，甚至整个 20 世纪西方文学理论中都占有非常重要的地位，并产生了深远的影响。它的正式出现，最早见于俄国形式主义语言学家罗曼·雅各布森（Roman Jakobson）于 1958 年发表的著名演讲《语言学与诗学》(Linguistics and Poetics)。在这篇演讲中，雅各布森提出了语言的"诗的功能"与"指称功能"之间的区别，认为"诗的功能"即"诗性"，也就是形式主义者所关注的"文学性"的问题。在雅各布森看来，当符号的符指过程侧重于能指本身时，符号便出现了强烈的诗性。雅各布森所说的"诗性"，即后来的符号学者所指的符号的"自我指涉性"，并且当能指的"自我指涉性"越强，越无法传达信息，无法到达所指，诗性也就越强烈。❶由此看来，"自我指涉性"的概念涉及俄国形式主义的核心论题。符指的"自我指涉性"将读者的注意力吸引到了语言自身的形式，在这一过程中，能指与所指间的传统的关系产生了"滑动"，产生了陌生化。

我们此前曾谈到过，哈琴将她有关后现代主义诗学所有工作的最终目的概括为对"文学性边界"的讨论。其实，"文学性"是从古至今的文学理论都非常关注的问题。每一种诗学，或者文学理论都是对"何为文学""何为艺术"等问题的不同回答和阐释。从亚里士多德到后现代主义，也一直在讨论着有关"内容与形式"的问题。什克洛夫斯基 (Viktor Shklovsky) 将"自我指涉性"界定为"形式作为内容"，杰姆逊在《语言的牢笼》中将其界定为"从形式到内容的质的转变"❷，同样涉及"形式"与"内容"的问题。欧文·高尔曼 (Owen Coleman) 将"打破框架 ( breaking

---

❶ 参见赵毅衡 . 文学符号学 [ M ] . 北京：中国文联出版公司，1990：47-49.

❷ 参见步朝霞 . 形式作为内容——论文学的自我指涉性 [ J ] . 思想战线，2006 ( 5 )：96-97.

frame )"作为元小说的基本特征。❶元小说对传统小说的表现形式产生了怀疑，那种完整性和自足性被非叙事性的语言策略所代替，以此提醒人们，世界无非是人工组织的语言世界的不同表达效果。元小说的这种特征就是自我指涉性。

这种将焦点转向形式和符号自身的做法，目的是要抛弃一直占据统治地位的历史和意识形态因素。正如杰姆逊所指出的那样，在形式主义语言学鼻祖索绪尔那里，把共时性和历时性加以区分，把历史研究和结构研究也加以区分，这一做法是武断的，其方法论的前提是这样一种价值判断，即"任何东西只要有一点意义，它就必定是共时的。"❷杰姆逊曾批评结构主义语言学强调绝对的共时结构，其实这种特点也体现在元小说上。自我指涉性是元小说区别于传统小说的最主要的特征，其对语言形式的自我意识，使得有不少元小说作者，如激进的元小说作者，运用一些复杂极端的表达策略，如拼贴、互文穿插等。如此一来，小说本身便显得晦暗无法理解。正如戴维·洛奇所指出的那样，元小说本身并不是什么新的发明，从古至今的创作中都不乏元小说意识的出现。文学这种"向内转"的倾向，始于18世纪末德国浪漫主义对文学本身的关注，同时也伴随着哲学上的语言学转向发展。这种"向内转"的倾向从俄国形式主义开始，将注意力转向形式外之物，小说创作者和理论家们逐渐认识到，所有新的话语策略最终的目的应当指向新的意义。自此，文学的自我指涉性和自我指涉功能得到了确立。但是在形式主义和结构主义者那里，文学作为自身的存在还是比文学的自我指涉功能所指称的意义重要。巴特就一再强调文学最终还是"指向自身的面具"。❸同传统文学理论一样，在形式主义和结构主义那里，文学作为自身的存在与所指的意义之间的区别还是非常清楚的。

哈琴认为艺术的这种"向内转"趋势是艺术形式自身发展的结果。随着现代社会，包括科学知识在内的各种领域的发展，不管是具有系统性和严肃性的科学知识还是艺术领域，都将自我指涉和再创造置入话语过程中

---

❶ 戴维·洛奇.小说的艺术［M］.王峻岩等，译.北京：作家出版社，1997：232-233.

❷ 弗里德里克·杰姆逊.语言的牢笼——结构主义及俄国形式主义述评［M］.钱佼汝，译.南昌：百花洲文艺出版社，1994：3-4.

❸ Roland Barthes. Literature and Metalanguage［J］. *Critical Essays*. Richard Howard trans., Evanston: Northwestern UP, 1972: 98.

进行考察。自我指涉性是艺术形式发展到一定阶段后以对话方式转向对自身结构的关注的结果。她在谈戏仿问题时曾指出：

> 艺术形式越来越表现出对外部批评的不信任，以至于试图通过正常的批评性对话的自我合法化途径将批评式的评论纳入到它们自身的结构中。在其他领域——从语言学到科学哲学——自我指涉的问题也越来越成为人们关注的焦点。现代社会似乎着迷于人类系统所指向的一种无休止的镜像过程的能力。如，受数学逻辑的启发，计算机系统，埃舍尔（Escher）的绘画，格利特（Magritte）的绘画以及巴赫（Bach）的音乐……研究了同时也确定地告诉我们机械力学允许系统对其自身进行指涉和再生产。如今，即使是科学知识也似乎以其自身关于某些确定原则的不可避免的话语过程为特征。这种无所不在的元话语层次促使一些观察者假设出一种行为的普遍概念，以便能解释所有文化形式中的自我指涉性——从商业电视到电影，从音乐到小说。●

在哈琴的戏仿理论中，一切科学知识，包括传统历史知识以及文学艺术之间都可以形成互有联系、互相交叉的互文本，而这样的互文本网络只能在话语过程中才能实现。在理论话语对历史的问题化背景的回应一节时我们曾注意到，在福柯那里，"话语被看作是一种生产意义的手段，而不仅仅是一种传递有关外部指涉物信息的工具。"现实主义将再现功能作为文学最重要的特征，历史编纂元小说却极力将文学定位于"模仿的过程"而非再现的指称物，以此来避免艾柯所说的"指涉谬误"。利奥塔也指出过两者的区别。他认为历史描述的对象即专有名词指涉的对象，它和我们感官触及的对象并不是一回事。❷因此，哈琴明确指出文本的指涉对象并不是自然存在的事物，而是在我们表述之下的事物，是一种话语实体。

通过前面章节所述，在大部分后现代主义小说中"历史性"与"虚构

---

● Linda Hutcheon. *A Theory of Parody* [M] New York and London: Methuen, 1985: 1.
❷ Jean-Francois Lyotard. The Differend, the Referent, and the Proper Name. trans. Georges Van Den Abbeele [J]. *Diacritics*, 1988(3): 12.

性"这两个看似矛盾的概念被历史编纂元小说通过一系列话语策略有效地组织在一起，从而富有建设性地将语言与事实之间的关系问题化。哈琴指出："把'历史'与'虚构'这两个概念放到一起，这与其说是在取笑它们的自相矛盾，不如说是对两者都是'话语'这一共同性质的某种肯定：我这里的'话语'指的是积极表述的语言，而非固定和静态的文本。有了这种肯定，我们就会意识到这样一种潜能——通过修辞或语言的力量以及由语言创造的想象的力量，我们能够操纵读者的观念。同样，有了这种意识，我们就会认识到这样一种可能性：（虽然并未获得准许）以缄默的方式就能回避包含在表述行为中的责任。"❶

在后现代主义中，"历史"被当作是由话语建构起来的互文本。这种话语式的互文本结构与传统观念中的具有封闭性的完整自足的历史结构相比，在意义的阐释与生成上有了很广的包容性和灵活性。哈琴说："历史元小说既彰显了自己是以话语的形式存在，却又依然一边表明所有表达位置均具有社会性和约定俗成性，一边将自己植根于具象的世界里，通过上述两种方式设定了指涉（不管其问题有多大）与历史世界之间的关系。"❷尽管历史有过其真实的内容与事件，但它必须通过将自身文本化，以一种具体的表述形式来让我们对它有所了解。因此，过去我们所当成是"真理"般的历史知识，是具有临时不定性的。它同小说一样，只不过是语言策略所建构起来的。在此意义上，曾经高高在上的历史叙述者和撰写者才能低下他们高昂的头颅，与读者进行对话，而自我指涉正是这些话语结构所运用的重要的语言策略之一。

在哈琴看来，历史编纂元小说中所描写的历史事实与历史编写者所撰写的历史事实一样，都具有话语性。所不同的是，历史编纂元小说比历史编写更擅长于通过叙事内部的形式和主题策划来体现这种话语过程。虽然历史知识具有临时不定性，或许正因如此，它才能够被历史编纂元小说加以利用，以制造新的、多元化的意义。像《大熊的诱惑》和《反地球》这样的历史编纂元小说对同一件事的描述表现出各种不同的、甚至互相矛盾

❶ 琳达·哈切恩. 加拿大后现代主义——加拿大现代英语小说研究［M］. 赵伐，郭昌瑜，译. 重庆：重庆出版社，1994：104.

❷ 琳达·哈琴. 后现代主义诗学：历史·理论·小说［M］. 李杨，李锋，译. 南京：南京大学出版社，2009:192.

的形式。这一目的是要恢复被传统写实主义小说所忽略了的"所指"，而不是像写实主义小说那样将所指与所指物混淆起来，进而将其忽略。哈琴对此解释道："在索绪尔的语境里，语言是一个由能指和所指组成的符号系统。指涉对象不是这一体系的一部分。不过，这并不是否认语言指涉对象的存在：它被假设为是存在的，但不一定通过知识能直接接触它。"❶

　　哈琴对后现代主义小说的自我指涉性的认识是不断发展的。在哈琴最早的著作《自恋的叙事：元小说式的悖谬》(Narcissistic Narrative: The Metafictional Paradox) 中，她将具有自我指涉性的后现代小说看作是元小说式的自我意识在当前的多种应用形式之一。在对欧美后现代小说，特别是加拿大的后现代主义小说的具体分析中，哈瑟对于后现代小说中的自我意识和历史意识有了更深的认识。她明确地将之前所讨论的一类小说定义为历史编纂元小说，并对小说中的历史编写和历史文本的戏仿作了深入分析，认为小说中对历史文本的运用一种真正的历史意识，是小说的指涉模式的有效扩展。

　　哈琴不同意罗兰·巴特将"真实"的指涉排除于叙事之外的做法，认为这其实是现代主义的做法。巴特认为，叙事中发生的只是语言的活动，而没有真实的存在。他说："虽然对于叙事的起源我们并不比对语言的起源了解得更多，但我们却可以合乎理性地假设伴随着叙事发生的是自言自语，一种产生于对话之后的创作。"❷正如杰姆逊所发现的那样，结构主义在反抗传统叙事的自足性的同时，又陷入了另一种自足、自封的共时结构中。而在后现代主义的文本中，却有着一种被彼得·布鲁克斯（Peter Brooks）称为"对指涉对象的回归的强烈愿望"。❸后现代主义的指涉与现代主义的指涉是不同的。对于哈琴来说，"元小说"的指涉意味着现代主义的指涉，而后现代主义的指涉则体现在历史编纂元小说中。同时，后现代主义的指涉与现实主义的指涉也不尽相同，因为它既承认了过去的真实世界的存在，又公开承认它无法接触。

---

❶ 琳达·哈琴.后现代主义诗学：历史·理论·小说［M］.李杨，李锋，译.南京：南京大学出版社，2009:201-202.

❷ Roland Barthes. *Image Music Text*［M］. trans. Stephen Heath, London: Fontana Press, 1977: 124.

❸ Peter Brooks. Fiction and its Referents: A Reappraisal ［J］. *Poetics Today*. 1983(1):73.

　　哈琴所要批评的，不是元小说自身，而是那种走入极端的、沉溺于单纯的语言游戏的元小说形式。罗兰·巴特在《写作的零度》中提出了写作的"二重性 (duplicity)"。他一方面承认文学指向自身形式的特点，同时又反对把语言和文学形式作为通向内容的唯一途径，强调一种"语言外之物"。他说："因此我们看到了这样一种写作的例证，其作用不再只是去传达或表达，而是将一种语言外之物强加于读者，这种语言外之物既是历史又是人们在历史中所起的作用。"❶

　　哈琴对于巴特所提出的这种"语言外之物"非常重视，她提醒到："……我们不要忘记历史和小说本身是历史术语，它们的定义及相互关系是由历史决定的，随时间的变化而发生改变。"❷哈琴戏仿式地将希腊神话中的"水仙花（Narcissus）"形象用来指涉历史编纂元小说的自我意识，将其描述为"自恋的（Narcissistic）"。在哈琴的历史编纂元小说概念中，自我指涉性不是一个纯语言学概念，也无需上升到艰深的哲学层面。它被哈琴置入理论研究和艺术实践的交叉地带进行考察，从而具有了厚重而不失具体的内涵。她认为：

　　　　元小说形式的本质在于对艺术作品公开承认自身的双重性或者是其自身的欺骗性，这引起了德国浪漫主义者的好奇：这类小说经常宣称自己是植根于现实的历史时代和地理空间，因此叙事被表现为仅仅是叙事，表现为它自身的现实，作为艺术品的现实。通常，公开的叙事性评论或者是一种内在的自我指涉式的模仿向读者暗示了其自身在本体论意义上的双重特性……或者说这种对"文学性（literariness）"的指向就是通过戏仿来完成的：在作品的背后站立着另一个文本，新的作品因而能够被把握和理解。❸

　　在历史编纂元小说的自我指涉意识之下，历史事实与小说的创作行为

❶ 罗兰·巴尔特.写作的零度 [M].李幼蒸，译.北京：中国人民大学出版社，2008：3.

❷ 琳达·哈琴.后现代主义诗学：历史·理论·小说 [M].李杨，李锋，译.南京：南京大学出版社，2009：142.

❸ Linda Hutcheon. *A Theory of Parody: The Teachings of Twentieth-century Art Forms.* [M]. New York and London: Methuen, 1985: 31.

的虚构性之间形成了张力。哈琴指出，历史事实与创作行为（和表现）之间的这种关系是历史编纂元小说的一个共同的主题。在此主题之下，历史编纂元小说通过将历史指涉对象的实在性以及小说指涉对象的虚构性之间的区别进行延伸，形成互文本。这样，具有严肃性和真实性的历史文本就可以被具有虚构性的小说语言策略加以利用。哈琴以鲁迪·维贝的小说《大熊的诱惑》为例，小说以一个隐藏在背后的观念为前提：我们不可能真正了解生活在过去的"大熊"。因此，小说里所描述的"大熊"并不是真实生活里的"大熊"，而是历史文本、报纸报道、各种官方和非官方报道以及想象和传说中的"大熊"。小说与所谓的"科学描述"间形成了互文本，虚构的指涉与历史的指涉之间的明确界线被模糊了。哈琴分析道："'大熊'曾经确有其人，是一位著名的克里印第安部落的演说家和领袖——我们今天只是通过文本来了解他。这部小说既确立了指涉对象，又凭借想象创造了一个世界。" ❶

## 第三节　拼贴还是戏仿——主叙事的质疑过程

一直以来，理论家们对戏仿概念的分析都从词源学的考察入手。戏仿一词起源于希腊经典文学与诗歌中，正因如此，它在西方文学传统中一直占据着一定的重要位置。戏仿一直被作为一种有效的文学手段运用在文学和艺术实践中。但是，正因为"戏仿"一词的词根在希腊语中含有"相反"的含义，因此戏仿一直被视作一种低级的滑稽形式，在文学史和其他艺术史中毫无重要性可言，在文学理论中经常被忽略。虽然结构主义与后结构主义者开始逐渐注意到戏仿，但由于他们对戏仿及其相关理论与概念的重要作用没有足够的认识，还是以一种消极的态度对待戏仿。直到后现代主义文学和理论的出现，戏仿的重要作用在当代艺术理论和实践中才重新得到重视。

即便如此，后现代主义者对戏仿却有着不同的理解，对待戏仿的态度

---

❶ 琳达·哈琴.后现代主义诗学：历史·理论·小说［M］.李杨，李锋，译.南京：南京大学出版社，2009：195-196.

也是不尽相同的。学者们对后现代主义艺术中所运用的这种形式有着不同的意见。杰姆逊认为后现代艺术中的模仿手法并非是真正意义上的戏仿，而是一种拼凑手法。美国学者特里·凯撒 (Terry Caesar) 说："戏仿不过是另一种形式的垃圾。"❶但哈琴对此种观点不以为然。她认为戏仿是后现代主义艺术的基本特征，是理解和评价整个后现代主义的关键词。她说："在整个研究中，我将指出后现代主义基本上是一个自相矛盾的事业：它的艺术形式（和理论）以戏仿方式既使用又误用、既确立又颠覆常规，自觉显示其本身固有的矛盾和临时不定性，当然，还有对过去艺术带有评判性或反讽性的重读。"❷

## 一、"戏仿"概念考古

不少理论家都认为"戏仿"概念起源于希腊文中的名词"parodia"，指的是在模仿一首歌的过程中包含"相反的歌（counter-song）"的含义。在古希腊学者那里，"戏仿"一词经常被用于喜剧作品的讨论中，是一个缺少庄重性和严肃性的概念。亚里士多德在其《诗学》第 5 章中就曾指出，喜剧作品在早期阶段常常被人忽视，因为它运用的是一种不严肃的方式。古罗马教育家昆体良（Marcus Fabius Quintilianus）也认为戏仿得名于模仿别人唱歌的过程，后来又扩大到用以指称诗歌与散文中的模仿行为。❸在后面的漫长的文学之路上，学者们对戏仿一直都持类似看法。在后文艺复兴（post-Renaissance），也就是所谓的"现代"时期依然如此。在斯卡理格（J.C.Scaliger）1561 年所写的《诗学七书》（*Poetices Libri Septem*）中，他认为将古希腊的词语中所隐含的含义翻译为其他语言是一件非常危险的工作。同亚里士多德的观点相似，斯卡理格也将戏仿的最基本内涵理解为"嘲弄（ridicula）"，包含了荒唐、嘲笑的含义。1598 年，意大利学者约翰·弗洛里奥（John Florio）在其著名的英语词典《词的世界》（*World of Words*）

❶ 转引自陈后亮.后现代视野下的戏仿研究——兼谈琳达·哈琴的后现代戏仿观［J］.武汉科技大学学报（社会科学版），2010（8）：93.

❷ 琳达·哈琴.后现代主义诗学：历史·理论·小说［M］.李杨，李锋，译.南京：南京大学出版社，2009:31.

❸ Quintilian. *Institutio Oratoria*. ［J］. translated by H. E. Butler, London and Cambridge, Mass., 1960(3): 395.

中也随着昆体良之后的古典学者，将"戏仿"一词解释为"通过改变某些词语而变换一首诗歌"。19世纪早期，英国学者艾萨克·迪斯雷利（Isaac D'Israeli）将戏仿看作是不怀好意的嘲弄所延伸出的各种形式。直到20世纪初，俄国形式主义理论对戏仿的重视，才使得戏仿逐渐成为文学史中一条具有建设性意义的创作原则。俄国形式主义者将戏仿看作是艺术的自我意识与自我指涉的一种方式，一种用以表明他们所认为的艺术的定义关键之处的惯用方式。

人们对戏仿概念的长期偏见，使得学者们对戏仿这一术语的理解与定义也显得含糊其辞。塞缪尔·约翰逊（Samuel Johnson）在其声名远扬的《约翰逊字典》（*A Dictionary of the English Language*）中这样定义戏仿："为了另一新的目的而在文中对某位作者的语句或者观点进行细微的改动的作品。"❶哈琴显然对这样的定义非常不满意，她说："这种定义只不过是一种抄袭，唯一的价值在于它对于戏仿的特征没有做过多的限制。"❷哈琴认为这样的定义也对当前学者对戏仿的理解产生了影响。英国学者苏珊·斯图亚特（Susan Stewart）这样理解："戏仿包含有这样的含义，通过将文本在一定范围内进行替换，从而使最终的文本与所借用的文本之间形成相反的或者是不一致的关系。"❸

哈琴认为学者们对戏仿这一术语的词源学考察，对把握其最原始和最根本的含义有很重要的作用，但仅仅从词源学上进行考察还不够，而学者们恰恰仅限于此。她敏锐地指出："该词的前缀'para'有两层含义，经常被用到的是'相反的(counter)'或'对立的(against)'这层含义。在此意义上，戏仿就表现了文本间的对立或相反的关系。"❹许多人将"戏仿"这一概念理解为"嘲弄式"的仿拟就是出于这一传统。哈琴同时指出："'para'这

---

❶ Samuel Johnson. *A Dictionary of the English Language*. II [M]. 9th, edn. London: J. Johnson, etc.

❷ Linda Hutcheon. *A Theory of Parody: The Teachings of Twentieth-century Art Forms* [M]. New York and London: Methuen, 1985: 36.

❸ Susan Stewart. *Nonsense: Aspects of Intertextuality in Folklore and Literature* [M]. Baltimore, Md: Johns Hopkins  Unversity Press, 1978: 185.

❹ Linda Hutcheon. *A Theory of Parody: The Teachings of Twentieth-century Art Forms*. [M]. New York and London: Methuem, 1985: 32.

一前缀，在希腊文中还有另一层含义，即'旁出 (beside)'。从这层含义出发，戏仿就是'协调一致的'或'关系密切'的，而非'相反的'。"❶戏仿的这层含义有助于我们在讨论当今艺术形式时，扩大戏仿的艺术实践范围，但这一点却往往被人忽略。

杰姆逊在《后现代，或晚期资本主义的文化逻辑》一文中也说："今天，'拼凑（pastiche）'作为创作方法，几乎是无所不在的，雄踞了一切的艺术实践。"❷杰姆逊同时指出，这种"拼凑"的创作方式与"戏仿（parody）"的方法极为接近。戏仿是一种比较让人容易接受的方法，这种嘲弄式的戏仿曾为现代主义带来了丰富的成果，但是在后现代艺术形式中，它却被毫无深意的拼凑方法取代了。与之相反，哈琴认为，在20世纪的艺术实践中普遍存在的创作手法就是戏仿。只不过，后现代主义艺术大师们所运用的戏仿手法，与现代主义艺术家所运用的那种嘲弄式的戏仿在特征与功能上是有所不同的。她说："戏仿无论如何并不是一种新的现象，但是其在21世纪艺术中的普遍存在，对我来说似乎有必要对其特征和作用进行重新考察。"❸

## 二、对戏仿的重新定义

定义可以起到对词语意义的限定作用。这样的限定是对文本进行分析的标志，但这种限定本身又受到历史、社会和语言因素的界定和限制。因此，它们反映了一定历史时代的喜好，也影响到历史学家对文本的选择。在考察戏仿概念的使用沿革和对概念的重新定义时，我们应该注意到文学术语的历史性的这两个方面。这是后现代主义的历史观给我们的启示。

在其论戏仿问题的力作《论戏仿——二十世纪艺术形式的技巧》中，哈琴以当代艺术作品为案例，将传统的戏仿理论与当代艺术创作的实践相结合，对戏仿概念在西方20世纪艺术作品中呈现出的新的内涵与特征进行了全面、深入的考察。

---

❶ Linda Hutcheon. *A Theory of Parody: The Teachings of Twentieth-century Art Forms*. Ibid, p. 32.

❷ 杰姆逊. 晚期资本主义的文化逻辑，选自张旭东编《詹明信批评理论文选》［M］.陈清侨等，译.北京：生活·读书·新知三联书店，1977：450.

❸ Linda Hutcheon. *A Theory of Parody: The Teachings of Twentieth-century Art Forms*.［M］.New York and London: Methuen, 1985:1.

对于杰姆逊提到的后现代主义艺术中的"拼凑"与"戏仿"的问题，哈琴找到了症结所在。她说："我在这里以及在本研究其他地方所说的'戏仿'并不是指植根于 18 世纪机智论之中的标准理论与定义所说的那种嘲弄性模仿。"❶哈琴认为，戏仿实践的全部意义在于对戏仿这一概念的重新界定。因此，在传统的戏仿概念的内涵的基础上，哈琴着力于对此概念的重新考察。在哈琴看来，后现代作品中的戏仿是充满敬意的尊重和反讽式的轻蔑的结合体。她对戏仿作了如下界定："在其反讽式的'跨语境化（trans-contextualization）'和倒置中，戏仿是一种差异的重复行为。在被戏仿的背景文本与新的综合性的作品之间，暗含着一种批评距离。这种批评距离是以反讽为标志的，其中既具有戏谑性又包含着轻视。"❷在这种批评距离中，作者想要表明其意不在抄袭、模仿，而在于以一种充满敬意的方式去再语境化、去综合、去对常规进行再组织。

除了作者在戏仿行为中所表明的意图，哈琴还强调读者及评论家，也就是解码者在戏仿行为的完成过程中的作用。约瑟夫·丹尼（Joseph Dane）就认为戏仿过程是由读者和评论家所创造的，而并不是文学文本自身。❸与模仿、引用甚至暗指等手法所不同的是，戏仿要求文本之间的批评性的反讽距离。如果解码者不能注意或者辨认出这样的反讽距离，那么他就会将新的文本吸收进的原文本的内容忽略，认为其本来就是小说内容的一部分，从而隐藏在背后的背景文本也就失去了意义。

哈琴所指出的戏仿文本和被戏仿文本间的批评性距离，并不简单地意味着文本之间的类比。哈琴说："整个表述语境都与一种将反讽作为主要手段以强调甚至建立戏仿式的对比的戏仿行为相关。"❹这种戏仿式的对比与简单的类比的不同之处在于，在戏仿行为中，作品力求自身在与背景文本的密切关系中能抽身而出，以便有足够的自由空间来创造出一个新的、自足

---

❶ 琳达·哈琴. 后现代主义诗学：历史·理论·小说［M］. 李杨，李锋，译. 南京：南京大学出版社，2009：36.

❷ Linda Hutcheon. *A Theory of Parody: The Teachings of Twentieth-century Art Forms*［M］. New York and London: Methuen, 1985: 32.

❸ Joseph A. Dane. *Parody and Satire: A Theoretical Model*［J］. *Genre,* 1980(13): 145.

❹ Linda Hutcheon. *A Theory of Parody: The Teachings of Twentieth-century Art Forms*［M］. New York and London: Methuen, 1985: 34.

的形式。但是哈琴同时也强调，新的形式是从旧的形式中发展而来，在此过程中，旧的形式并没有被彻底摧毁，只是其中的形式的因素被"再功能化（refunctionalized）"，原来的功能被新的功能所替代。哈琴指出，从形式因素的功能变化上来考察戏仿，实际上是俄国形式主义主要观点之一。俄国形式主义者将戏仿看作是文学创作原则上的重要方法。他们认为戏仿其实就是一种"变形"的创作方式，它使原文本中一些已经被机械化和无意识化的功能在批评距离的空间中被一种辩证意义上的功能所代替。❶俄国形式主义理论之后，学者们对戏仿理论的探讨都直接或间接地受其影响。诺斯诺普·弗莱就认为当常规变得不起作用时，戏仿就成为一种通行的做法。❷美国学者基雷米德金（G.D.Kiremidjian）对戏仿的定义是："一项能反映艺术的重要功能的工作，同时又象征着对原始形式所具有的常规性和可靠性的摒弃的历史过程。"❸

　　虽然哈琴极力否认自己对戏仿的重新定义是对形式主义戏仿理论的继续或者是认同。但不可否认的是，形式主义的戏仿理论对哈琴的戏仿观产生了非常重要的影响。在形式主义的戏仿理论中，我们可以看到对新形式所带来的新的功能的期待。因为新的戏仿形式在整个文学发展进程中是一股积极的新生力量。哈琴说："（在文学的演进中）当旧的形式因过度运用而无力继续起到推动作用时，那么新的戏仿形式就应该发展起来。否则，旧有的形式就会进一步沦为纯粹的惯例，像当前流行小说以及维多利亚时代的畅销书等等。"❹同时，我们又可以看到，这种期待在对常规的力量已经产生厌倦的同时又对旧的形式有着深深的依恋，这正是后现代主义艺术对传统艺术的独特情愫。哈琴在考察加拿大的后现代主义英语小说和女权主义小说时指出："在女权主义小说和加拿大小说中，戏仿和反讽成为从事形式

---

❶ Linda Hutcheon. *A Theory of Parody: The Teachings of Twentieth-century Art Forms*［M］. New York and London: Methuen, 1985: 35.

❷ Northrop Frye. *The Anatomy of Criticism*Linda Hutcheon. *A Theory of Parody: The Teachings of Twentieth-century Art Forms*［M］. New York: Atheneum, 1970: 103.

❸ G. D. Kiremidjian. The Aesthetics of Parody［J］. *Journal of Aesthetics and Art Criticism*. 1969(28): 241.

❹ Linda Hutcheon. *A Theory of Parody: The Teachings of Twentieth-century Art Forms*［M］. New York and London: Methuen,1985: 36.

和意识形态批评的主要手段。之所以如此，我认为是因为戏仿和反讽能使作家从文化自身出发谈论文化，但又不完全受制于那种文化。戏仿所包含的讽刺和距离导致了意义的分离，但与此同时，戏仿的双重结构（两层意义或文本的重叠）又要求承认它的意义的相互契合。对于仿拟的事物，戏仿既给予肯定又大挖其墙脚。"❶后现代戏仿作品的"双文本性"正是詹克斯所期待的"双重译码"。然而，值得注意的是，从哈琴对后代主义作品中的戏仿的重新定义来看，"双文本性"或者是"双重译码"并不是戏仿行为的最终目的，而是意在通过双重因素之间的对话过程，显示出新旧两种形式的差异。

从哈琴对戏仿作品与简单的模仿或者是拼凑式的作品的分析，我们似乎可以从中找到杰姆逊提到的"拼凑"与"戏仿"之间的区别问题的答案。哈琴首先一针见血地指出，戏仿作品具有"双文本性"，而拼凑作品是一种单一文本（monotextual）形式，单一文本强调的是相似性而非差异。由此看来，哈琴将对"差异"的显示看作是戏仿作品区别于拼凑性文本的最主要区别，而差异的显示正是依赖于戏仿文本与背景文本之间的这种批评性的距离。杰姆逊认为现代主义中的嘲弄式的戏仿的背后是"别有用心"的，其目的是"借着拟造及嘲弄风格中的怪癖重新肯定正统风格的常规典范"。❷后现代文化中的多元风格和多元的叙事容纳不了以常规典范为中心骨干的单元体系，这使得虽然同为表面上对历史和其他作品的"抄袭"，"拼凑"却只能采取中立的态度，在仿效原作品时也绝不多作价值的评判。而哈琴认为，后现代主义作品中的戏仿是一种包含了差异的重复。反讽式的"跨语境化"和倒置是其主要手段，从其实际效果来看，其内涵已经从轻蔑和嘲弄转为充满敬意。因此，从本质上来说，戏仿与其他文本的关系是变换，而拼凑却是模仿。

哈琴进一步指出，如果从文本的定位来分析，就会看出拼凑其实是缺乏深度的。拼凑模式往往停留在其自身的风格之内，而戏仿却允许改变。

❶ 琳达·哈切恩.加拿大后现代主义——加拿大现代英语小说研究［M］.赵伐，郭昌瑜，译.重庆：重庆出版社：1994：21-22.

❷ 杰姆逊.后现代，或晚期资本主义的文化逻辑，张旭东主编《晚期资本主义的文化逻辑——杰姆逊批评理论文选》［M］.陈清侨，译.北京：生活·读书·新知三联书店，1997：451.

拼凑所模仿的不仅仅是一个而是多个文本，它所坚持的只不过是一种风格交互，并非真正的文本交互。同时，哈琴又强调，戏仿与拼凑都并非仅仅是形式上的模仿，还涉及意图上的公开借用。这种公开借用，在两者间也存在明显的区别。她指出，在自己的文本上印记所要戏仿的文本对象时，戏仿可以减轻解码者所背负的阐释任务。在解码过程中，读者与作者之间共享着背景文本所提供的隐喻，双方对背景文本有着共同的认同与知识，也就是哈琴所提出的"意图的借用"。而在拼凑中，新的文本所包含的各个文本之间并不能给读者提供这种"认同"感，作者与读者之间便无法形成对话关系。

哈琴在谈到 19 世纪文学中的戏仿时说："因为这个时期拥有一批精通文学的中产阶级读者群体，戏仿者便敢于超越那些教条性的文本（如《圣经》、经典作品），将当代作品囊括其中。"❶无论是哪个时代的"戏仿"，都扮演了对话沟通者的角色。正如詹克斯对后现代主义的定位，后现代主义能够在精英与大众间起到桥梁与沟通作用。但是，后现代主义的戏仿却不仅于此。哈琴以艾略特为例，指出在 18 世纪之后的作品中，戏仿的内涵与作用已经悄然发生变化。在哈琴看来，虽然这种互文式的戏仿对所谓的"以欧洲为中心的文化"进行了挪用与再阐释，也依赖于这种文化。正因如此，也无法拒绝它。通过这种挪用与再阐释，小说文本同时具有了批评和文学的功能。

## 三、话语中的"过程"："编码——解码"

从以上哈琴对戏仿概念的重新定义中可以看到，在从形式上探讨戏仿的特征时，哈琴将戏仿置入"编码——解码"的过程中，以同时强调作者和读者在戏仿行为中的重要作用。在这一过程中，编码者（encoder）与解码者（decoder）都必须通过不同文本间的结构性的叠加，将旧的文本容纳进新的文本中。哈琴说："戏仿类似于隐喻（metaphor），两者都要求解码者通过对表面陈述的推敲并运用对背景文本的认同与知识对前文本进行补充，

❶ Linda Hutcheon. *A Theory of Parody: The Teachings of Twentieth-century Art Forms* ［M］.New York and London: Methuen, 1985: 2.

从而构建出第二层意义。"❶这一"编码——解码"的过程，实际上就是福柯所提出的"话语模式"。前面章节曾提到，福柯把"话语"结构看作是意义生产的主要方式。对此，《现代主义的话语》的作者蒂莫西·瑞斯（Timothy Reiss）就"话语"对意义的生成所起的作用作过这样的评价："不管在何时、何地，话语理论都具有优势，它为大多数的人类实践提供有意义的概念性工具。"❷话语理论对语境的重视使读者可以将文本之外的因素引入到解码过程中，对于极力想通过将主体去中心化来挑战作者在文本意义生成中的权威地位的后现代主义者来说，是一条有效的途径。

但值得注意的是，主体的去中心化并不意味着主体的消失。在后现代主义那里，主体的权威性仍然存在，只不过这样的主体并非来自作者的权威，而是哈琴所说的一种具有多重性的"被阅读"的主体。这种"被阅读"的主体的自我意识在意义的生成过程中起着非常重要的交互作用，在哈琴看来，戏仿行为正是这种自我意识的体现。哈琴说："戏仿是自我意识的一种手段，通过这种手段艺术揭示出对自身特性的意识，即意义对语境的依赖。"❸哈琴认为在现代元小说中，戏仿的这种意识表现为对叙事者的声音的控制。它公开强调信息接受者的出现，或者是不动声色地将读者置入其所渴望的位置上，由此才能产生出带有某种意图的意义。同时，在现代主义那里被反浪漫主义者所抹去痕迹的文本生产者的地位，又重新得以恢复，而这正是当代元小说的戏仿行为的结果。

在"编码——解码"的过程中，哈琴所要强调的主体性并非仅仅体现在单纯意义上的作者和读者中，而是处于各种复杂性之中的"言说者（enunciator）"。用福柯的话说，在此意义上，"那一无所有的空白之地，被许多不同的个体所占据"。❹哈琴指出，由于一直以来人们对主体的多重性

❶ Linda Hutcheon. *A Theory of Parody: The Teachings of Twentieth-century Art Forms.* [M]. New York and London: Methuen, 1985: 34.

❷ Timothy Reiss. *The Discourse of Modernism* [M]. Ithaca, NY: Cornell University Press, 1982: 11.

❸ Linda Hutcheon. *A Theory of Parody: The Teachings of Twentieth-century Art Forms* [M]. New York and London: Methuen, 1985: 85.

❹ Michel Foucault. *The Archaeology of Knowledge* [M]. trans. Alan Sheridan, London: Tavistock; New York: Pantheon, 1972: 96.

的忽视，如今的理论和文学批评也对此无所涉及，就连"互文性"理论的提出者克里斯蒂娃也认为，文本是由处于水平和垂直方向上的两轴——处于横向轴上的作者与读者和处于纵向轴上的文本与背景——重合而成的，与文本相关的仅有三种因素，即作者、读者和其他文本之外的文本。她认为，这种看法太过简单，因为除了处于同一层次上的作者和读者的对话，还存在着读者与其记忆中的其他文本之间的对话。在这种多层次的对话之下，形成的意义也相应地呈现出多重性。❶戏仿作品在借用戏仿文本的声望或权威性时，往往假定读者会对其自身内在的文学模式产生认同并且能够参与到整个沟通环节中。但事实却是戏仿中的类似于隐喻的符码，并不是所有读者都可以直接解码的。因为不同时代、不同地点、不同背景的读者对戏仿行为的解码方式都是不同的。哈琴以约翰·福尔斯的《法国中尉的女人》为例，指出近几年来的评论家们正为发现了文本中的维多利亚时代的戏仿因素而兴奋不已，与司各特（Scott）、乔治·艾略特（George Eliot）、萨克雷（Thackeray）等人的反讽式共鸣，但处于现代时期的故事讲述者却诚实地对此进行了否认，而声言与塞万提斯、普鲁斯特、布莱希特、龙沙等人相关。以此看来，在当代元小说中，一个完整戏仿行为，在编码和解码两个层面上都同样重要。编码者在生产文本的同时对解码者的行为产生影响，而解码者受到编码者的引导的同时也受制于多重叙事主体的影响。

反讽和戏仿成为在新的层面上创造意义的主要方式。如今，文学并非是垄断自我意识的唯一艺术形式。热拉尔·热奈特（Gerard Genette）在其早期的作品中就已经使用这种方法了，他将其称为"超文本性（hypertextuality）"。但是哈琴认为，这并不仅仅意味着形式上的借鉴，"值得注意的是，后现代主义建筑师们不常用戏仿这一术语来描述他们以反讽意味重新设定语境中对过去形式的模仿。我认为原因在于，戏仿，即嘲弄性模仿这一定义有其历史局限性，致使其透射出琐碎轻浮化的负面内涵。詹明信就深受这一含义的局限性之害。但现在，如果我们察看一下当代艺术中从显示敬意到嘲笑的作品，就可以发现戏仿似乎面临许多语用位置和

❶ Linda Hutcheon. *A Theory of Parody: The Teachings of Twentieth-century Art Forms.* ［M］. New York and London: Methuen, 1985: 88.

策略可供选择。"❶比如，在约翰·福尔斯（John Fowles）的小说《法国中尉的女人》中，"作者将维多利亚时代的传统置入现代小说形式之中。两个时代的神学与文化上的猜想通过文学的形式清楚地表现出来。读者通过戏仿形式这种媒介可以将两者进行反讽式地对比。"❷

## 第四节　互文性：历史和小说的越界

互文性（intertextuality）是朱丽娅·克里斯蒂娃(Julia Kristeva)在巴赫金的复调理论和对话理论的基础上，根据几个常用的法语词缀和词根创造而成的新词——intertextualité。从字面上看，互文性概念是以文本概念的提出为基础的。一方面，结构主义者提出"文本"概念的目的是想建立一种文学的"科学"；另一方面，也意在将其从社会、历史、心理等领域中独立出来进行单独审视。❸众所周知，结构主义者的这种做法是将文本设想成一个自足的实体。对于他们来说，意义就存在于这个自足实体间的各种因素和结构的相互关系之中。从后结构主义开始，学者们便对这种封闭的观念产生了厌倦，开始试图超越这种字面的和形式的文学观和批评方法，希望能在更广阔的范围内把握文学的本质，如福柯的"话语"理论、罗兰·巴特的"作者之死""文本编织物"等概念就是这种诉求的体现。在此背景下，解构主义者走得更远。"差异""延异"等概念对"语音在场"的逻各斯中心主义提出了彻底的质疑与颠覆。克里斯蒂娃的"互文性"概念便是这众多的努力之一。

克里斯蒂娃认为，"任何文本的构成都是一些引文的拼接，任何文本都是对另一个文本的吸收和转换。诗性语言至少是作为双重语言被阅读的。"❹因此，她对互文性是这样定义的："我们把产生在同一个文本内部的这种文

---

❶ 琳达·哈琴.反讽的锋芒：反讽的理论与政见［M］.徐晓雯，译.郑州：河南大学出版社，2010：48.

❷ Linda Hutcheon. *A Theory of Parody: The Teachings of Twentieth-century Art Forms.*［M］. New York and London: Methuen, 1985: 31.

❸ 萨莫瓦约.互文性研究［M］.邵炜，译.天津：天津人民出版社，2002：2.

❹ 转引自秦海鹰.互文性理论的缘起与流变［J］.外国文学评论，2004（3）：19.

本互动作用叫作互文性。对于认识主体而言，互文性概念将提示一个文本阅读历史、嵌入历史的方式。在一个确定文本中，互文性的具体实现模式将提供一种文本结构的基本特征（'社会的''审美的'特征）。"❶由此看来，曾在结构主义那里被清除出文本研究范围的"社会""历史""审美"等因素又重新被解构主义者召唤回文本范围中，只不过这种"回归"是哈琴所说的"问题化"的回归。

后现代主义艺术中带有浓重反讽意味的戏仿使其实现了将文本向"社会""历史"等因素，也就是赛义德所说的"世界（world）"的问题化回归，从而具有了互文性。哈琴说："就以戏仿的形式在文本里重写'世界'和文学的过去而言，历史和小说的互文本具有相同的地位。文本对这些互文本里面各种过去的合并被认为是后现代小说的构成要素，在形式上标明了文学和'世界'的历史性。"❷克里斯蒂娃本人曾敏锐地指出互文性概念中的社会性和历史性与结构主义所排斥的社会性和历史性的不同，她认为后者在实质上是一种考据式的研究方法，它只是从作者的角度来对待文学现象。正如法国学者萨莫瓦约所说："这种研究方法的中心问题在于了解作者所受的影响、传达的信息、继承或传承的文学遗产。"❸互文性概念强调的是"从一个能指系统向另一个能指系统的过渡"，因而产生出重新组合的文本，这正是哈琴所强调的戏仿作品的"双文本性（bitextual）"。

对于哈琴来说，互文性理论对历史编纂元小说，甚至整个后现代主义都具有非常重要的意义。历史编纂元小说所使用的戏仿行为使得它突破了现代主义文学的封闭形式，与其所戏仿的文本之间形成了反讽式的互文关系。互文性使得文本成为一个开放的系统，文本与文本之间、文学与历史之间都进行着戏仿式的对话。这种开放性的系统，使得以历史编纂元小说为代表的后现代文学，甚至整个后现代艺术可以发现并利用其能够在社会中发现的一切行之有效的表意实践。以这些具有无限可能的表意实践为基础的互文本提供了艺术与非艺术之间的传统界限的质疑，这种质疑在本质

❶ 转引自秦海鹰.互文性理论的缘起与流变［J］.外国文学评论，2004（3）：19.

❷ 琳达·哈琴.后现代主义诗学：历史·理论·小说［M］.李杨，李锋，译.南京：南京大学出版社，2009：166.

❸ 萨莫瓦约.互文性研究［M］.邵炜，译.天津：天津人民出版社，2002：5.

上是对封闭性、单一性和中心化的怀疑，这些因素都包含后现代与之激烈冲突又有着无法割舍的血肉联系的现代主义中。因此，同后现代建筑一样，历史编纂元小说通过自身具有戏仿意味的互文性，将历史和小说话语置于一张不断向外扩张的互文网络中，来质疑一切写作行为的权威性，嘲笑现代主义所谓的审美原创性概念。

在符号学中，互文的过程被看作是通过别的文本来对此文本进行解码的过程。在这个过程中，读者在解码行为中的作用得到重视。在罗兰·巴特和里法特尔（Michael Riffaterre）那里，互文性在很大程度上是被当作接受理论的概念来看待。他把本体文本里的互文本当作是本体文本的参考对象，认为互文可以指导我们的阅读，同时也可以指导我们理解，这种阅读与传统的线性阅读是不同的。在我们阅读一段文字时根据文本中的迹象，记忆中会闪现出各种不同的文本。不同的读者记忆中的文本是不尽相同的，同一个文本在不同读者那里，因为互文本的不同，也会呈现出不同的意义。因此，在里法特尔看来，读者对作品的延续是互文性的一个重要层面。因为读者的记忆是无时序性的，这对开放的互文网络的形成具有重要意义。❶

哈琴认为，历史编纂元小说中的后现代话语主要是历史和文学的互文本。哈琴指出："它（历史编纂元小说）设置了历史和文学的双重互文本。它在具体细节上和整体上对历史编写的形式和内容的模仿，起到了通过（人们非常熟悉的）叙事结构把陌生的事情转化为熟悉的事情的作用，但是其元小说的自我指涉性又使得任何这类熟悉化过程问题丛生。历史上的过去与文学之间的本体界限没有被抹杀，而是被明确地划出来。过去的确存在，但是，我们今天只能通过其文本'了解'这一过去，而这正是过去与文学的关系所在。"❷在历史编纂元小说中，各种文本和文本化的事物以错综复杂的方式相互作用，使得小说在模糊历史文本或者说历史档案与文学文本的关系的同时，又带有公开的、明显的历史性。它明确地告诉读者，历史的书写是任意的，但我们只能通过这种任意书写的文本来了解历史。比如在约翰·巴斯的《烟草代理商》中，小说的标题借用了历史上的真实人物埃

---

❶ 参见麦克·里法特尔.未知的互文［J］.文学，1981（41）：3-6.

❷ 琳达·哈琴.后现代主义诗学：历史·理论·小说［M］.李杨，李锋，译.南京：南京大学出版社，2009：172-173.

比尼泽·库克（Ebenezer Cooke）在 1708 年所写的同名诗歌。此外，作者还通过向读者展示马里兰档案馆的原始记载的形式，企图让读者认为小说所展现的是真实历史，但同时他又在历史记载的空白之处随心所欲地创造着历史，并通过元小说的自我指涉性向读者清楚地表明自己是在虚构历史。

　　哈琴同时指出，组成历史编纂元小说的后现代主义话语的互文本不仅仅是历史和文学，各种不同的形式都被历史编纂元小说文本化在叙事中。如库弗的《公众的怒火》，作者运用了报纸、电视等媒体形式，通过这些看起来严肃的形式，同时又故意表明这些看起来"神圣"的文本与事实和真相是有差别的。用哈琴的话来说，历史编纂元小说对这些文本的态度是"既质疑这些话语，但又要利用它们，甚至榨取其所有的价值。"❶

---

❶ 琳达·哈琴 . 后现代主义诗学：历史·理论·小说［M］. 李杨，李锋，译 . 南京：南京大学出版社，2009：179.

# 第五章 从"再现"到政治化的"呈现"

　　齐格蒙特·鲍曼 (Zygmunt Bauman) 认为，作为现代性的最显著特征的"知识/权力"的共生现象从启蒙时代被确立开始，知识分子的话语策略与国家权力的实践模式之间就有着密不可分的联系。虽然现代性、后现代性与现代主义、后现代主义并不是同义词，但后者作为知识分子的话语策略在自我意识与文化艺术领域的自我建构，同样与权力话语有着不可避免的联系。❶杰姆逊曾说过："后现代主义的问题——如何描述其基本特征，不管是否是第一位的，此概念是否适用于所有方面，或者，相反地，是否是一种神秘化——这个问题同时也涉及到美学和政治的方面。"❷在《政治无意识》一书中，他又作了一个足以引人注意的假设，即政治视角构成了"一切阅读和解释的绝对视域"。❸虽然杰姆逊此举的目的在于为确立新马克思主义在总体性批评中的地位作出努力，但他将文化制品看作社会的象征行为，揭示了文本赖以生成的意识形态基质，并说明文本如何因这种基质而被接受、理解与阐释。杰姆逊将后现代主义定义为"晚期资本主义的文化逻辑"，也是从意识形态和政治层面进行的界定。这正好印证了戴维·韦尔博瑞（David E. Wellbery）所说的："后现代的美学实验，有着难以去除的政

---

❶ 参见齐格蒙·鲍曼.立法者与阐释者：论现代性、后现代性与知识分子[M].洪涛，译.上海：上海人民出版社，2000：2-4.

❷ Fredric Jameson. The Politics of Theory: Ideological Positions in the Postmodernism Debate [J]. *New German Critique*, No. 33, Modernity and Postmodernity, Autumn, 1984(33): 53.

❸ 弗雷德里克·詹姆逊.政治无意识——作为社会象征行为的叙事[M].王逢振，陈永国，译.北京：中国社会科学出版社，1998:8.

治层面和无法分割的对主导权力的批判。"❶不管是在后现代论争的激烈浪潮中，还是其后平心静气的具体分析中，人们对后现代的定义及价值评判都无法避免政治视角的影响。

后现代主义所具有的历史意识和历史性，使得它与意识形态密不可分。不仅如此，"后现代主义"作为一种话语建构，本身就具有意识形态性。正如哈琴所说："……我们总是在政治话语的语境下做事和使用语言。我们在社会整体中如何扮演自身的角色，以及我们如何通过艺术来再现这一过程，这些既要受到意识形态的构建，反过来也构建着意识形态。"❷哈琴在《加拿大后现代主义——加拿大现代英语小说研究》中说："编史元小说属于观念小说的范畴（这里的观念指的是'感受、衡量、观察和信仰的那些形式，这些形式与社会权力的维持和再生保持着某种联系），无论是写历史还是写历史小说都同样涉及权力与权力制约问题：人们通常讲述的只是胜利者的故事。"❸在哈琴的后现代主义诗学理论模式中，"戏仿"作为后现代主义艺术的主要手法，并不是传统意义上的"嘲弄式的模仿"，而是带有明显的"批评态度"的反讽式的戏仿。在哈琴看来，这种反讽式戏仿的目的就在于"将我们的文化呈现方式，以及他们无法否认的政治意义'解定论化'（de-doxify）"。❹

阿尔都塞（Louis Althusser）在《抽象派画家克勒莫尼尼》一文中说："每一件艺术作品，都是由一种既是美学的又是意识形态的意图产生出来的。"❺即使在阿尔都塞看来，艺术并非就是意识形态，但它是在意识形态中诞生的，艺术与意识形态之间有着难以分割的特殊关系。哈琴认为阿尔都塞的这一观点对于任何后现代主义的讨论都非常重要，她的《后现代主义的

❶ David E. Wellbery. Postmodernism in Europe: on Recent German Writing [M]. Stanley Trachenberg ed. *The Postmodern Moment: A Handbook of Contemporary Innovation in the Arts*. Westpor, Conn.: Greenwood Press, 1985: 235.

❷ 琳达·哈琴. 后现代主义诗学：历史·理论·小说 [M]. 李杨，李锋，译. 南京：南京大学出版社，2009：241.

❸ 琳达·哈切恩. 加拿大后现代主义——加拿大现代英语小说 [M]. 赵伐，郭昌瑜，译. 重庆：重庆出版社，1994：101-102.

❹ Linda Hutcheon. *The Politics of Postmodernism* [M]. New York: Roudedge, 1989: 3.

❺ 陆梅林. 西方马克思主义美学文选 [M]. 桂林：漓江出版社，1988：6.

政治学》一书更是将其作为理论导向。❶哈琴对后现代主义的政治含义的分析，抛开了传统的"非此即彼"的价值判断模式，将其置于后现代主义的"悖谬性"背景中，将小说和摄影两种艺术形式作为主要讨论对象，通过后现代艺术所常用的"反讽"与"戏仿"手法，并结合女性主义理论的政治性来对其进行深入考察。

## 第一节　话语与权力的问题化

哈琴指出，自由人文主义体系中的"意识形态"，是一个受到压制的概念。其中的历史、政治、社会等因素被排除在外，而后现代理论与实践却质疑这种压制行为，反对将艺术看作是永恒、普遍的自足体。❷对于这种质疑与反抗，后现代小说在其体裁形式上具有其他艺术形式无法相比的优越性，特别是历史编纂元小说，作为一个话语结构，它可以在语言性、历史性、叙事性等各个不同层面的因素上将民族、种族、阶级、性别等问题包含在内，而历史编纂元小说的自我指涉性又使得它与这些因素始终保持着距离。因此，哈琴主张将后现代主义置入话语结构中进行分析。哈琴认为"它（话语）对后现代主义意义重大。……话语不是一个稳定、连续的实体，不能像一个固定形式的文本那样对它进行探讨；由于话语是权力与知识的结合部，它要根据谁在讲话、讲话者的权力与地位、讲话者恰好所在的习俗、制度语境来改变自身的形式和意义。"❸

### 一、对权力的语境化关注

在福柯那里，虽然话语是由语言建构而成，话语分析要受到语言惯例与规则的制约，但又不仅限于此。他主张将话语分析与政治、社会、文化的因素结合起来，认为话语是由权力机制的运作所形成。用哈琴的话来说，

❶ Linda Hutcheon. *The Politics of Postmodernism* [M].New York: Roudedge, 1989: 6.

❷ 琳达·哈琴. 后现代主义诗学：历史·理论·小说 [M].李杨，李锋，译. 南京：南京大学出版社，2009:241.

❸ 琳达·哈琴. 后现代主义诗学：历史·理论·小说 [M].李杨，李锋，译. 南京：南京大学出版社，2009:251.

"话语既是权力的手段，亦是权力的结果。"❶

在福柯的系谱学中，权力是无所不在的。他把权力看作是一张关系网，每个人都是这张网上的一个点。他们既是权力的实施者，又是被实施者。在话语的建构过程中，话语与权力之间相互影响、相互制约。权力的运作受到特定话语体系内部规则的影响，只有当它进入了话语体系中才能发挥力量。同时，特定的话语体系及其规则也是由于权力发生作用的结果。因此，由于权力的实施并不是由一个统一的、固定不变的主体来完成，不同的话语者的权力地位及其所处的不同语境决定了话语体系之间的非连续性。他说："它（权力）是一个移动不定的基础，支撑着力量的关系，凭借这些关系的不平等而不断地产生权力状态。"❷所谓的"真理"只不过是借助当权者的话语力量所形成的标准，没有传统观念所认为的那种"绝对真理"与"绝对权力"。因为在这个话语体系中被规则压制的边缘，有可能在另外的话语体系中成为中心。

在福尔斯的《法国中尉的女人》中，女主人公萨拉的妓女身份使得她在社会权力话语中处于边缘地带。但是，正是这种处于边缘的身份话语，使得她最终取得了个人自由层面上的话语权。萨拉没有回避自己的身份，通过表现自己对自己身份的忏悔与羞愧来获取了男主人公查尔斯的爱情。当查尔斯取消婚约希望与她结合时，她却选择了放弃。这种"放弃"其实是她实现话语权转变的结果。除此之外，作者还故意运用元小说的悖谬性，使萨拉向查尔斯表明她所表现出的忏悔、矜持、怯懦等，都是她运用自己的边缘身份来获取查尔斯的爱情的策略。从福柯、利奥塔等法国思想家开始，提倡一种以日常生活实践为关注对象的微观政治。他们更注重权力关系网络中处于各个结点上的个体对现存社会体系的影响。与之对应，对黑人、女性等边缘群体的反叛作用的关注，也是一种微观政治的表现。

福柯将"话语"视为一个在各个权力系统间起到沟通作用的网络，这本身就承认了与政治相关的事物在动态社会中的无所不在。哈琴指出，历史编纂元小说就是通过在这种话语结构和语境中的自我定位，来将权力与

---

❶ 琳达·哈琴. 后现代主义诗学：历史·理论·小说 [M]. 李杨，李锋，译. 南京：南京大学出版社，2009：251.

❷ Michel Foucault. *The History of Sexuality* [M]. Pantheon Books, 1978: 93.

话语的关系问题化。它把自己置于权力关系网之中，但并不求助于具有权威性的传统，而是质疑一切知识产生的基础——这正是自由人文主义传统中所谓的"放之四海而皆准"的标准。自由人文主义相信语言可以再现过去和现在，"戏仿""反讽"等手法只不过是为了进一步地表明自己在更"真实""准确"地再现过去或现在的事件。在历史编纂元小说中却不同，以威廉·肯尼迪的小说《怪腿》为例，主人公杰克·戴蒙德的强大权力欲望影响到其手下，连其手下也是"话里有权""话里字字都有分量"。但与此同时，小说又赋予杰克·戴蒙德在政治权力上的失败。以此显示，话语中的权力并非真正的政治权力，这只不过是自由人文主义的空想罢了。

### 二、审美与政治的结合

哈琴认为，后现代理论及后现代艺术分别从两个层面上对自由人文主义进行质疑。第一就是前面章节所提到的，自由人文主义传统中的"放之四海而皆准的"思想，也就是主导权力的一统化体系。后现代理论和艺术首先是参与这种传统，然后又公开承认自己是其中的组成部分，以此来极力破除人文主义所赋予这一体系的权威感与神秘感。如《耻辱》这样的后现代小说，故事中的叙事人先是试图走人文主义和写实主义的路线，以便能获得更多更真实的生活材料。但同时，他又揭示出人文主义与写实主义在政治性上其实是不相容的。官方的审查机构对一部分写实材料所揭示的真相是难以容忍的。最后他向审查机关声称故事只是虚构，而非写实。同时也没有忘记将人文主义的政治基础公之于众，"我绝不能忘了自己只是在讲一个童话。我的讲述人会被神仙鬼怪的手段给掀翻……有朝一日，你要尽量抛弃讲述人。"❶

另一方面，后现代理论与艺术还进一步表现出对人文主义体系背后的某些"预设"的质疑，如人文主义对"主体性"的预设。美国学者 J. 弗拉克斯指出，"17 世纪以后的西方文化中，有两种处于主导地位的对主体性的理解。一种认为主体及自我是笛卡尔主义的非历史的、牢固的、内在于心中的实体；另一种是休谟式的认为自我及其知识来源于感觉经验，因而任

---

❶ 琳达·哈琴.后现代主义诗学：历史·理论·小说［M］.李杨，李锋，译.南京：南京大学出版社，2009：254.

何对主体性和思维的充分理解都必须按照解释，由可传递的感性经验主体间的表达、再现和验证等方式才能获致。"❶而在后现代理论中，主体性却是一个处于社会和历史语境中的个体，而不是人文主义传统所预设的是统一、连贯的具有固定意义的终极产物。正如我们在第三章中所谈到的那样，后现代理论和艺术颠覆了自由人文主义对主体和主体性的思考方式。哈琴还特别指出，在对主体性的思考方式和确立方式进行质疑方面，加拿大的后现代英语小说还通过戏仿与反讽的方式来对其进行诘问。它们"无论从文学还是从历史角度，都对历史加以重新叙述、重新形成概念，因此，也对作品中的主观可能性重新进行确定。《体面的败者》不仅使男权至上的欧洲耶稣会对早期加拿大印第安圣女凯瑟琳·特卡魁萨的个性'崇拜'失去神圣意义，而且还把同样以男权至上的美国人对玛莉莲·梦露这类好莱坞明星的'崇拜'加以世俗化。"❷

人文主义与形式主义有将艺术与意识形态（审美与政治）割裂的传统。当什克洛夫斯基那句"艺术永远是独立于生活的，它的颜色从不反映飘扬在城堡上空的旗帜的颜色"还余音未绝时，已经有越来越多的人意识到艺术与意识形态之间不仅无法割裂，而且是相互影响、弥补的关系。伊格尔顿曾说过："美学著作的现代观念的建构，与现代阶级社会的占统治地位的意识形态的各种形式的建构，与适合于那种社会秩序的人类主体性的新形式都是密不可分的。"❸

哈琴指出，后现代小说极力通过一些手法上的创新来"把政治信仰与保持距离的反讽结合起来"❹，在它们的内容中含有明显的意识形态。因此，哈琴将作为后现代小说主要形式的历史编纂元小说纳入观念小说的范畴。而不管是观念艺术还是观念小说，主要特征就是其形式与社会权力保持着密切联系。比如在约翰·伯觉的小说《加》中，威尔地的地名对一部分人

---

❶ J. 弗拉克斯.后现代的主体性概念[J].王海平，译.国外社会科学，1994（1）：11.

❷ 琳达·哈切恩.加拿大后现代主义——加拿大现代英语小说研究［M］.赵伐，郭昌瑜，译.重庆：重庆出版社：1994：23.

❸ 特里·伊格尔顿.美学意识形态［M］.王杰，傅德根，麦永雄，译.桂林：广西师范大学出版社，1997：3.

❹ 琳达·哈琴.后现代主义诗学：历史·理论·小说［M］.李杨，李锋，译.南京：南京大学出版社，2009：245.

来说象征着自由，而对另一部分人来说又象征着压迫。利伏诺的雕像先是与意大利复兴运动联系起来，后来又与资本主义时代工人的反抗联系起来。在这尊雕像的身上，艺术形式与政治被寓言式地结合起来。作为后现代主义艺术形式的另一重要领域的后现代建筑也不例外。后现代建筑并不仅仅是对建筑中的历史传统进行解自然化，而是运用"戏仿"的手法，将美感需求与社会关注紧紧结合在一起，对传统建筑以及现代主义建筑中所体现的经济及社会结构理念等意识形态因素进行质疑。

　　此外，显示非中心与差异是后现代小说将审美与意识形态重新联系起来的另一条途径。后现代艺术中的解构倾向和解定论化倾向使得它们的话语方式中显示出其无法规避的政治处境。后现代主义产生于主导权力的话语体系之内，在这个话语体系中处于中心之外的边缘位置。处于这种位置上的后现代权力话语不仅努力显示着与中心之间的"差异"，而且努力将这种"差异"转换为"他者"的视角，与主导权力之间进行着反讽的对话。哈琴将话语理论运用到后现代小说的分析中，有利于从更广泛的社会语境中对小说的"跨语境化"进行关注。历史编纂元小说的政治言说就是一种"跨语境化"的关注，它将种族、性别、民族和性取向等因素都包含在内。哈琴分析说，沃尔夫的《卡桑德拉》虽然表面看起来是明显的男性—女性的范式，但作者却将其扩展到阶级对抗模式。"在沃尔夫看来，性别对立其实是民族（希腊/特洛伊或者是今天的东方/西方）与阶级权力关系的模式。她的卡桑德拉同特洛伊宫殿四周的那些社会、民族背景各异的少数群体进行接触，这样一来，也就推动了她生来就有的中心特权。这就是中心之外的命运。"❶

### 三、批判与共谋：双重言说的悖谬

　　哈琴将后现代主义所具有的矛盾性称为"共谋性批判（complicitous criticque）"，这个词语本身就具有强烈的政治意味。她对其作了这样的界定："不但并置同时也将相等的价值赋予自我指涉性和历史根据性——这是一种属于艺术世界的内指性（比如戏仿）以及属于'现实生活'（比如历史）

---

❶ 琳达·哈琴.后现代主义诗学：历史·理论·小说［M］.李杨，李锋，译.南京：南京大学出版社，2009：265.

的外指性——的所有一切。这些对立面所形成的张力最终定义了后现代主义的自相矛盾的入世的文本。同时它也有力地显现了其真实的，最终也是妥协性的政治学。"❶哈琴指出，这种"共谋性批判"使得后现代正面地处于经济上的资本主义及文化上的人文主义之间——这是西方世界两大主导权力。❷而这两大主导权力都是以"父权制"为基础的。这种"共谋性批判"正是使得后现代主义之为后现代主义的特征。

在这里，需要注意的是对于"共谋性"的理解，由于后现代主义在政治上的妥协性立场，"共谋性"容易被理解为完全的依附性。对此，哈琴指出"共谋性并非就是彻底的肯定或者是依附，在后现代主义中从未缺失的就是对差异和矛盾的意识。"❸因此，后现代主义艺术中来自"反讽"的"批判性"是其另一个重要"言说"层面。"共谋"与"批判"之间的互动，也就是差异的显示及去中心化、解自然化和解定论化的过程。哈琴将这种"共谋的批判"概括为后现代在政治上的"双重性（doubleness）"。

哈琴在对后现代主义进行界定时就认为，"悖谬性"是后现代主义诗学的一个重要特征。这种"悖谬性"的根源在于，后现代主义本身是现代主义矛盾的结果，它自身既意图对现代主义所深深植根的自由人文主义体系进行颠覆，但又无意且无法完全脱离其中。哈琴指出，后现代的这种质疑权威的态度是 20 世纪 60 年代社会思潮的产物。❹20 世纪 60 年代对权威的广泛挑战的意识形态基础，对于后现代主义的去中心化、解自然化及反一统化倾向产生了直接影响，使得后现代呈现出哈琴所说的"既以质疑反思为形式，又以解定论化为目的"的特点,❺以"新小说"为代表的，与传统小说创作迥异的小说创作流派对当时的小说观念和创作方法都表现出了不满。新小说派作家们提倡抛弃以巴尔扎克为代表的现实主义小说的创作方式，从内容和形式方面对小说创作进行了革新尝试。后现代主义对"新小说"的创作观念有赞同也有继承，同时也对其中的理想主义成分提出了质疑。新

❶ Linda Hutcheon. *The Politics of Postmodernism*［M］.New York: Roudedge, 1989: 2.

❷ Linda Hutcheon. *The Politics of Postmodernism*［M］.New York: Roudedge, 1989: 13.

❸ Linda Hutcheon. *The Politics of Postmodernism*［M］.New York: Roudedge, 1989: 14.

❹ 琳达·哈琴.后现代主义诗学：历史·理论·小说［M］.李杨，李锋，译.南京：南京大学出版社，2009：273.

❺ Linda Hutcheon. *The Politics of Postmodernism*［M］.New York: Roudedge, 1989: 10.

小说对于现实主义的创作观念的态度是彻底抛弃，而后现代主义却是先维护后破坏。哈琴说："今天的后现代思想家和艺术家们（在体验了 60 年代之后）在其成长过程中越来越怀疑所谓的'英雄、改革运动、轻松的理想主义'。换言之，他们从那个时代学到了一些东西。就像多克托罗的《但以理书》再次表现的那样，后现代学到的东西之一就是反讽：它学会了评判，甚至评判的就是自身。"❶从这个意义上来说，历史编纂元小说就提供了一个看似"模糊不清"的立场，即对于主导权力而言，其自身既运行在其系统之内而想与之共谋（complicity），又将其作为自身颠覆与破坏的对象。

　　后现代的反讽式的评判，是从现代主义那里学到的。现代主义在叙事方面对线性历史的消解、对再现论的批驳以及与压抑的意识形态的决裂，都被后现代主义所继承。但正如杰姆逊所说的："这似乎不足以囊括如此多样的作品，如伯勒斯、品钦、伊什梅尔·里德、贝克特的作品，法国新小说之类的作品，'非虚构小说'的作品，以及'新叙事'的作品。"❷这些作品正是因为具有一种反讽式的、有距离的评判，才被杰姆逊视为不足以概括在现代主义的叙事特点之中。以建筑为例，后现代建筑所反抗的"国际风格"，从本质上来说是对经典现代主义和鼎盛现代主义所形成的体制化和霸权地位的对抗。这也是一种对同质化的反抗。正如安德烈亚斯·胡伊森所说："后现代主义者的怒火不是针对现代主义的，而是针对新批评和其他现代主义文化的支持者所发展出来的'高雅现代主义'。"❸

　　后现代主义是从现代主义内部发展起来的，这是众多后现代主义思想家和学者的共识。丹尼尔·贝尔甚至还将 20 世纪 60 年代的初期后现代主义称为"现代主义意图的逻辑高峰"。❹正如哈琴所总结的，后现代主义是现代主义的矛盾所造成的结果。它与现代主义既有共谋，同时也对其进行

❶ 琳达·哈琴.后现代主义诗学：历史·理论·小说［M］.李杨，李锋，译.南京：南京大学出版社，2009：273-274.

❷ 弗雷德里克·詹姆逊.理论的政治：后现代主义论争中的意识形态立场，选自王锋振主编《詹姆逊文集（第四卷）》［M］.北京：中国人民大学出版社，2004：246-247.

❸ 安德烈亚斯·胡伊森.绘制后现代地图［M］.张一冰，译.南京：南京大学出版社，2010:198.

❹ Daniel Bell. *The Cultural Contradictions of Capitalism* ［M］. New York: Basic Books, 1976: 51.

批判。她说:"后现代主义在对文化进行颠覆的同时,也在矛盾地试图将其(包括精英文化和大众文化)合法化……作为后现代艺术的生产者或接受者,我们都与文化的合法化有着共谋。后现代艺术公开地探讨对艺术开放批评的可能性,承认这种批评在其自身的矛盾的意识形态名义下的必然性。"❶在后现代理论中,作品意义的呈现过程包括了"作者——文本——读者"的整个过程。后现代艺术在政治上的"双重性"使得人们对其本身的阐释呈现出两种不同的解读方式。例如,对于后现代主义建筑大师格拉夫的胡门大厦,哈琴指出其所具有的双重编码对作品阐释的重要意义。

> ……胡门大厦受到了赞扬,说它保留了小镇主要街道的本土风格,由此在视觉上恢复了公共性与连续性的价值。它也遭受了抨击,说它以玩世不恭的态度确立经典的美国价值,以掩盖大楼里资本主义式的医疗保健。我得说,两者都对也都不对。这两种阐释都有可能,也都有理由,然而,两者都没有考虑到的是,结合现代主义的形式语言,又使用地方表达会产生的结果是,既确立又以反讽的语气质疑多种价值观念。像一切戏仿作品一样,这一后现代建筑可以被解读为保守与怀旧的(也确实有很多人如此解读),但是,它的反讽以及对其文化的含沙射影,也可以认为它具有焕发青春的力量和革命意义。我想要说的是,我们不能将这些评价与理解后现代的、相互矛盾的方法简单地归结到不同的评判视域甚至政治视域里去,从而将它们一笔勾销。艺术与思想本身被双重编码,也顾及了这些看似相互矛盾的阐释。❷

哈琴以 20 世纪 60 年代的历史与政治对后现代小说的影响为例,来说明后现代艺术在政治呈现上的特点。后现代小说对 20 世纪 60 年代的政治与历史有着复杂的情感。这一时期,现代主义艺术逐渐走向式微,以致在1970 年代初期,查尔斯·詹克斯夸张地宣布"现代建筑的死亡"。这一时

❶ Linda Hutcheon. *The Politics of Postmodernism* [M].New York: Roudedge, 1989: 15.

❷ 琳达·哈琴.后现代主义诗学:历史·理论·小说 [M].李杨,李锋,译.南京:南京大学出版社,2009:275-276.

期又是后现代思想孕育和初步形成的时期。一方面，人们渴望激烈的变革，将放纵与政治革命作为生活的一部分。另一方面，又缺乏一种真正的历史意识。安德烈亚斯·胡伊森将这一时期的后现代主义与20世纪70年代、80年代的后现代主义区别开来。他将这一时期的后现代主义称为"先锋派后现代主义"。彼特·伯格（Peter Burger）在《先锋派理论》中就认为，先锋派艺术与资产阶级社会的逻辑有着内在的共谋性。他说："在资产阶级社会中，艺术是一种被体制化了的意识形态。"❶

或许正因为其先锋性，这一时期的后现代主义在当时受到了很多非议。哈琴认为，正是由于其本身所具有的悖谬特征，才使得它在"呈现"上表现出明显的政治化的形式，即不可避免的意识形态的形式。而有部分后现代小说不仅在内容和形式上具有这种批判性，还直接将后现代主义与20世纪60年代的根源之间的关系作为自己探讨的对象。

在对后现代主义理论及艺术的历史性的探讨上，哈琴选择了"小说"这一体裁作为主要讨论和分析的对象。而在对后现代主义的呈现过程的政治立场的揭示过程中，哈琴将摄影作为其集中讨论的领域。她说："后现代摄影及小说突出了它们的呈现行为中的创作性及建构性的方面。不仅如此，它们在政治上的共谋性也和它们的解自然化批判同样明显。"❷

在对摄影话语的后现代主义观照中，哈琴以其意裔加拿大女性的视角对加拿大后现代摄影师作品中的加拿大式反讽中呈现的政治性作了考察。她说："摄影在如今是一种主要的话语形式，通过它，我们观看别人以及被别人观看。"❸在这种观看与被观看的过程中，摄影作为一种大众传媒的手段，使得高雅的艺术形式与大众艺术形式可以进行有效的对话。在观看与被观看、凝视与被凝视的对话形式中，形象的生成与主体在指涉常规的同时，又对之进行颠覆。它们对社会政治进行指涉，同时其内容和表达形式也受到社会政治的影响。

本雅明在《机械复制时代的艺术作品》中提出了艺术的原真性原则，

---

❶ Peter Burger. *The Theory of the Avant-Garde* [M]. Minneapolis: University of Minnesota Press, 1984: 98.

❷ Linda Hutcheon. *The Politics of Postmodernism* [M].New York: Roudedge, 1989: 22.

❸ Linda Hutcheon. *The Politics of Postmodernism* [M].New York: Roudedge, 1989: 43.

摄影作为一种有着"真实性"技术支撑的艺术手段向其提出了挑战。虽然本雅明也承认摄影作为技术复制品在艺术处理方式中的一席之地，但他同时也认为，摄影的技术复制性也使得它缺少一种"原真性"，这是一种"艺术品的即时即地性，即它在问世地点的独一无二性。唯有借助于这种独一无二性才构成了历史，艺术品的存在过程就受制于历史。"❶哈琴认为，后现代摄影作品恰恰弥补了这种历史意义的缺失。在她看来，"加拿大的双重殖民化"是加拿大后现代摄影作品中所呈现出的主要反讽意味。这种"双重殖民化"所具有的双重含义是：来自于历史上的英国王室的政治话语权与当今在国际政治上处于强权地位的美国传媒话语体制的影响，如哈特菲尔德（Heartfield）的作品《两位女王》（*Two Quenns*）设置了美国大众文化女王玛丽莲·梦露（Marilyn Monroe）和英国的伊丽莎白女王二世（Queen Elizabeth Ⅱ）形象之间的反讽式的对话。因此，她认为在加拿大的双重殖民化语境中，后现代艺术家都聚焦于艺术与现在及过去的社会体制的重叠和互动方式。所有的呈现中都有其政治意味，也有其历史含义。❷

## 第二节　意义呈现的过程化

从哈琴对后现代主义的界定和内涵分析中，我们可以看到，在哈琴那里，后现代主义艺术注重的是作品及意义产生的过程，而不是最终的文本。在她看来，后现代主义是重进程而轻结果，作为正式文本的文本自身没有属于自己的固定的终极价值。❸针对走向极端的高雅现代主义所期望并确立的"再现"出的作品与意义，可以说哈琴的这种观点，提供了一种新的思考视角和方式。只有将艺术置于作品的生产过程和意义呈现过程，艺术才能被赋予新的生命力。在这个开放过程中，文本自身也处于敞开状态而不是一个封闭自足的实体。当阅读和接受的主体与社会历史环境发生改变时，

❶ 瓦尔特·本雅明.机械复制时代的艺术作品［M］.王才勇，译.北京：中国城市出版社，2001：7-8.

❷ Linda Hutcheon. *The Politics of Postmodernism*［M］.New York: Roudedge, 1989: 46-47.

❸ 琳达·哈琴.后现代主义诗学：历史·理论·小说［M］.李杨，李锋，译.南京：南京大学出版社，2009：297.

新的意义也不断得到阐发。

　　但是，后现代主义的意图还不仅于此。哈琴指出，重过程轻结果的并不仅仅是后现代艺术，在此之前，布莱希特的戏剧作品就已经表现了这种特征与倾向。因为仅仅是这种意义上的"过程"，读者和接受者所处的位置仍然仅仅是文本的消费者。布莱希特戏剧和后现代主义艺术的共同之处在于，它们都对读者或观众进行了这种消费主体的定位。但后现代主义更进了一步，它在这种定位的基础上又实施了颠覆。"也许后现代主义打算利用和颠覆的事物超出了布莱希特认可的限度：后现代往往树立起消费者的主体地位，然后，再通过让读者或观众意识到文本中正在发挥作用的再现模式来破坏其主体地位。"❶可见，虽然后现代主义质疑并颠覆传统的"再现"说，但并不对之拒绝。在哈琴看来，后现代主义的呈现与再现中包含了自我指涉和反讽所带来的价值评判。

## 一、大众媒介与呈现中介：从鲍德里亚谈起

　　正如在谈到戏仿时一样，哈琴的后现代诗学结构中的"呈现"（representation）概念的全部意义也在于其对"呈现"的重新界定。她指出，在一般情况下，"呈现"这一概念的传统内涵是以这样一个假设为前提，即某件事物是已存在的，呈现活动只是以某种方式将其复制或再现出来。❷这种假设前提受到了后现代主义的挑战。后现代主义将呈现的媒介作用突显出来，以质疑传统呈现概念的假设中所隐藏的透明性。

　　就像人类把握世界必须依靠语言，了解历史只能通过文本一样，对现实的呈现也必须通过一定的形式或方式，即媒介来实现。后现代主义质疑语言对世界的把握能力，质疑文本所反映的是否是真实的历史，这实际就是在质疑呈现活动的媒介作用，但同时它又公开承认与确立媒介的作用。在现实主义艺术中，媒介的作用是不言自明的，符号与指涉物之间、语言文字与世界之间是直接的、自然的联系。哈琴借助让·鲍德里亚（Jean

❶ 琳达·哈琴.后现代主义诗学：历史·理论·小说［M］.李杨，李锋，译.南京：南京大学出版社，2009：297.

❷ Linda Hutcheon. *The Politics of Postmodernism*［M］.New York: Roudedge, 1989: 32.

Baudrillard）的类像❶（simulacra）理论，指出在后现代主义艺术形式中，如历史编纂元小说和后现代摄影，呈现媒介既挑战了在传统现实主义理论中的明晰性而具有含混性（opacity），又将其在现代主义中的造成的表意系统的独立性进行解定论化。

鲍德里亚认为后现代是一个全新的类象时代，这是一个由模型、符码和控制论所支配的信息与符号时代。这种观点与利奥塔相似。利奥塔认为，通过各种新的媒介，知识转变为批量的资讯信息，成为具有可操作性和运作性的符码。❷这种表面上看起来是真实反映了世界的符码，并不是真正的形象和世界，而是包含了控制意图以及大众的观看意图在里面。鲍德里亚称之为类象。在他看来，这种所谓的真实是一种"超真实（hyperreality）"。它掩盖了大众媒体产生之前人们对现实世界和形象的真实体验，甚至企图掩饰在其呈现过程中现实的不在场（absence）。让我们来看看凯尔纳所举的例子：

> 在"电视世界"里，医生的形象或模型（模拟医生）就经常被当成真正的医生。因而扮演威尔比医生的罗伯特·杨就收到了上千封求医问药的信，后来他居然出现在广告中，向读者推荐起脱咖啡因的咖啡来了。成功地扮演过律师培里·曼森和侦探艾伦塞德的雷蒙德·布尔在五六十年代收到了数千封寻求法律咨询和侦破帮助的信函。❸

凯尔纳举例的类似事件在大众传媒日益深入到日常生活中的今天并不鲜见。因此，哈琴指出，与鲍德里亚有着相似看法的学者们的理论中常常透露出"对前大众传媒时代的怀念与向往"。❹然而在她看来，类似的焦虑与担忧其实在后现代主义中并不存在。她认为，后现代主义提供了呈现过

---

❶ 也译作"拟像"，本文统一采用"类像"的译法。

❷ 参见 利奥塔.后现代状况——关于知识的报告［M］.车槿山，译.北京：生活·读书·新知三联书店，1997：30.

❸ 道格拉斯·凯尔纳，斯蒂文·贝斯特.后现代理论：批判性的质疑［M］.张志斌，译.北京：中央编译出版社，1999：154.

❹ Linda Hutcheon. *The Politics of Postmodernism*［M］.New York: Roudedge, 1989: 34.

程中关于意义与世界之间关系的新的可能性。后现代主义艺术所具有的高度的意识形态性、自我指涉性使其自身具有更大的包容性，可以容纳更多所谓的"异类世界（heterocosm）"。哈琴说："它（历史编纂元小说）与现实主义的指涉逻辑不同之处在于，它不仅是要呈现小说的世界，虽然它还自觉地表现出其建构性，还要呈现一个公众经验的世界。在此，公众世界被特定地描述成话语性的。……在某种程度上，后现代小说所做的仅仅是将叙事呈现的过程——真实的或虚构的以及它们之间的相互关系——公开化了而已。" ❶

加拿大的后现代小说家玛格丽特·阿特伍德 (Margaret Atwood) 的小说就明显地具有这种叙事特征。哈琴认为，在历史编纂元小说中模拟的外向性动机与内向性的自我指涉之间形成了一种矛盾的张力。文本本身保持了二者的分离性，又强调了两者的矛盾性。这些矛盾贯穿于整个产品与过程、生活与艺术之间。阿特伍德的第一部小说《可食用的女人》(*The Edible Woman*) 表面上看是一部纯粹的现实主义小说，将人物的外在环境包括各种各样的消费形式描写得细致入微。但它却通过元小说在形式和内容之间所存在的矛盾来表现了自己的女权主义政治观和反消费主义的政治观。❷

在后现代摄影中，这种矛盾的张力表现得更加明显。摄影作为一种以技术为基础的艺术形式，在形式和语言上表现为真实性和客观性。但后现代摄影却运用了戏仿和反讽的手法来表达客观形式背后所隐藏的价值立场。如今，在许多摄影师的作品中，运用哈琴所说的"挪用的意象"（appropriated images）来描述或讨论一种思想状态，或者说是指称社会与政治的现象已经不让人觉得陌生。在鲍德里亚那里，媒介的作用颠覆了传统理论中与指涉物的直接联系性，在实质上成了表达意图的媒介。

## 二、"过去寓于现在"：对呈现本质的质疑

在后现代主义诗学关于历史的问题化一节（第三章第一节）中，我们曾谈到，在其后现代主义诗学框架形成的《后现代主义诗学：历史·理论·小

---

❶ Linda Hutcheon. *The Politics of Postmodernism* [M].New York: Roudedge, 1989: 36.

❷ 参见琳达·哈切恩.加拿大后现代主义——加拿大现代英语小说研究 [M].赵伐，郭昌瑜，译.重庆：重庆出版社：1994:193-195.

说》中，哈琴对历史"事件"和"事实"的区分。不管通过何种形式，我们唯一能够接触到的只有经过文本化的表意构建的"事实"，而真正的历史"事件"的原貌我们是无从知晓的。在《后现代主义的政治学》中，哈琴又提出了一种介乎过去的历史事件与经过表意构建的历史事实之间的新的自我意识。这种"自我意识"是后现代想要将历史解自然化所产生的结果之一，其作用就是将"历史事件"如何被建构为"历史事实"的过程前景化（foregrand），即突显出来。在这一建构过程中，"表意"作为一个关键因素对于呈现和叙事本质的体现起到了非常重要的作用。

在历史编纂元小说中，这一过程是通过对所谓的"历史档案记录的证据"的诠释来实现的。虽然对于新历史主义和后现代主义来说，历史档案记录本身也只是一种构建的文本化事实。但历史编纂元小说中的历史事实的构建的意义更是体现为一种将"过去的踪迹"转化为历史呈现的过程主题化。❶在这种主题化的过程中，哈琴所提出来的那种"自我意识"向文本倾注了某种价值倾向。正如多米尼克·拉卡普拉所说，"如此一来，后现代小说强调了一种现实，那就是'过去并非是一种在其中或其本身是一种中立地呈现的客观存在，它只是我们从自身作为狭义的'表现者'的利益角度出发所进行的一种投射式的再加工。"❷文本所呈现的形象与事实既是对历史档案记录的一种变质的阐释，也是一种包含着反讽的批评距离的戏仿。

在威廉·肯尼迪（William Kennedy）的小说《腿》（Legs）中，主人公杰克的一句话道出了"虚构"与"真相"的本质关系："在所有那些人写的关于我的废话，对于那些不了解我的人而言都是真实的。"❸历史知识本身所具有的临时不定性使得"真相"在一定程度上不再具有绝对性，所有的过去都只能依靠当下的书写与阐释。正如鲍德里亚对摄影的看法一样，历史编纂元小说，甚至所有的后现代艺术都在形式上采取一种看起来真实、客观的方式，但在整个呈现过程中，却伴随着一种特定的控制与支配意图。这是一种针对总体性历史观的非总体化策略。哈琴指出，这种"非总体化"的

❶ Linda Hutcheon. *The Politics of Postmodernism* [M]. New York: Roudedge, 1989: 57–58.

❷ Dominick LaCapra. *History, Politics, and the Novel* [M]. Ithaca, NY: CornUniversity Press, 1987: 10.

❸ William Kennedy. *Legs* [M]. Harmondsworth: Penguin, 1975: 245.

需求是根源于 20 世纪 60 年代及晚期浪漫主义对自由、无拘无束的生活状态的诉求。同时，她又不无焦虑地指出，这种诉求本身并不是绝对的自由状态。因为这种反抗话语本身，如在历史编纂元小说中，又是一种具有控制力和支配欲的总体化行为，并且其自身在这种过程中对自己的总体化行为有明显的自我意识。因此，哈琴认为"后现代主义是既嵌入、也挑战总体性倾向"。

这种非总体化策略的实质是将过去与现在的关系问题化，这是后现代小说中最难解决却也从未打算解决的矛盾。哈琴指出，"这同时也是从上个世纪开始的历史写作的中心课题。历史学家们能意识到，他们正在建立与其写作相关的过去及其写作时的现在之间的联系。与现在一样，过去是以混乱、繁复及无序的状态出现，但历史学家的任务正是要将这种碎片式的经验组织成知识的形式：因为历史的全部要点并不在于要像目击者一般去了解这些行为，而是要像历史学家那样，将之与最近的事件联系成一个时间性的整体。"❶历史编纂元小说中表现了对这种意识的强烈自觉。作者表面上看起来是在叙述一个连贯的历史事件，但在文中却穿插了许多混乱时序的事件，以达到对时间关系的解自然化目的。后现代小说的最终意图并非是要拒绝真实的历史的存在，这也是它拒不提出矛盾的解决办法的原因。就像斯威夫特 (Graham Swift) 在其小说《洼地》(Waterland) 中所说的那样："历史并非虚构，而是真实地存在着——并且我已经成为它的一部分。"❷后现代艺术承认边界的存在，却常常逾越边界，对已有的一切进行挑战和质疑。然而即便如此，边界依然存在，因为它不给出解决问题的办法。对待"过去"也是如此，哈琴说："历史编纂元小说先是接受对于过去的一种哲学性的观念，认为过去的确是存在的。然后又用一种超越它的反现实主义的观念来与之进行对抗。无论如何，不论其独立性如何真实，然而过去是为我们、为现在而存在的。只有根据现在我们才能追寻到它的踪迹。不在场的过去只能根据这些细小的旁证进行推测。"❸

历史编纂元小说将真实的历史事件与档案记录文本之间的关系问题化，质疑了历史档案的权力。从另一种层面上来说，这是对赋予档案文本以权

---

❶ Linda Hutcheon. *The Politics of Postmodernism* [M].New York: Roudedge, 1989: 71.

❷ Graham Swift. *Waterland* [M]. London: Heinemann, 1983: 53.

❸ Linda Hutcheon. *The Politics of Postmodernism* [M]. New York: Roudedge, 1989: 73.

威性的现有体制的质疑与挑战。在汤婷婷 (Maxine Hong Kingston) 的小说《中国佬》(*China Men*) 中，文件被表现为一种身份认证的极不稳定的来源：美国公民的文件、签证和护照被随意买卖。作为一个华裔美籍女性作家，汤婷婷的身份与哈琴的身份具有相似性。她们所具有的独特视角，使其对政治权威的关注也相应地具有独特性。在对历史的问题化中，又随之投射进了意识形态与价值立场的关注。

### 三、副文本 (Paratext)❶：另一种互文性

对于后现代主义来说，它所争议的焦点并不在于过去是否真的发生过，而是我们如何赋予过去以意义。哈琴说："过去的事件被历史的呈现赋予的是意义 (meaning) 而非存在 (existence)。"❷在哈琴看来，真实的历史事件的存在并不是被谁赋予的，而是其原本就存在。只是从知识论上来讲，只能通过文本的痕迹而被我们了解。后现代艺术专注的是这种意义赋予的过程，也就是事件如何被我们了解的过程。

哈琴对后现代小说的细致分析使她注意到了一个被许多评论家忽视的问题，那就是在历史编纂元小说的文本中存在着大量的副文本（paratext）。我国学者赵毅衡认为，"在意义解释中，副文本因素往往被忘却在一边，似乎比文本因素重要性小得多。主张细读文本中心的新批评派，实际做法就是排除所有的伴随文本，而第一个被排除的就是副文本因素。"❸副文本与正文之间的关系是文本性研究的一个重要方面。"副文本性"的概念是热拉尔·热奈特（Gerord Genette）在文本性的研究中提出来的概念。热奈特在他所谓的"广义文本"研究中，将克里斯蒂娃的"互文性"理论进行了扩充，提出了包容性更强的"跨文本性"（transtextuality）概念。❹在这个概念的范围里，他提出了五个子类，包括"互文性""副文本性""原互文性""元互文性"以及超互文性。这个概念是以"副文本"概念为基础的。

---

❶ 也译作旁注文本、副文本、侧文本、从属文本、副文本、平行文本、派生文本等，本文采用"副文本"这一译法。

❷ Linda Hutcheon. *The Politics of Postmodernism* [M]. New York: Roudedge, 1989: 82.

❸ 赵毅衡. 论"伴随文本"——扩展"文本间性"的一种方式[J]. 文艺理论研究, 2010(2): 3.

❹ 参见热拉尔·热奈特. 广义文本之导论, 选自《热奈特文集》[M]. 史忠义, 译. 天津: 百花文艺出版社, 2000: 1-68.

热奈特认为"副文本"包括"标题、副标题、互联型标题；前言、跋、告读者、前边的话等；还有插图、请予刊登类插页、磁带、护封以及其他许多附属标志，包括作者亲笔留下的或是他人留下的标志"❶。热奈特认为"副文本性"就是"一部文学作品所构成的整体中正文与只能称作它的'副文本'部分所维持的相互关系"❷。哈琴认为，"副文本性(paratextuality)"也对文本意义的呈现过程起着重要作用。

虽然副文本在后现代历史编纂元小说中的使用并不是什么开创性的做法，但哈琴认为，这种做法不仅能起到互文本的指涉作用，还可以体现小说的自我指涉性。在历史编纂元小说之前，比如在某些现代主义小说中就有作者通过旁注文本的形式，使意义生成的过程得到更详细的呈现。20世纪20年代美国作家西奥多·德莱赛（Theodore Dreiser）的小说《美国悲剧》（*An American Tragedy*）以一件真实发生过的事件为基础，并保存了关于这起案件的所有新闻报道。此外，哈琴还特别提到诺曼·梅勒(Norman Mailer)的小说《月亮上的火光》（*of a Fire on the Moon*）。作品写于后现代主义形成之初的1969年。作者在描写苍鹰号登陆月球时犯了一个事实上的错误，虽然这个错误马上就会被某个具有学识的读者察觉，但他却并未在小说文本上对此进行纠正，而只是在平装版中加了一个脚注进行说明而已。作者似乎想要保留具有纠正作用的旁注文本的想象性对立，虽然是错误的、虚构的，以此来向读者表现其在对阿波罗号的呈现中的双重性：事件是真实地发生了，但我们阅读到的事实是由其叙事性的描述建构而成的。❸后现代小说通过这些形式不断地向人们暗示，虽然小说是基于真实的历史档案记录，但其本质上是"人工制品"，是人为地将自我意识对之进行投射的产品。

除此之外，哈琴还颇有洞见地指出了后现代小说中的副文本性所具有的另一个作用。她说："副文本性的另一个功能在于其话语性。读者的线性阅读被同一页的下面的文本的存在所打乱，这种具有解释作用的干扰唤起

---

❶ 热拉尔·热奈特.隐迹稿本,选自《热奈特论文集》[M].北京:中国发展出版社,2001:71.

❷ 热拉尔·热奈特.隐迹稿本,选自《热奈特论文集》[M].北京:中国发展出版社,2001:71.

❸ Linda Hutcheon. *The Politics of Postmodernism* [M]. New York: Roudedge, 1989: 82.

了对脚注所具有的双重性或对话性形式的注意。"●哈琴对副文本的关注主要集中在"脚注"这一形式上。不管是在理论著作还是文学作品中，脚注的传统角色主要是补充、说明的作用。像热奈特说的那样"为文本提供一种（变化的）氛围，有时甚至提供了一种官方或半官方的评论"●，或者如哈琴所说的"提供一种权威性的支持"。●然而，在后现代作品中，这种作用发生了变化。一方面，它为正文内容中对权威材料的运用提供可信性；另一方面，打乱读者对文本的线性阅读。这些副文本对于文本自身来说，既具有向心力又具有离心力。这种方式的好处在于，以一种不打破文本所建立的连续性的外在形式来破坏这种总体性方式，同时又在另一种意义上表现了后现代小说的自我指涉性。

在其他艺术形式中也经常见到对副文本性的出色运用。如一支乐曲，其标题能够对我们的理解起到很好的启示与引导作用。传统观念将副文本仅仅看作是作品边框之内的附属物。实际上，这只是众多副文本类型的其中一类。在后现代艺术中，副文本被认为是文本意义的延伸与呈现过程的组成部分，如杜尚那件曾倍受争议的作品《泉》，其标题与被作为艺术作品的小便器之间形成了一种张力，使人们开始对艺术的本质进行思考。

虽然热奈特将副文本性作为与互文性平行的一个概念纳入广义文本性的大范围之中，但从热奈特本人及哈琴的论述中我们可以看出，副文本性在本质上也是一种互文性。不管是脚注还是标题、副标题等互文本形式，不管它起到的是解释、支持还是干扰的作用，它们都与文本的正文之间形成互文指涉的关系。在这种指涉空间里，文本的意义可以得到多层面的呈现。

# 第三节　锋芒与祥和：反讽的政治性

在第四章中，我们对哈琴的后现代主义戏仿观念作了比较深入的分

---

● Linda Hutcheon. *The Politics of Postmodernism*. ［M］. New York: Roudedge, 1989: 84.

● 热拉尔·热奈特.隐迹稿本，选自《热奈特论文集》［M］.北京：中国发展出版社，2007: 71.

● Linda Hutcheon. *The Politics of Postmodernism* ［M］. New York: Roudedge, 1985: 85.

析。哈琴对传统理论将戏仿定义为嘲弄性的模仿提出了质疑，并对后现代艺术中所运用的戏仿手法作了细致的考察，她说："后现代的戏仿拒绝对过去的修正或重读，它既肯定又颠覆历史呈现的权力。这种远离过去又要求现在解决其矛盾的信念被称作后现代主义的'讽喻的冲动（allegorical impulse）'。我将其简称为'戏仿'。"❶最后她提出了自己对戏仿定义的重新界定。

> 在其反讽式的"跨语境化"（trans-contextualization）和倒置中，戏仿是一种差异的重复行为。在被戏仿的背景文本与新的综合性的作品之间，暗含着一种批评距离。这种批评距离是以反讽为标志的，其中既具有戏谑性又包含着轻视。❷

由此可见，后现代艺术中的戏仿，最关键的因素是"反讽"。对于反讽因素在戏仿作品中的作用，哈琴认为是"反讽使得这些互文指涉并不仅仅是单纯的学术游戏或者是对文本性的无休止的倒退：引起我们注意的是在一种宽泛的形式及生产模式下的整个呈现的过程，还有不可能找到任何总体化模式来解决后现代矛盾"。❸在哈琴对戏仿的重新界定中，后现代的戏仿与传统的戏仿手法所不同的是其包含着一种"批评的距离"，而这种批评距离的产生主要是靠反讽。但是在其《戏仿理论》一书中，哈琴重点对后现代戏仿的内涵及其悖谬特征作了符号学考察，而对反讽效果如何在戏仿中产生还未作更深入的探究。

"反讽"是一个非常复杂的概念，同时也被许多学者认为是很难讨论清楚的一个概念，连哈琴本人也承认反讽是"得到研究最多、也遭到误解最多的表达模式"。1995年，哈琴出版了一部关于反讽的专著《反讽的锋芒：反讽的理论与政见》（*Irony's Edge: the Theory and Politics of Irony*）。她认为，虽然有关于反讽的专著浩若烟海，但大部分都是对某一文本或作者的

❶ Linda Hutcheon. *The Politics of Postmodernism* [M]. New York: Roudedge, 1985: 95.
❷ Linda Hutcheon. *A Theory of Parody: The Teachings of Twentieth-century Art Forms* [M]. New York and London: Methuen, 1985: 32.
❸ Linda Hutcheon. *The Politics of Postmodernism* [M]. New York: Roudedge, 1985: 95.

反讽手法的分析，而她想做的事情是"解析反讽如何以及为何发生（或者没有发生），尤其关注把（任何媒体中的）一个文本诠释为'具有反讽性'的种种后果"。❶哈琴以加拿大人的身份和语境为背景，对反讽效果的产生过程进行了细致入微又不乏生动的分析。哈琴的特殊身份使得她对与反讽有关的政治性中涉及性别分化、民族、地域、种族等问题有其独到的见解。哈琴将瓦格纳的歌剧作为参照点，对反讽效果的产生及其与政治的关系作了深入考察。

## 一、反讽概念考古

反讽在 16 世纪以前仅仅作为一种修辞格，到 20 世纪就转变为人们的一种生活观念，在这一漫长的过程中，"反讽"的概念内涵也经历了不断的扩充和演变。

赵毅衡先生在对新批评的反讽理论进行论述时，对反讽概念作了词源学上的考察。他指出："反讽一词来自希腊文 eirônia，原为希腊戏剧中一种角色典型，即佯作无知者，在自以为高明的对手面前说傻话，但最后这些傻话证明是真理，从而使'高明'的对手大出洋相。……所以，反讽的基本性质是对假相与真实之间的矛盾以及对这矛盾无所知：反讽者是装作无知，而口是心非，说的是假相，意思暗指真相；吃反讽之苦的人一心以为真相即所言，不明白所言非真相，这个基本的格局在反讽所有的变体中存在。"❷赵先生的意思很明确，那就是不管反讽是以何种形式在何时出现，反讽的原则是"口是心非""言在此而意在彼"。正如哈琴所强调的，反讽是一种有所侧重的话语模式，其重点是默然的"言外之意"。

正如赵毅衡所指出的那样："从古希腊一直到十六世纪，反讽只是传统修辞学中一种次要的修辞格，从德国浪漫主义文论开始，反讽概念不断膨胀，一直到新批评派，反讽不仅成为诗歌语言的基本原则，而且成了诗歌的基本思想方式和哲学态度。"❸虽然"反讽"一词的词源学可以追溯到希腊

❶ 琳达·哈琴.反讽的锋芒：反讽的理论与政见[M].徐晓雯，译.郑州：河南大学出版社，2010：2.

❷ 赵毅衡.新批评——一种独特的形式主义文化[M].北京：中国社会科学出版社，1986：179.

❸ 赵毅衡.新批评——一种独特的形式主义文化[M].北京：中国社会科学出版社，1986：178.

文化中，且反讽的使用也被认为是从苏格拉底就开始了，但从一种修辞格的使用到将其作为美学、哲学层面的思考的演变过程中，浪漫主义和新批评理论中的反讽观是两个重要的阶段。

浪漫主义的反讽常常被人称为是形式上的反讽，这与元小说的自我意识和自我指涉性相关。浪漫主义反讽诗学的核心人物是德国浪漫主义文化家弗·施莱格尔（Friedrich Don Schlegel）。他的反讽理论受康德、费希特为代表的主体哲学的影响颇深。与席勒等人一样，施莱格尔认识到近代大工业生产下人性的分裂。他主张将人性引入诗化之途，即艺术与人生的合一，而反讽就是能将人性内部的二重性对立进行调和的最好手段。施莱格尔说："哲学是反讽真正的故乡。人们可以把反讽定义为逻辑的美：因为不论在什么地方，不论在口头的还是书面的交谈中，只要是还没有变成体系，还没有进行哲学思辨的地方，人们都应当进行反讽。"❶施莱格尔的主体论哲学意义上的反讽到了克尔凯郭尔那里，与其生存境界论结合，演变成了生存性的反讽。克尔凯郭尔将反讽贯穿到了实践性、主观性、否定性以及宗教性等领域。至此，反讽概念通过施莱格尔与克尔凯郭尔的主体性与生存性改造，成为哈琴所说的"一种生活观"。但是克尔凯郭尔将反讽仅仅看作是个人的主观感受。他说："对于反讽，最关键的是主体感到逍遥自在、现象不得对主体有任何实在性。在反讽之中，主体一步步往后退，否认任何现象具有实在性，以便拯救他自己，也就是说，以使超脱万物，保持自己的独立。"❷因此，反讽在克尔凯郭尔那里，是一个与现实与社会无关的个人主观感受，与哈琴所要讨论的反讽的政见与社会层面相去甚远。

新批评派的文本细读方式使得该学派的学者们借着"感受谬误 (affective fallacy)"与"意图谬误 (intentional fallacy)"的理由，将反讽的观照限定在纯粹的形式主义层面上，而与作者、读者和社会等因素无关。新批评派的反讽理论以布鲁克斯（Cleanth Brooks）的反讽观为主。在布鲁克斯那里，反讽存在于文本中具有张力的、矛盾的结构中。他把反讽定义为"承受语

❶ 弗·施勒格尔.雅典娜神殿断片集［M］.李伯杰，译.北京：生活·读书·新知三联书店，1996：23.

❷ 索伦·奥碧·克尔凯郭尔.论反讽概念——以苏格拉底为主线［M］.汤晨溪，译.北京：中国社会科学出版社，2005：221.

境压力的语言",是"语境对于一个陈述语的明显的歪曲"。❶布鲁克斯将反讽的考察局限于文本结构之内,即使他所谓的"语境"也仅仅指"上下文"之间的关系。历史与政治的因素在反讽效果中的作用同样没有得到重视。但新批评派的反讽观将反讽过程中的悖论与矛盾的张力强调出来,这是后现代主义反讽所坚持的一个原则。

美国后结构主义理论家保罗·德·曼 (Paul de Man) 在施莱格尔与新批评派的反讽理论的基础上,站在后结构主义的立场上,提出了反讽概念中意向结构的作用。他通过语言转义理论的引入,对传统的反讽理论进行了解构,突出了阅读和理解在反讽过程中的作用。他说:"通过阅读,我们使内部成为一个先前独立于我们之外,现在由于理解的行为而变成我们自己的文本。但是这个理解立刻变为文本外的意义的描写——用奥斯丁的术语说,语言内表现行为的言说变成言语表达效果。用弗雷格的术语来说,指称变成了意义。"❷他认为在反讽的过程中,语言之外的原则,如反讽制造者的意图、历史、政治语境等,应当参与到从符号直观到意义理解的延宕过程中。

保罗·德·曼的后结构主义式反讽观对后现代主义的反讽策略产生了非常深刻的影响。虽然后现代主义志在将"解自然化"作为自己战斗的旗帜,但后现代主义与反讽之间似乎具有天然的联系,是不管运用何种解自然化策略都无法避免的。佩里·安德森 (Perry Anderson) 认为后现代主义这个概念一开始就包含了"抑制情感,极力追求细节和反讽式幽默的内涵"。❸美国学者柯勒洛克(Claire Colebrook)说:"从苏格拉底到如今,反讽一直被认为是具有政治上的矛盾性,它破坏标准,解构精英式的理想主义。"❹反讽概念本身所具有的解构性和挑衅性对后现代主义来说,是再好不过的策略。柯勒洛克甚至还认为,如何理解和评价后现代主义完全取决于我们对

❶ 克林思·布鲁克斯.反讽——一种结构原则,选自赵毅衡编选《"新批评"文集》[M].袁可嘉,译.北京:中国社会科学出版社,1988:335.

❷ 保罗·德·曼.阅读的寓言——里尔克、普鲁斯特和卢梭的比喻语言[M].沈勇,译.天津:天津人民出版社,2008:114-115.

❸ 佩里·安德森.后现代性的起源[M].紫辰,等译.北京:中国社会科学出版社,2008:2.

❹ Claire Colebrook. *Irony.* [M]. London and New York: Routledge, 2004: 150.

反讽的定义和评价。❶因此，在后现代主义理论与艺术实践中，对反讽的分析与讨论是非常重要的一部分。比如，哈桑就将具有独特内涵的"反讽"作为后现代主义对立于现代主义的 11 条表征之一。哈琴更是从"反讽的政治学"这一独特的切入点，深入分析了后现代主义反讽策略所具有的评判性锋芒。

## 二、反讽的风险：跨观念的政见

德里达的"延异"和"撒播"概念对哈琴在思考反讽的本质时起到了启发作用。在德里达、保罗·德·曼等人看来，"反讽存在于意味的本质之中、存在于意味的延宕与否定之中。"❷

> 我对反讽跨观念的政见的兴趣，使我看到有必要在研究反讽的时候，采取这样一种方法，不把它看作是一种有限的修辞比喻，也不把它看作是一种延伸的生活态度，而把它看作是一种在（言语）语言层面或（音乐、视觉、文本）形式层面上的话语策略。之所以选择话语作为讨论的范围和场所，也是想要确保能够考虑到反讽发生功用的社会层面或互动层面，不论其情境是闲谈还是小说阅读。❸

在这里，哈琴再一次借了话语结构的东风，将反讽置入一个动态、多元的关系中进行考察。哈琴认为反讽的"跨观念的"特性是指：通过加强或削弱各种各样不同的利益，反讽可以而且的确很巧妙地效力于范围广大的种种政治立场。❹她将整个反讽的过程归结为一个意向性的过程，这包括反讽者在言内之意和言外之意设置反讽的意向，即反讽的使用意向以及构建

---

❶ Claire Colebrook. *Irony*. [M]. London and New York: Routledge, 2004: 150.

❷ 琳达·哈琴. 反讽的锋芒：反讽的理论与政见 [M].徐晓雯，译.郑州：河南大学出版社，2010：2.

❸ 琳达·哈琴反讽的锋芒：反讽的理论与政见 [M].徐晓雯，译.郑州：河南大学出版社，2010：3.

❹ 琳达·哈琴反讽的锋芒：反讽的理论与政见 [M].徐晓雯，译.郑州：河南大学出版社，2010：3.

出文本所展示的、对言内之意和言外之意的评判态度，即反讽的诠释意向。她说："反讽的发生，是作为交际过程的一部分；它不是被使用的静态的修辞工具，而是本身就形成于各种意义之间的关系中，不但如此，它还形成于人和言语之间的关系中，有时候还形成于意向和诠释之间的关系中。"[1]通过对这一意向性过程的呈现，可以在各种各样的利益之间进行加强或减弱，实现平衡，而且可以巧妙地在各种政治立场的范围内起作用，反讽的"跨观念"特性便可得以实现。哈琴曾说过："现在性别、阶级、种族、民族性和性别取向等问题已成为视觉艺术话语的组成部分。正如它们也是文学史的一部分一般。社会历史与艺术史是不能分割开来的。在任意一种艺术形式的呈现中，都没有处于中立的价值，更不可能有所谓的与价值无关之说。"[2]反讽的使用和认定需要话语体系中的社会、历史、文化及政治等语境，而话语体系中本身就包含了权力和权威的问题。从符号学意义上说，话语行为的本质就是一种沟通性的交际，其中也包含了现实、权力关系的问题。因此，将反讽置入话语体系中，使得反讽自身与政治性之间具有无法回避的关系。

在哈琴看来，反讽是将能指与所指之间的稳定关系问题化的最有力的手段之一。"反讽通过去掉'能指和所指——对应'之语义的安定性，通过揭示反讽意义制造之包容、关联和区别的复杂特性，暗中削弱了陈述的意义。"[3]哈琴的这一界定，较之反讽原有的传统含义有了很大的不同。虽然反讽的重点是沉默在语言规则之外的"言外之意"，但是反讽的效果则产生于各种不同的关系中，如各种意义之间的关系、人与语言之间的关系以及使用意向与诠释意向之间的关系。这些关系网并不是稳定的结构，而是随着各种因素的变化而变化。在这之间，哈琴特别强调诠释意向的作用，这是读者批评理论给哈琴留下的影响。如果接受者所具有的知识准备不同，那么对反讽的阐释也会有所不同。她以加拿大艺术家卢卡克斯（Attila Richard Lukacs）的大型戏仿油画作品为例。对于这位生活在柏林的加拿大同性恋

---

❶ 琳达·哈琴反讽的锋芒：反讽的理论与政见[M].徐晓雯，译.郑州：河南大学出版社，2010：6-7.

❷ Linda Hutcheon. *The Politics of Postmodernism* [M]. New York: Roudedge, 1989: 47.

❸ 琳达·哈琴.反讽的锋芒：反讽的理论与政见[M].徐晓雯，译.郑州：河南大学出版社，2010：6.

艺术家，其作品中的反讽意向是非常明确的。虽然作者自己在作品过程中所投射的意向主要是关于法西斯主义与暴力和权力之间的关系，但不同的观看者对之产生了不同的阐释意向。"一位观看者在他的作品中看到'批判性和激进主义'，而另一位观看者看到的却可能是'一部分物神崇拜的场所、一部分历史画卷'。"❶这些具有不同知识储备的接受者都在不同层次上属于不同的话语共同体，这些共同体之间存在的差异决定着反讽的制造和诠释的意义差别。而反讽的效果正是发生在这种差异的空间里。哈琴以她自己的情况为例：

> 重要的是要明白我们都同时生活在很多的话语共同体里：在同一时间，我是意大利裔加拿大人、教师、离经叛道的天主教徒、白人、女性、中产阶级人士、有配偶但不曾为人父母、嗜好弹奏钢琴但技法拙劣、狂热的自行车爱好者、热爱歌剧的人。其中任何一个身份都可以成为一个话语共同体的基础，使我跟别人得以共享足够的背景和信息，从而能够决定反讽是否得当、决定反讽是否存在以及反讽如何诠释。这些不同的共同体也可能提出相互矛盾的决定（特别是有关反讽是否得当的问题），但这也是反讽接受过程中错综复杂的一部分。❷

在哈琴这里，话语共同体对于反讽的产生起着至关重要的作用。同一个反讽策略，在有的话语共同体中可以产生反讽的效果，在有的话语中却会令人失望地"哑火失效"。但同时，哈琴指出这些属于不同话语体系的共同体之间的彼此交叠不一定会产生像阿多诺所说的"压倒一切的一致意见"❸，但是也的确会在关注焦点、兴趣，或者仅仅是（对于语境、规范或规矩、互文本的）认知方面提供某种类似性，从而促使参与者们得以施行"委

---

❶ 琳达·哈琴.反讽的锋芒：反讽的理论与政见[M].徐晓雯，译.郑州：河南大学出版社，2010：7.

❷ 琳达·哈琴.反讽的锋芒：反讽的理论与政见[M].徐晓雯，译.郑州：河南大学出版社，2010：126.

❸ Theodor W. Adorno. *Minima Moralia: Reflections from Damaged Life* [M]. trans. E. F. N. Jephcott, London: New Left Books, 1974: 210.

婉交际的举动"。❶哈琴将这种不同话语共同体之间的交叠之处称为"文本标记 (textual markers)"。这种文本的标记在整个沟通性交际过程中起着"元交际"的作用，它们释放出一些信号与暗示，使得反讽的参与者们（主要是诠释者）能够成功地参与到反讽行为中。哈琴指出，文本标记的这种作用主要是通过两种不同的具体形式来实现，"有一些标记的作用是激发诠释者感觉到或许有反讽意向存在（在某些文化中就是挤挤眼睛或者在文本中的某个词语上用引号）；而另外一些标记则是将诠释者引导向具体的、意向中的言外之意。"❷

反讽所具有的"跨观念"的政治立场使反讽的过程显得十分复杂，但同时也具有严肃性，这同时也是使反讽区别于幽默的重要因素。反讽与幽默不管是在形式上还是内容上都具有很大的相似性，两者都牵涉权力的问题，也和社会语境有密切关系。很多产生反讽的地方，同时也有幽默性。但是哈琴认为二者之间最大的差别在于，虽然幽默和反讽有时都具有相同的可笑的形式，却并不一定所有的反讽都具有可笑的形式。此外，对于哈琴来说，与权力相关、与语境相涉并不意味具有政治性。哈琴认为反讽的"跨观念"的特性使其自身具有两种方式：一是表达出新的反对立场的或许具有建设性功用的反讽，一种是以更为否定和否定化的方式运作的反讽。❸反讽的政治性意味着其自身与强势权力之间的批判或者共谋关系，它积极参与到强势权力的话语建构中，无论在其中是起到建设性还是破坏性的作用。

### 三、锋芒与祥和：情感的间离与凝聚

在反讽的话语策略所形成的"批评距离"中，反讽的"跨观念"语境还涉及情感伦理因素。在反讽的过程中，既有情感的剥离又有情感的介入。这种情感介入之处，对于批评话语和理论家来说是一个异常复杂的问题。

对于反讽的情感因素，哈琴认为反讽的制造者、反讽的攻击目标以及

---

❶ 琳达·哈琴.反讽的锋芒：反讽的理论与政见[M].徐晓雯，译.郑州：河南大学出版社，2010：17.

❷ 琳达·哈琴.反讽的锋芒：反讽的理论与政见[M].徐晓雯，译.郑州：河南大学出版社，2010：17.

❸ 琳达·哈琴.反讽的锋芒：反讽的理论与政见[M].徐晓雯，译.郑州：河南大学出版社，2010：9-10.

反讽的诠释者都有可能会卷入其中。"反讽总是有个'靶子',有时候反讽还有某些人所想称呼的'受害者'。正如这两个词所暗示的,反讽之锋芒往往十分尖利。那些可能在有反讽意向的地方(或别人认定有反讽的地方)没有认定反讽的人,就有被人排斥、遭逢尴尬的风险。换句话说,即便是反讽最单纯的社会层面,往往也有情感成分。"❶不管运用哪种方式,都有一个前提,即必须是社会所公认的。因此,反讽在具有尖利锋芒的同时,也有其委婉性。所谓反讽的"靶子",在很多时候往往就是反讽的诠释者,这种复杂的身份使其对反讽的阐释同时影响到反讽的效果。当既是"靶子"又是诠释者的人没有体会出其中的反讽意味,因而也就不会明白自己已经被人当作了"靶子",这就是所谓的反讽"哑火失效"的原因。但是,不管反讽是否被诠释者感受到,在反讽者那里都有情感因素的介入。哈琴说:"反讽会让你因为要知道如何保险地确定意义和锁定动机而感到坐立不安。"❷

"评判性锋芒"这一原则是反讽概念的传统内涵,只不过浪漫主义和新批评派及解构主义理论的反讽观念认为反讽的作用是"平衡感情"。这是一种比较强大的现代传统。席勒在《论素朴的诗与感伤的诗》中认为,美育应当将人引入理性与感性的和谐融合状态,也就是审美的境界。施莱格尔非常赞同席勒的观点。他认为希腊史诗中的"酒神"与"日神"是人内部两种对立的因素,而反讽的实质就在于将人自身的这两种对立因素进行调节,从而达到所谓的"精神自由"。❸但实际上,反讽还有一个更悠久的传统,那就是因"对差距和不和谐的主动认知"❹而形成的批评的锋芒。有一些极端的理论认为,反讽所表达的态度是一成不变的拒绝,甚至是一种破坏性的武器。因而在他们看来,反讽总是不可避免地充满了争辩性,"属于争

❶ 琳达·哈琴.反讽的锋芒:反讽的理论与政见[M].徐晓雯,译.郑州:河南大学出版社,2010:9-10.

❷ 琳达·哈琴.反讽的锋芒:反讽的理论与政见[M].徐晓雯,译.郑州:河南大学出版社,2010:40.

❸ 转引自李伯杰.弗·施莱格尔的"浪漫反讽"说初探[J].外国文学评论,1993(1):20.

❹ Albert William Levi. *Literature Philosophy and the Imagination* [M]. Bloomington: Indiana University Press, 1962: 155.

斗的器械库，不适用于任何完全和平的场合。"❶

　　虽然哈琴并不赞同将反讽看作是一种"平衡情感"的工具的看法，但她对这种极端的观点同样不以为然。哈琴认为，反讽既属于反讽者的"象征行为"，又属于诠释者的"言后行为"。反讽者在"言内之意"和"言外之意"之间设置出一种区别性的差异，意在引入自己的结论态度和判断。同时，它又能对观众或者接受者的感受、思想、行为等意向性行为产生后续影响。在这种意向性的交际过程中，包含了反讽的施用人、靶子以及与施用人"串通一气"的观众三者之间在社会层面的互动。这种社会互动就必然牵涉等级和权力的问题，"而一旦权力——或者权力的匮乏——介入进来，那么情感的反应就不会太远，很快跟随而来，即便这些反应或许不是那么显著。"❷

　　反讽与幽默之间的区别，在本质上还有情感倾向的区别，两者无法避免情感因素的介入。轻视和偏见往往是幽默的基础，但反讽却往往具有"严肃性"。反讽的评判性锋芒被认为具有挑衅和刺伤的情感倾向，从而也使其具有对抗性。在哈琴看来，这种情感判断是从反讽者的意向角度出发所得出的结果。但是如果从诠释者的角度来看，反讽就不仅包含这种情感上的锋芒，还有因自己创造性地成功参与了反讽过程而产生的满足和愉悦感。前文曾提到过，反讽的施用人、靶子以及施用人之间并不是完全独立的个体存在，三者之间往往在某种场合或时间有交叠重合。因此，哈琴不同意将反讽的"靶子"称为"受害者"的传统说法，认为反讽的"靶子"并不一定就是受害者。她说：

　　　　即便一句言辞总结出的评价性意向是要在诠释者那里培养出某种必需的羞愧感，那种经验好像也很难配得上"害人"这个标签。即便是那些被排斥在外的人——对其而言反讽根本就不曾发生的那些人——也不是反讽真正的"受害者"，哪怕牵涉到有意的哄骗，也不算"受害者"。不知怎地，这个词好像在我看来就是强烈得不得当。❸

---

❶ 琳达·哈琴.反讽的锋芒：反讽的理论与政见[M].徐晓雯，译.郑州：河南大学出版社，2010：43.

❷ 琳达·哈琴.反讽的锋芒：反讽的理论与政见[M].徐晓雯，译.郑州：河南大学出版社，2010：44.

❸ 琳达·哈琴.反讽的锋芒：反讽的理论与政见琳达·哈琴.反讽的锋芒：反讽的理论与政见[M].徐晓雯，译.郑州：河南大学出版社，2010：47.

　　在她看来，这个"不得当"的称呼掩盖了反讽情感中"冷静""和婉"的一面，因为反讽所激发的感情包括了从愉悦到痛苦，这一过程中的情感变化是不能被忽略的。

　　哈琴对反讽的论述，有明显的读者接受理论的痕迹。在她看来，反讽的意义在很大程度上依赖于观众或者是被反讽者是否具备理解反讽的素养和能力，或者说依赖于其所处的话语共同体所赋予的不同身份与背景。其实，反讽作为后现代艺术主要运用的一种话语策略，作者，即反讽的施用者的意向投射也是非常重要的因素之一。哈琴在研究反讽的产生时并没有将其放在应有的重要位置，这也是哈琴的后现代主义诗学在整个结构体系上所存在的普遍问题。其实在后现代小说中，反讽所产生的政治锋芒还体现在对传统文学中所形成的文体的严格分类的僭越。但是这种僭越又必须以这种"分类体制"为基础，因为正是这些不同的文体类别被后现代小说运用到其中，才能形成哈琴所谓的"边界张力（border tension）"。按哈琴的说法，"边界张力"产生于界限的逾越：介乎文体之间，介乎学科或话语之间，介乎高雅及大众文化之间，并且最富争论性地是，介乎实践与理论之间。❶这种界线的逾越其实也主要是来自作者的主观意向。

---

❶ Linda Hutcheon. *The Politics of Postmodernism* [M]. New York: Roudedge, 1989: 18-19.

# 结语 后现代主义之后：走向何方

## 第一节 哈琴理论的启示

对于哈琴和杰姆逊来说，后现代主义有着完全不同的价值走向。作为具有西方马克思主义倾向的理论家，杰姆逊将后现代主义定义为"晚期资本主义的文化逻辑"，这一界定本身就宣告了在西方马克思主义的理论框架下后现代主义"行将就木"。在杰姆逊那里，后现代艺术的作用只是加强了后现代文化中的一些令人不满之处，特别是跨国化的晚期资本主义文化中的一些状况。哈琴则不以为然，她还进一步指出杰姆逊之所以有这样的观点，原因在于他对后现代性与后现代主义两个概念的混淆。哈琴认为，"后现代性"仅仅意味着"对一种社会的或是哲学时期或状况，特别是我们如今生活于其中的时期或状况的指称"❶，而"后现代主义"则是与各种类型的文化表达方式有关，这包括"建筑、文学、摄影、电影、绘画、录像、舞蹈、音乐"❷等等。后现代主义的质疑性与包容性对于长期受形式主义以及高雅现代主义的精英意识压抑的文学理论来说，仿若呼吸到了一丝新鲜空气，为打破这种沉重桎梏带来了一缕曙光。因此，对于哈琴来说，后现代主义首先是在艺术实践上获得了宽泛的话语空间，而在理论方面，她更愿意用一种乐观、积极、包容的态度来对待后现代主义。在将后现代主义理论化的同时，她注重对艺术实践的分析，并将其引入话语批评理论的维度。不仅如此，她还将历史与小说都看作是具有政治立场的文本及话语建构过程，同时借助其他批评理论的力量使自己的探讨既能深入到艺术内部进行考察，又能涵盖广泛的社会历史因素。

---

❶ Linda Hutcheon. *The Politics of Postmodernism* [M]. New York: Roudedge, 1989: 23.

❷ Linda Hutcheon. *The Politics of Postmodernism* [M]. New York: Roudedge, 1989: 1.

　　哈琴后现代主义诗学的重要意义在于，其第一次从诗学角度对后现代主义进行了系统考察与阐释，并明确提出了能够更清楚地反映与现代主义的关系的后现代主义定义。她首先冷静而睿智地指出当前的理论界在两个方面存在着混乱局面，即对待后现代主义的态度以及对后现代主义进行界定两个方面。针对以哈贝马斯等为代表的理论家对后现代主义的存在进行否认这一状况，哈琴明确地提出，应当将后现代主义作为一个已经存在的客观现象，并将后现代主义的特征界定为"问题化"与"悖谬"，以避免任何将与之有关的问题简单化和绝对化的理论倾向。对于后现代主义与现代主义的关系，哈琴以"问题化"方法原则，指出后现代主义并非是对现代主义的简单继承或者对抗。哈琴给了后现代主义一个更为宽泛和灵活的界定："现代主义矛盾的结果"。这样的界定既不否认现代主义对后现代主义的影响，又恰如其分地显示了二者之间的矛盾关系。

　　不仅如此，哈琴同时提出了后现代主义的理论化问题，以便建立起其作为诗学的可能性框架。她将后现代主义诗学的主要问题集中在历史和政治两个根本性因素上，试图用一种多元性化的，似乎无所不包又无所不疑的所谓"悖谬"化的诗学来将后现代主义中的问题理论化。哈琴曾谈到过，后现代主义只提出矛盾，但从不提出任何矛盾的解决方法。她以"二律背反"式的悖谬来替代"二元对立"，以消解传统艺术与现代艺术无法摆脱的"非此即彼"的因果逻辑的思维方式。尽管哈琴曾明确声称，后现代主义不提供任何解决问题的办法，但是我们还是可以从其论述的字里行间看到她的意图痕迹。"问题化"的目的是质疑已有的，或者说旧有的传统，以引出新的观点。这种话语建构策略通过思维方式的转变，对文本中的一些传统问题进行了再思考。但是我们又不得不承认，哈琴对后现代主义的界定与对其特征的描述暴露出了她的后现代主义诗学理论甚至整个后现代主义的折中主义和妥协立场。

　　在"历史的问题化"的策略建构中，哈琴提出了"历史编纂元小说"的概念。"历史编纂元小说"的概念无疑是哈琴后现代主义诗学对文学理论的最大贡献。她将"历史指涉"与"政治立场"这两个指涉层面贯穿于整个理论中。通过大量的后现代小说文本的分析，对以杰姆逊和伊格尔顿为代表的一部分后现代主义理论家们对后现代主义的一味抵制，认为后现代无视历史的观点进行了有力地回击，这种回击的有力武器便是"历史的问题化"。在这一视域下，哈琴对文本创作中的一些传统手法，如互文、戏仿、反讽及自我指涉等的传统内涵先问题化再进行重新界定。

哈琴的这一策略对我们当前的文学理论研究具有重要的方法论意义。王宁对西方文学研究中的"问题化"意识这样表述："我们首先就有必要对西方学者在这些问题上已经取得的进展有所了解，然后通过我们自己所独具的中国学者的立场、观点、方法和理论视角，对这些已经取得的成果进行梳理、质疑乃至批判，最终提出我们自己的不同见解。我以为这样我们至少有可能取得相对的创新。"❶在对"戏仿""互文""反讽"等文本策略进行重新界定时，哈琴十分注意批判精神的确立。她将后现代主义艺术文本置于话语结构中进行考察，也意在注重话语结构所提供的多元化的意义呈现方式。正如王宁所说，在当前的理论研究中，我们必须要有批判精神，在此基础上获得创新。而"问题化"的视角与方法正可以促使我们在接受的基础上质疑，在质疑的基础上批判，在批评的基础上创新。

哈琴在后现代主义诗学中指出，理论不能脱离艺术实践，应将后现代主义置于理论和实践的交叉地带进行考察，这种原则受得了很多研究者的赞同。在她看来，那种将理论与实践对立或者是相分离的做法有着很大的局限性。她说："依我看，在历史问题上诗学不会谋求在理论与实践之间占一席之地，而是希望居于两者之内。"❷这种方法同样也是马克思主义文论的原则与传统。只有将理论与艺术实践相结合，才能做到"既走得进去，又走得出来。"

但同时，我们也可以看到哈琴的后现代主义诗学所具有的不容忽视的问题。哈琴在《后现代主义诗学》一书的开篇中这样说道：

> 本研究既不是为我们似乎决心称之为后现代主义的这一文化事业做辩护，也不是对它的再一次抹黑。在此，你完全不会发现剧烈变革的呼唤，或者为资本主义晚期西方的衰落而发出大难临头的号啕大哭。我既不想赞美亦无意诋毁，而是致力于研究一个

---

❶ 王宁.西方文学研究的"问题化"［J］.外国文学研究，2003（3）：1.

❷ 琳达·哈琴.后现代主义诗学：历史·理论·小说［M］.李杨，李锋，译.南京：南京大学出版社，2009：23.

实际存在的、已引发许多公开论战的、因而非常值得评论界关注的当今文化现象。❶

　　在其他地方，哈琴也不时地做出类似的宣称。虽然她一再声明自己是站在客观的立场对后现代主义进行研究，但事实上，任何一种诗学甚至理论都无法以一种真正客观、冷静并置身局外的态度出现。从我们对哈琴的后现代主义诗学理论的分析中可以看出，哈琴的态度很明确地为后现代主义辩护，并且对之持以非常乐观的态度。哈琴将杰姆逊和伊格尔顿，包括查尔斯·纽曼等人对后现代主义的质疑和批评看作是一种"诋毁"。对于后结构主义、新历史主义等提出的关于"历史的本质"的问题，哈琴试图以后现代建筑和历史编纂元小说等后现代艺术形式中所具有的自我意识与问题化的历史观来进行解释，这种做法在根本上也有"总体性"思维的倾向。正如杰姆逊不遗余力地要建立起马克思主义的总体性文论原则那样，任何一种理论的探讨也只能从某种立场出发。

　　此外，哈琴将后现代建筑的模式作为其后现代主义诗学的理论模型，这一做法本身就值得商榷。因为建筑的身份与文学不甚相同，它在设计、建造与使用的过程中被考虑最多的是其实用功能。在建筑的设计者和使用者，包括公众那里，建筑的实用性较之艺术性处于更加重要的位置。它与被哈琴纳入"观念艺术"范畴的后现代小说不能完全等同，更不能简单地以"矛盾性、历史性和政治性"来涵盖它所有的特征。

　　哈琴提出后现代主义所具有的"既／又"的悖谬结构特征，对后现代主义艺术的多元化特征进行了准确概括。她明确指出后现代主义艺术具有妥协性的特征，但同时又强调后现代艺术运用戏仿、反讽及自我指涉等话语策略以表明自身具有的评判性的政治锋芒。在这一点上，不得不说哈琴的观点自身也存在着矛盾。如何将后现代主义艺术所具有的这些看起来悖谬的特征相结合并辩证地统一起来，或者说如何进一步找出这些特征背后的契合点，是哈琴应当进一步思考的问题。

---

❶ 琳达·哈琴.后现代主义诗学：历史·理论·小说［M］.李杨，李锋，译.南京：南京大学出版社，2009：1.

# 第二节　"理论之后"与"马赛克主义"

安德烈亚斯·胡伊森说："在各种潮流不断变化的表面下，60 年代的文化存在着统一的冲动，在这方面继承了先锋派的传统。因为 70 年代的文化多样性不再保持这样的统一感……"❶因此他认为："也许 70 年代的文化只是更加散乱无形，在差异和变化方面比 60 年代的文化更加丰富多样，因为 60 年代的文化潮流和运动多少还是'有序的'。"❷哈琴的后现代主义诗学框架形成之时，正是后现代主义在走过了 20 世纪 60 年代文学艺术在先锋派艺术影响下产生的"冲动"时期与 20 世纪 70 年代的文化多样性之后，而呈现出话语理论的缤纷多彩的阶段。但是在批评理论风生水起的背后，却随之出现了对理论的质疑。

随着福柯、德里达、萨义德等批评理论大家的去世，新的有影响的批评理论思想尚未出现，批评理论的力量逐渐受到怀疑甚至反对。"理论是否已死""理论之后何为"的问题也逐渐成为我国学者研究的热点问题。北京大学的周小仪教授将史蒂文·纳普（Steven Knapp）和沃尔特·本·迈克尔斯（Walter Benn Michaels）的《反对理论》(Against Theory) 作为对批评理论的反对的标志。在此之后，这种反对理论的呼声一直未断。2003 年，伊格尔顿出版的《理论之后》正式宣布了批评理论的终结——"文化理论的黄金时期早已消失。"❸另一方面，金惠敏又指出，矛盾的是，在其 1983 年出版的《文学理论导论》一书中，伊格尔顿就说过对理论的敌视通常意味着反对别人的理论，而同时则忘了自己的理论。金惠敏认为"伊格尔顿不会幼稚如此，他的'理论'是有所特指，就是以法国（后）结构主义为代表的后现代理论。"❹通过对后现代理论局限的分析与反思，伊格尔顿重新提出了对"宏

---

❶ 安德烈亚斯·胡伊森.大分野之后：现代主义、大众文化、后现代主义 [M].周韵，译.南京：南京大学出版社，2010：179.

❷ 安德烈亚斯·胡伊森.大分野之后：现代主义、大众文化、后现代主义 [M].周韵，译.南京：南京大学出版社，2010：179.

❸ 特里·伊格尔顿.理论之后 [M].商正，译.北京：商务印书馆，2009：1.

❹ 金惠敏.理论没有"之后"——从伊格尔顿《理论之后》说起 [J].外国文学，2009（3）：78.

大叙事"和"形而上学"的有效性的重新思考。以伊格尔顿对后现代理论的这种质疑为代表，对后现代危机的反思及对后现代理论的未来走向的讨论不曾停止。

应该说，伊格尔顿的这种想法，是批评理论与后现代理论发展到一定阶段的自然趋势。经过了热情的冲动与繁华的发展之后，冷静地反思就会必然到来。但是，对于批评理论的现状及未来趋势的评价判断，应以一种更客观、冷静的态度对待。在 2004 年底由上海财经大学外语系主持召开的"当代西方批评理论现状与走向"学术研究会上，阎嘉先生提出将 21 世纪的西方文学批评理论的基本走向以"马赛克主义"这一概念进行归纳的观点。他说：

> 在后现代消费时代里，西方文学理论和批评早已告别了现代和前现代的语境与基本格局，即总有一种主导的思潮或理论支配着文学理论和批评的走向，并影响着社会的意识形态。如果我们一定要在走向 21 世纪的西方文学理论和批评中寻找一个主调的话，那么呈现出来的就是五花八门的"马赛克"面貌，我将其命名为"马赛克主义"。它的基本含义是指：各种理论观点和批评方法杂陈，彼此之间没有内在的联系，各自的视角和关注点极为不同，形成了一种"众声喧哗"的局面。❶

虽然阎先生的"马赛克主义"概念是针对 21 世纪西方文学批评理论现状而言，但是从哈琴所建构的后现代主义诗学体系中，我们已经可以看出此种倾向。前文曾谈到，周小仪曾指出，在批评理论走到高峰的 1980 年代，也就是哈琴提出将后现代主义理论化期间，学界就已经出现了对理论本身的质疑。但是阎嘉先生却认为，德勒兹和瓜塔里在《千高原》(Mille Plateaux) 中提出的思想发展的"块茎"理论对于我们质疑谋求某种特定理论的话语霸权的做法有很大帮助。他在"马赛克主义"之后的一篇文章中指出：

---

❶ 阎嘉."马赛克主义"：21 世纪西方文学批评理论的基本走向[J].文艺理论研究,2005(1)：66-67.

　　在后现代之后，在"理论高峰"过去之后，对既往的总体性理论或形而上学理论的根本性解构和向着新的方向寻求理论建构的努力，自然会招来进一步的反思批判和反拨，比如再次强调回到"文学"本身，回到形式或"审美"这种"纯粹性"之上。但是，当我们在对理论本身进行反思和批判时，不应当忘记一个最为基本的道理：任何理论都具有它自身的历史和现实的根源。❶

　　这就提醒我们，任何理论的出现都有其历史和现实语境的根源。在我们对一种理论做出评价时，一定要结合"语境"因素进行考虑。哈琴的后现代主义诗学理论形成于批评理论的高峰时期，同时又面临着对批评理论的有效性产生质疑的背景。因此，哈琴更重视对各种批评理论的包容性研究，她强调将理论研究置入包含了历史社会和政治语境因素的话语结构中进行动态关注，这种态度值得我们在思考和探讨21世纪文学理论趋势和走向时参考。

## 第三节　后现代主义之后：走向何方

　　伊格尔顿等人提出的理论终结论，意在宣告后现代主义理论的终结。然而，后现代主义是否已经如伊格尔顿宣告的那样已经终结？后现代理论是否真的已经过时？是否真如英国学者彼得·奥斯本（Peter Osborne）所说，"还没等我们读完所有宣告后现代来临的著作，也许它就已经结束。所有人都像20世纪70年代的危机论者一样，在等待后现代主义市场的崩溃。但他们很可能是要失望的。……这并不意味着'后现代'这个词足以标志这个时代，更不意味着它能解释各个时代的内涵。"❷

　　后现代主义作为一种影响波及社会、历史、文化等方方面面的文化现象和文艺思潮，是一道业已客观存在的景观。有关后现代主义的讨论，形

❶ 阎嘉."理论之后"的理论与文学理论[J].厦门大学学报（哲学社会科学版），2009（1）：34.

❷ 彼得·奥斯本.时间的政治：现代性与先锋[M].王志宏，译.北京：商务印书馆，2004：vii.

成了具有国际性的后现代主义论争。如今，这一曾经如火如荼的论争已经趋于平静，但并不意味着后现代主义的终结。后现代主义，特别是以哈琴的后现代主义诗学为代表的批评理论，为西方文化批评与文论批评开启了一个真正多元共生的时代。后现代主义的讨论，由 20 世纪 50、60 年代仅限于北美文化界和文学界的圈子逐渐推向到第三世界国家的文化与文学讨论，这更多地得力于后现代主义与女性主义以及后殖民主义等批评话语的结合。后现代主义的讨论在第三世界国家和东方的出现与兴起，显示出蓬勃的生命力。王宁在《后现代主义之后》一书中就认为："后现代主义首先是高度发达的资本主义国家或西方后工业社会的一种文化现象，但它也可能以变体的形式出现在一些发展中国家内的经济发展不平衡地区，因为在这些地区既有着西方的影响，同时也有着具有先锋超前意识的第三世界知识分子的创造性接受和转化。"❶

王宁同时指出，作为对有着长达三十年论辩过程的后现代主义来说，我们要讨论它在未来的趋势与发展，不可忽略它在文化和艺术中具有的两个极致特征，即先锋派的智力反叛（对经典现代主义的延续和超越）和导向通俗（对现代主义的反动和对精英意识的批判）。因此，作为全球现象的后现代主义与消费文化的关系是非常紧密的。❷这对正身处消费社会，与消费文化有着无法回避的紧密关系的当代研究者来说是不可忽略的。在这样的背景下，我们借助哈琴所说的后现代主义具有的多元视角与批判精神，便能对消费文化这种业已成为另一种客观存在的文化现象进行得当的批评与把握。正如王宁先生所说："如果对其作用把握得当，它有可能有助于高雅的精神文化产品的生产，反之则一步一步地'蚕食'目前日渐萎缩的文化市场，最后一举占领之。"❸

我们需要注意的是，哈琴之所以将后现代主义置于话语结构的动态过程中，目的是建构一个灵活的后现代主义诗学框架。在这个动态过程中，结合具体的语境，后现代主义理论可以得到进一步发展。以摄影为例，在

---

❶ 王宁.后现代主义之后［M］.北京：中国文学出版社，1998：5.

❷ 王宁.后现代主义之后［M］.北京：中国文学出版社，1998：7-8.

❸ 王宁.后现代主义之后［M］.北京：中国文学出版社，1998：12.

哈琴看来，摄影"有效地借用了一些现存的呈现形式"❶，但是随着电子技术和数码技术的进一步发展，有的摄影作品已不再仅仅停留于这种"借用"。顾铮对摄影过程有这样一种描述：

> 近年来数码摄影的勃兴，则更使摄影从"照相（take）"演变为"造相（make）"，再演变为无中生有的"虚机（fake）"。比如，美国女艺术家南茜·伯逊（Nancy Burson,1948-）在她的作品中，或将一些政治人物的形象通过电脑加以综合平均化后，企图合成出代表某种特定类型的政治人物肖像典型来，或将不同种族，如东方人、高加索人与黑人三者综合在一起，给出一个出人意料的新人类面孔。数码摄影术的日新月异的发展给摄影家们带来的一个最大的变化是他们的影像操作从暗室走出了明室，这造成了一种更为虚幻的拟现实感的产生。虽然这对摄影而言似乎是一种新的危机，但这也同时是促使摄影具有了一种新的方向的转机。❷

正如金惠敏所指出的，"'理论之后'仍是'理论'……理论从来就没有什么'之前''之后'，理论就一直不间断地存在着……"❸作为一种批评理论的后现代主义其实也无所谓"之前""之后"，我们更应该以哈琴所坚持的"对话"方式来对待各种各样的后现代主义理论的存在，并将之作为一种批评的视角，以便有利于意义在话语建构过程中的呈现。

---

❶ Linda Hutcheon. *The Politics of Postmodernism* [M]. New York: Roudedge, 1989: 44.

❷ 顾铮. 国外后现代摄影 [M]. 南京：江苏美术出版社，2000：35.

❸ 金惠敏. 理论没有"之后"——从伊格尔顿《理论之后》说起 [J]. 外国文学，2009（3）：80.

# 附录：哈琴教授与作者通信的重要内容

1.Thanks so much for writing. While I think historiographic metafiction is one important mode of postmodern fiction, it is by no means the only one. But it is dominant. My understanding of the new historical fiction is that it is not self-reflexive about the writing of history and the ideological implications of that act the was historio GRAPHIC META fiction is, by its very name. ❶

2.Both Jameson and Eagleton see modernism and postmodernism as opposites, binary opposites. That is different from talking about the antinomies Jameson sees within postmodernism. That is what I meant. ❷

3.I've written at length about the relationship tetween the two: there are clear connections but also differences that are major. Lyotard, who is French, sees the postmodern as a version of the modern, but with a lack of belief in what me calls "grand recit" or grand narratives. Habermas does believe postmodernism has completed modernism, because in a German setting (and you have to remember he is German). Modernism was interrupted by the Nazi/fascist years. Every theorist sees the relationship differently. So you should acknowledge that they come out of different cultures and have different focuses. ❸

4.It is not authorized by anyone in particular: it is the form that permits/authorizes transgression in the sense that parody, by definition, is a challenging or ironizing of another text, and in that way "transgresses" it.

They are closely related. In that, deconstruction breaks down binaries that

---

❶ 见哈琴在 2009 年 2 月 25 日与作者的通信。

❷ 见哈琴在 2011 年 6 月 22 日与作者的通信。

❸ 见哈琴在 2011 年 6 月 22 日与作者的通信。

sit at the center of discourse. Decentering has often seen as a postmodern form of critical theory. ❶

5.The Problematizing comes from theories of the provisional and indeterminate of historical knowledge, and you should read Hayden White's book called metahistory.

The general idea of problematizing—of questioning thins and not taking them for granted, of making them into "problems" to be studied—is indeed the same. ❷

6.What I meant was that early semiotics ("once been formally banished") was only concerned with a synchronic analysis of signifiers and signifieds, and the historical context was not relevant. But now, as the sentence goes on to explain production and reception of meaning (what semiotics studies) is seen to be in a historical context. So it was a comment on the early days of semiotics, not the present. The article by Marike Finlay-Pelinksi in the bibliography (published in Semiotica) would be the best thing to read. ❸

7. Self-reflexivity is a formal concept, while self-consciousness implies intent. Historiographic metafiction is self-reflective or self-reflexive—that would be the better term. ❹

---

❶ 见哈琴在 2011 年 7 月 13 日与作者的通信。
❷ 见哈琴在 2011 年 7 月 30 日与作者的通信。
❸ 见哈琴在 2011 年 9 月 6 日与作者的通信。
❹ 见哈琴在 2012 年 1 月 10 日与作者的通信。

# 参考文献

## 一、琳达·哈琴的著述

### （一）中文部分（以出版时间为序）

[1] 琳达·哈琴.反讽之锋芒：反讽的理论与政见 [M].徐晓雯，译.郑州：河南大学出版社，2010.

[2] 琳达·哈琴.后现代主义诗学：历史·理论·小说 [M].李扬、李锋，译.南京：南京大学出版社，2009.

[3] 琳达·哈琴."环绕帝国的排水管"：后殖民主义和后现代主义，选自《后殖民主义文化理论》[M].陈永国，译.北京：中国社会科学出版社，1999：490–511.

[4] 琳达·哈琴.加拿大后现代主义——加拿大现代英语小说研究 [M].赵伐，郭昌瑜，译.重庆：重庆出版社，1994.

### （二）英文部分

1. 著作（以出版时间为序）

[5] Linda Hutcheon. A Theory of Adaptation[M]. New York: Routledge, 2006.

[6] Linda Hutcheon.Splitting Images: Contemporary Canadian Ironies[M].Torontto, New York, Oxford: Oxford University Press, 1991.

[7] Linda Hutcheon.A Poetics of Postmodernism: History, Theory, Fiction[M]. New York and London: Routledge, 1988.

[8] Linda Hutcheon.The Canadian Postmodern: A Study of Contemporary English–Canadian Fiction[M]. Torontto, New York, Oxford: Oxford University Press, 1988.

[9] Linda Hutcheon.A Theory of Parody:The Teachings of Twentieth–century Art Forms[M]. New York and London: Methuen, 1985.

[10] Linda Hutcheon.Formalism and the Freudian Aesthetic: the Example of Charles Mauron[M]. London: Cambridge University Press, 1984.

[11] Linda Hutcheon.Narcissistic Narrative: The Metafictional Paradox[M]. Waterloo: Wilfrid Laurier University Press,1980.

2. 文章（以发表时间为序）

[12] Linda Hutcheon.On the Art of Adaptation, Daedalus. Vol. 133, No. 2, On Happiness (Spring, 2004),pp. 108–111.

[13] Linda Hutcheon.O'Grady, Kathleen. Theorizing–Feminism and Postmodernity—A Conversation With Linda Hutcheon[J]. Rampike, Vol. 9, No. 2, 1998, pp.20–26

[14] Linda Hutcheon.Rethinking Literary History—Comparatively, coporated with Valdés, Mario J., American Council of Learned Societies Occasional Paper. Vol. 27, 1995.

[15] Linda Hutcheon.Incredulity Toward Metanarrative: Negotiating Postmodernism and Feminism[J]. Tessera, Vol. 7(Fall/Automne), 1989, pp. 39–44.

[16] Linda Hutcheon.Historiographic Metafiction Parody and the Intertextuality of History, in O'Donnell, P. &Condavis, Robert.ed. Intertextuality and Contemporary American Fiction. Baltimore: Johns Hopkins University Press, 1989, 3–32.

[17] Linda Hutcheon.Postmodern Paratextuality and History[J]. Texte, 5–6 (1986–87), pp. 301–312.

[18] Linda Hutcheon.A Postmodern Problematics[J]. Ethics/Aesthetics: Post–Modern Positions, Vol. 1, ed. By Robert Merrill, Washington, DC: Maisonneuve Press, 1988, pp. 1–10.

## 二、其他参考文献（以作者姓氏为序）

### （一）中文著述

[19] 阿特兹，本尼顿，杨.历史哲学：后结构主义路径 [M]. 夏莹，崔唯航，译.北京：北京师范大学出版社，2009.

[20] 乌蒙勃托·艾柯.符号学理论 [M].卢德平，译.北京：中国人民大学出版社，1990.

[21] 米勒德·J·艾利克森.后现代主义的承诺与危险 [M].叶丽贤，苏欲晓译.北京：北京大学出版社，2006.

[22] 佩里·安德森.当代西方马克思主义 [M].余文烈，译.北京：东方出版社，1989.

[23] 佩里·安德森. 后现代性的起源 [M]. 王晶，译. 台北：联经出版事业公司，1999.

[24] 佩里·安德森. 后现代性的起源 [M]. 紫辰等，译. 北京：中国社会科学出版社，2008.

[25] 弗兰克·安克斯密特. 历史编纂与后现代主义 [J]. 陈新，译. 东南学术，2005(3)。

[26] 凯文·奥顿奈尔. 黄昏后的契机：后现代主义 [M]. 王丽萍，译. 北京：北京大学出版社，2004.

[27] 彼得·奥斯本. 时间的政治：现代性与先锋 [M]. 王志宏，译. 北京：商务印书馆，2004.

[28] 罗兰·巴尔特. S/Z [M]. 屠友祥，译. 上海：上海人民出版社，2000.

[29] 罗兰·巴尔特. 写作的零度 [M]. 李幼蒸，译. 北京：中国人民大学出版社，2008.

[30] 罗兰·巴特. 罗兰·巴特自述 [M]. 怀宇，译. 天津：百花文艺出版社，2001.

[31] 齐格蒙特·鲍曼. 立法者与阐释者——论现代性、后现代性与知识分子 [M]. 洪涛，译. 上海：上海人民出版社，2000.

[32] 齐格蒙特·鲍曼. 后现代性及其缺憾 [M]. 郇建立，李静韬，译. 上海：学林出版社，2002.

[33] 齐格蒙特·鲍曼. 现代性与矛盾性 [M]. 邵迎生，译. 北京：商务印书馆，2003.

[34] 丹尼尔·贝尔. 资本主义文化矛盾 [M]. 赵一凡，薄隆，任晓晋，译. 北京：生活·读书·新知三联书店，1989.

[35] 斯蒂文·贝斯特，道格拉斯·凯尔纳. 后现代理论——批判性的质疑 [M]. 张志斌，译. 北京：中央编译出版社，1999.

[36] 斯蒂文·贝斯特，道格拉斯·科尔纳. 后现代理论——批判性的质疑转向 [M]. 陈刚等，译. 南京：南京大学出版社，2002.

[37] 瓦尔特·本雅明. 机械复制时代的艺术作品 [M]. 王才勇，译. 北京：中国城市出版社，2002.

[38] 本维尼斯. 特普通语言学问题 [M]. 王东亮，译. 北京：生活·读书·新知三联书店，2008.

[39]    迈克尔·彼德斯.后结构主义/结构主义，后现代主义/现代主义：师承关系及差异 [J].王成兵，吴玉军，译.哈尔滨学院学报，2000(5): 1–12.

[40]    彼得·毕尔格.主体的退隐 [M].陈良梅，夏清，译.南京：南京大学出版社，2004.

[41]    让·博德里亚.消费社会 [M].刘成富，全志钢，译.南京：南京大学出版社，2001.

[42]    保罗·波多盖希.过去的虚无 [J].吕舟，邹怡情，译.世界建筑，2000(12): 18–19.

[43]    马歇尔·伯曼.一切坚固的东西都烟消云散了——现代性体验 [M].徐大建，张辑，译.北京：商务印书馆，2003.

[44]    卡尔·波普尔.开放社会及其敌人（第二卷）[M].郑一明等，译.北京：中国社会科学出版社，1999.

[45]    步朝霞.形式作为内容——论文学的自我指涉性 [J].思想战线，2006(5): 96–100.

[46]    陈后亮.历史书写元小说中的再现政治与历史问题 [J].当代外国文学，2010(3): 30–41.

[47]    陈后亮.历史书写元小说：真实的再现政治学，历史观念的问题学 [J].国外文学，2010(4): 3–10.

[48]    陈后亮.论哈琴后现代主义诗学的理论特征 [J].四川师范大学学报（社会科学版），2010: 80–84.

[49]    陈后亮.后现代视野下的戏仿研究——兼谈琳达·哈琴的后现代戏仿观 [J].武汉科技大学学报（社会科学版），2010: 93–98.

[50]    陈嘉明.利奥塔的悖谬逻辑 [J].浙江学刊，2002(5): 74–78.

[51]    陈晓明.后现代主义 [M].郑州：河南大学出版社，2003.

[52]    西奥多·德莱塞.美国悲剧 [M].潘庆，译.上海：上海译文出版社，2004.

[53]    德勒兹、加塔利.资本主义与精神分裂（卷2）：千高原 [M].姜宇辉，译.上海：上海书店出版社，2010.

[54]    雅克·德里达.多重立场——与亨利·隆塞、朱莉·克里斯特娃、让—路易·乌德宾、居伊·斯卡培塔的会谈 [M].佘碧平，译.北京：生活·读书·新知三联书店，2004.

[55]    杜小真.福柯集 [M].上海：上海远东出版社，2002.

[56] 弗朗索瓦·多斯.从结构到解构：法国 20 世纪思想主潮 [M]. 季广茂，译.北京：中央编译出版社，2004 年.

[57] 佛克马、伯顿斯.走向后现代主义 [M]. 王宁等，译.北京：北京大学出版社，1991.

[58] 米歇尔·福柯.临床医学的诞生 [M]. 刘北成，译.南京：译林出版社，2001.

[59] L·弗拉克斯.后现代的主体性概念 [J]. 王海平，译.国外社会科学，1994(1)：11-16.

[60] 戴维·弗里斯比.现代性的碎片——齐美尔、克拉考尔和本雅明作品中的现代性理论 [M]. 卢晖临，周怡，李林艳，译.北京：商务印书馆，2003.

[61] 大卫·格里芬.后现代精神 [M]. 王成兵，译.北京：中央编译出版社，1997.

[62] 胡全生.英美后现代小说叙事结构研究 [M]. 上海：复旦大学出版社，2002.

[63] 海登·怀特.元史学：十九世纪欧洲的历史想象 [M]. 陈新，译.南京：译林出版社，2004.

[64] 斯蒂芬·K·怀特政治理论与后现代主义 [M]. 孙曙光，译，沈阳：辽宁教育出版社，2004 年。

[65] 黄进兴.后现代主义与史学研究：一个批判性的探讨[M].北京：生活·读书·新知三联书店，2008.

[66] 诺曼·N·霍兰德.后现代精神分析 [M]. 潘国庆，译.上海：上海文艺出版社，1995.

[67] 安东尼·吉登斯.现代性的后果 [M]. 田禾，译.南京：译林出版社，2000.

[68] 安东尼·吉登斯，克里斯多弗·皮尔森.现代性——吉登斯访谈录 [M]. 尹宏毅，译.北京：新华出版社，2000.

[69] 基尔克果.或此或彼 [M]. 阎嘉，译.北京：华夏出版社，2007.

[70] 杰姆逊.现实主义、现代主义、后现代主义 [J]. 行远，译.文艺研究 1986(3)：123-133.

[71] 杰姆逊.晚期资本主义的文化逻辑·选自张旭东主编《杰姆逊批评理论文选》[M].陈清侨等，译.北京：生活·读书·新知三联书店，1997.

[72] 弗雷德里克·杰姆逊.后现代主义与文化理论——弗·杰姆逊教授演讲录 [M]. 唐小兵，译.西安：陕西师范大学出版社，1987.

[73] 弗雷德里克·杰姆逊.现代性、后现代性和全球化，[M].北京：中国人民大学出版社，2004.

[74] 金惠敏 . 理论没有"之后"——从伊格尔顿《理论之后》说起 [J]. 外国文学，2009(3): 78-127.

[75] 道格拉斯·凯尔纳，斯蒂文·贝斯特 . 后现代理论：批判性的质疑 [M]. 张志斌，译 . 北京：中央编译出版社，1999.

[76] 索伦·奥碧·克尔凯郭尔 . 论反讽概念——以苏格拉底为主线 [M]. 汤晨溪，译 . 北京：中国社会科学出版社，2005.

[77] 多米尼克·拉卡普拉 . 历史、阅读与批评理论 [J]. 宋耕，译 . 史学理论研究，1999(3): 104-113.

[78] 大卫·莱昂 . 后现代性（第二版）[M]. 郭为桂，译 . 长春：吉林人民出版社，2005.

[79] 李伯杰 . 弗·施莱格尔的"浪漫反讽"说初探 [J]. 外国文学评论，1993(1): 18-26.

[80] 李姝，张玉坤 . 复杂性建筑与不规则碎片建筑——查尔斯·詹克斯的新书《建筑中的新范式》[J]. 建筑师，2003(6).

[81] 李幼蒸 . 历史符号学 [M]. 桂林：广西师范大学出版社，2003.

[82] 梁永安 . 重建总体性：与杰姆逊对话 [M]. 成都：四川人民出版社，2003.

[83] 林元富 . 琳达·哈琴后现代主义诗学初探 [J]. 福建师范大学学报（哲学社会科学版），2005(6): 60-67.

[84] 刘象愚，杨恒达，曾艳兵 . 从现代主义到后现代主义 [M]. 北京：高等教育出版社，2002.

[85] 刘小枫 . 诗化哲学 [M]. 济南：山东文艺出版社，1986.

[86] 刘小枫 . 现代性社会理论——现代性与现代中国 [M]. 上海：上海三联书店，1998.

[87] 陆梅林 . 西方马克思主义美学文选 [M]. 桂林：漓江出版社，1988.

[88] 陆扬 . 后现代性的文本阐释：福柯与德里达 [M]. 上海：上海三联书店，2000.

[89] 理查德·罗蒂 . 偶然、反讽与团结 [M]. 徐文瑞，译 . 北京：商务印书馆，2003.

[90] 罗钢，刘象愚 . 后殖民主义文化理论 [M]. 北京：中国社会科学出版社，1999.

[91] 戴维·洛奇 . 小说的艺术 [M]. 王峻岩等，译 . 北京：作家出版社，1997.

[92] 帕米拉·麦考勒姆 . 后现代主义质疑历史 [M]. 蓝仁哲，韩启群，译 . 北京：中国社会科学出版社，2008.

[93] R. 麦尼金. 后现代主义的起源 [J]. 丁信善，张立，译. 国外社会科学，1991(3).

[94] 保罗·德·曼. 反讽的概念 [J]. 罗良清，译，柏敬泽，校. 马克思主义美学研究（第六辑），2003: 309–327.

[95] 保罗·德·曼. 阅读的寓言——里尔克、普鲁斯特和卢梭的比喻语言 [M]. 沈勇，译. 天津：天津人民出版社，2008.

[96] 莫伟民. 主体的命运——福柯哲学思想研究 [M]. 上海：上海三联书店，1996.

[97] 秦海鹰. 互文性理论的缘起与流变 [J]. 外国文学评论，2004(3): 19–30.

[98] 热拉尔·热奈特.《热奈特论文集》[M]. 史忠义，译. 天津：百花文艺出版社，2000.

[99] 萨莫瓦约. 互文性研究 [M]. 邵炜，译. 天津：天津人民出版社，2002.

[100] 赛义德. 赛义德自选集 [M]. 谢少波，韩刚，译. 北京：中国社会科学出版社，1999.

[101] 尚杰. 悖谬与后冷战时代的政治哲学——读德里达《友谊政治学》[J]. 社会科学辑刊，2007(3).

[102] 盛宁. 人文困惑与反思：西方后现代主义思潮批判 [M]. 北京：生活·读书·新知三联书店，1997.

[103] 弗·施勒格尔. 雅典娜神殿断片集 [M]. 李伯杰，译. 北京：生活·读书·新知三联书店，1996.

[104] C·诺伯格·舒尔茨，保罗·波多盖希的建筑 [J]. 吕舟，译. 世界建筑，2000(12): 23–25.

[105] 查尔斯·泰勒. 现代性之隐忧 [M]. 程炼，译. 北京：中央编译出版社，2001.

[106] 维克多·泰勒，查尔斯·温奎斯特. 后现代主义百科全书 [M]. 章燕，李自修，译. 长春：吉林人民出版社，2007.

[107] 汪民安，陈永国，马海良. 后现代性的哲学话语——从福柯到赛义德 [M]. 杭州：浙江人民出版社，2000.

[108] 汪民安，陈永国，张云鹏. 现代性基本读本（上下册）[M]. 郑州：河南大学出版社，2005.

[109] 王宁. 后现代主义之后 [M]. 北京：中国文学出版社，1998.

[110] 王宁. 西方文学研究的"问题化" [J]. 外国文学研究，2003(3): 1–2.

[111] 王晴佳，古伟瀛．后现代与历史学：中西比较 [M]．济南：山东大学出版社，2006.

[112] 王先霈，王又平．文学批评术语词典 [M]．上海：上海文艺出版社，1999.

[113] 王治河．后现代主义辞典 [M]．北京：中央编译出版社，2003.

[114] 罗伯特·文丘里．建筑的复杂性与矛盾性 [M]．周卜颐，译．北京：中国建筑工业出版社，1991.

[115] 理查德·沃林．文化战争：现代与后现代的论争激进的美学锋芒 [M]．周宪，译．北京：中国人民大学出版社，2003.

[116] 吴猛．福柯的话语理论探要 [D]．上海：复旦大学，2003.

[117] 薛恩伦，李道增．后现代主义建筑 20 讲 [M]．上海：上海社会科学院出版社，2005.

[118] 亚里士多德．政治学 [M]．吴寿彭，译．北京：商务印书馆，1997.

[119] 阎嘉．多元文化与汉语文学批评新传统 [M]．成都：巴蜀书社，2005.

[120] 阎嘉．"马赛克主义"：21 世纪西方文学批评理论的基本走向 [J]．文艺理论研究，2005(1): 66-68.

[121] 阎嘉．文学理论精粹读本 [M]．北京：中国人民大学出版社，2006.

[122] 阎嘉．"理论之后"的理论与文学理论 [J]．厦门大学学报（哲学社会科学版），2009(1): 32-38.

[123] 杨耕，张立波．历史哲学：从缘起到后现代 [J]．学术月刊，2008: 32-39.

[124] 特里·伊格尔顿．马克思主义与文学批评 [M]．文宝，译．北京：人民文学出版社，1986.

[125] 特里·伊格尔顿．美学意识形态 [M]．王杰，傅德根，麦永雄，译．桂林：广西师范大学出版社，1997.

[126] 特里·伊格尔顿．后现代主义的幻象 [M]．华明，译．北京：商务印书馆，2000.

[127] 特里·伊格尔顿．理论之后 [M]．商正，译．北京：商务印书馆，2009.

[128] 格奥尔格·伊格尔斯．历史编撰学与后现代主义 [J]．李丽君，译．东岳论丛，2004(6).

[129] 佘碧平．现代性的意义与局限 [M]．上海：上海三联书店，2000.

[130] 曾艳兵．西方后现代主义文学研究 [M]．北京：中国社会科学出版社，2006.

[131] 赵一凡．利奥塔与后现代主义论争 [J]．读书，1990(6): 54-63.

[132] 赵毅衡.新批评——一种独特的形式主义文论 [M].北京：中国社会科学出版社，1986.

[133] 赵毅衡."新批评"文集 [M].北京：中国社会科学出版社，1988.

[134] 赵毅衡.论"伴随文本"——扩展"文本间性"的一种方式 [J].文艺理论研究，2010(2): 2-8.

[135] 赵毅衡.符号学原理与推演 [M].南京：南京大学出版社，2011.

[136] 查尔斯·詹克斯.后现代建筑语言 [M].李大夏，译.北京: 中国建筑工业出版社，1986.

[137] C.詹克斯.什么是后现代主义 [M].李大夏，译.天津：天津科学技术出版社，1988.

[138] 弗雷德里克·詹姆逊.语言的牢笼——结构主义及俄国形式主义述评 [M].钱佼汝，译.南昌：百花洲文艺出版社，1997.

[139] 张凤阳.现代性的谱系 [M].南京：南京大学出版社，2004.

[140] 张进.新历史主义与历史诗学 [M].北京：中国社会科学出版社，2004.

[141] 张首映.西方二十世纪文论史 [M].北京：北京大学出版社，1999.

[142] 张文杰.历史的话语：现代西方历史哲学译文集 [M].桂林：广西师范大学出版社，2002.

[143] 周官武，姜玉艳.查尔斯·詹克斯的宇源建筑理论评析 [J].新建筑 2003: 58-61

[144] 周小仪.批评理论之兴衰与全球化资本主义 [J].外国文学，2007(1): 74-81.

（二）英文著述

[145] Anderson, Perry. The Origins of Postmodernity[M]. London and New York: Verso, 1998.

[146] Adorno, Theodor W. Minima Moralia: Reflections from Damaged Life[M]. trans. E. F. N. Jephcott, London: New Left Books, 1974.

[147] Allen, Graham.Intertextuality[M].London and New York: Routledge, 2000.

[148] Barker, Patricia A. The Art of the Contemporary Historical Novel[C].Dissertation for the Degree of Doctor of Philosophy in Humanities, The University of Texas at Dallas, 2005.

[149] Barthes, Roland. Image Music Text. [M]. trans. Stephen Heath London: Fontana Press, 1977.

[150] Behler, Ernst.Irony and the Discourse of Modernity[C]. Washington: University of Washington Press, 1990.

[151] Bell, Daniel. The Coming of Pos-Industrial Society[M]. New York: Basic Books, 1973.

[152] Bell, Daniel. The Cultural Contradictions of Capitalism[M]. New York: Basic Books, 1976.

[153] Benjamin, Andrew & Rice, Charles ed. Walter Benjamin and the Architecture of Modernity[M]. Melbourne: Re. press, 2009.

[154] Benjamin, Walter. Understanding Brecht[M]. Translated by Anna Bostock, London: Verso, 1998.

[155] Berressem, Hanjo. Criticism & Pynchon & Mason and Dixon.[J]. Contemporary Literature, Vol. 42, No. 4 (Winter 2001): pp.834-841.

[156] Bertens, Johannes Willem. The Idea of Postmodern: A History[M]. New York: Routledge,Taylor & Francis Group, 1995.

[157] Bertens,Hans. From the New Criticism to Deconstruction: The Reception of Structuralism and Post-Structuralism by Art Berman; A Poetics of Postmodernism: History, Thoery, Fiction by Linda Hutcheon[J]. The Modern Language Review,Vol. 85, No. 3 (July, 1990), pp. 675-676.

[158] Bové, Paul A. ed. Early Postmodernism: Foundational Essays[C]. Durham and London: Duke University Press, 1995.

[159] Brooks, Peter. Fiction and its Referents: A Reappraisal[J].Poetics Today, Vol. 4, No. 1, 1983, pp.73-75.

[160] Burger, Peter. The Theory of the Avant-Garde[M]. Minneapolis: University of Minnesota Press, 1984.

[161] Cahoone, Lawrence E. From Modernism to Postmodernism: An Anthology[M]. Cambridge, Massachusette: Blackwell Publishers Inc., 1996.

[162] Carmichael, Thomas & Lee, Alison ed.. Postmodern Times: A Critical Guide to the Contemporary[C]. DeKalb: Northen Illinois University Press, 1992.

[163] Colebrook, Claire. Irony[M]. London and New York: Routledge, 2004.

[164] Dane,Joseph A. Parody and Satire: A Theoretical Model[J]. Genre, Issue 13, 1980.

[165] De Lauretis, Teresa. Alice Donesn't: Feminism, Semiotics, Cinema[M]. Bloomington:Indiana University Press, 1984.

[166] De Man, Paul. The Resistance to Theory, Theory and History of Literature[M]. Manchester: Manchester University Press, 1986.

[167] Docherty, Thomas. In Postmodernism: A Reader[M]. New York and London: Harvester Wheatsheaf, 1993.

[168] Duvall, John N. ed. Productive Postmodernism: Consuming Histories and Cultural Studies[C]. New York: State University of New York Press, 2002.

[169] Eagleton, Terry. Two Approaches in the Sociology of Literature[J]. Critical Inquiry, spring, 1988.

[170] Eagleton, Terry. Capitalism Modernism and Postmodernism[J]. New Left Review, 1985, 152: 60–73.

[171] Eagleton, Terry.Leterary Theory: An Introduction[M]. Minneapolis: University of Minnesota Press, 2008.

[172] Eco, Umberto. A theory of Semiotics[M]. Bloomington: Indiana University Press, 1979.

[173] Findley, Timothy. Famous Last Words[M]. Toronto and Vancouver: Clarke, Irwin, 1981.

[174] Finlay–Pelinski, Marike. Semiotics or History: From Content Analysis to Contextualize Discursive Praxis[J]. Semiotica, Vol. 40,Issue 3–4,1982,pp. 229–266

[175] Foster, Hal. ed. The Anti–Aesthetic: Essays on Postmodern Culture[M]. Port Townsend, Washington: Bay Press, 1983.

[176] Foucault, Michel. The Archaeology of Knowledge[M]. trans. Alan Sheridan, London: Tavistock; New York: Pantheon, 1972.

[177] Foucault, Michel. Language, Counter–memory, Practice: Selected essays and interviews[M]. Ithaca, New York: Cornell University Press, 1980.

[178] Frye, Northrop. The Anatomy of Criticism[M]. New York: Atheneum, 1970.

[179] Gass, William H. Fiction and the Figures of Life[M]. New York: Alfred A. Knopf, 1970.

[180] Gittings, Christopher. John Irving and Metafiction: Preservation of Story[D]. The University of Guelph, 1989.

[181] Goodman, Nelson. Routes of Reference[J] Critical Inquiry,Vol. 8, No. 1, Autumn, 1981, pp.121–132.

[182] Grossberg, Lawrence. On Postmodernism and Articulation: An Interview with Stuart Hall[J]. Journal of Communication Inquiry, 1986, Sage, pp. 45–60.

[183] Gumperz, John. Contextualization and Understanding, in Rethinking context: Language as An Iteractive Phenomenon. Alessandro Duranti and Charles Goodwin ed[M]. London: Cambridge Unversity Press, 1992.

[184] Hassan, Ihab. The Question of Postmodernism[J]. Bucknell Review, 25, 2: pp.117–126.

[185] Hassan, Ihab. Racical Innocence: Studies in the Contemporary American Novel[M]. Princeton: Princeton University Press, 1961.

[186] Hassan, Ihab. Pluralism in Postmodern Perspective[J]. Critical Inquiry, Vol. 12, No. 3(Spring, 1986), Chicago: The University of Chicago Press, pp. 503–520.

[187] Hassan, Ihab. The Postmodern Turn: Essays in Postmodern Theory and Culture[C]. Columbus: Ohio State University Press, 1987.

[188] Hendin, Holly. Narcissism, Motives, and Emotions: An Exploration of the Narcissistic Paradox[D]. University of California Davis, 2001.

[189] Jameson, Fredric. The Political Unconscious: Narrative as a Socially Symbolic Act[M]. London and New York: Routledge, 1983.

[190] Jameson, Fredric. The Politics of Theory: Ideological Positions in the Postmodernism Debate[J]. New German Critique, No. 33, Modernity and Postmodernity, Autumn, 1984, pp.53–65.

[191] Jencks, C. The New Moderns: From late to neo–modernism[M]. New York: Rizzoli International Publications Inc. 1990.

[192] Jencks, Charls. New Paradigm in Architecture: The Language of Post–Modernism[M]. New Haven and London: Yale University Press,2002.

[193] Johnson, Samuel. A Dictionary of the English Language[M]. II, 9th, edn. London: J. Johnson, etc., 1806.

[194] Karyshyn, Jenifer Reksovna. Review: Irony's Edge: The Theory and Politics of Irony by Linda Hutcheon[J]. MLN, Vol. 110, No. 4, Comparative Literature Issue (Sep., 1995), pp. 971–974.

[195] Kramer, Jonathan. Can Modernism Survive George Rochberg? [J]. Critical Inquiry,11, 2, pp. 341–354.

[196] Foucault,Michel. Language,Counter–memory,Practice—Selected Essays and Interviews[C]. edited with an Introduction and translated by Donald F. Bouchard, Oxford: Basil Blackwell, 1977, pp.113–138.

[197] Foucault, Michel. Nietzsche, Genealogy,History, In Language, Counter–Memory, Practice: Selected Essays and Interviews[J]. D. F. Bouchard ed., Ithaca: Cornell University Press, 1977, pp. 139–164.

[198] Foster, Hal ed. The Anti–Aesthetic: Essays on Postmodern Culture[M]. Washington: Bay Press, 1983.

[199] James, Fredric. Periodizing the 60s[J]. Social Text, No. 9/10, The 60's without Apology (Spring–Summer, 1984), 1984, pp. 178–209.

[200] Jay, Martin. Marxism and totality[M]. Berkeley: University of California Press, 1984.

[201] Kiremidjian, G. D. The Aesthetics of Parody[J]. Journal of Aesthetics and Art Criticism, Vol. 28, pp. 231–242.

[202] Krieger, Murray. Fiction, History, and Empirical Reality[J]. Critical Inquiry, Vol.1, No. 2, 1974, pp. 335–360.

[203] LaCapra, Dominik. History and Criticism[M]. Ithaca, New York:Cornell University Press, 1985.

[204] Kroder, Arthur & Cook, David.The Postmodern Scene: Excremental Culture and Hyper–Aesthetics[M]. Montreal: New World Perspectives, 1986.

[205] Lentricchia, Frank. After the New Criticism[M]. Chicago: The University of Chicago, 1980.

[206] Levi, Albert. William. Literature Philosophy and the Imagination[M]. Bloomington: Indiana University Press, 1962.

[207] Lyotard, Jean–Francois. What is Postmodernism? In Postmodernism: An International Anthology[M]. Wook– Dong Kim ed., Seoul: Hanshin, 1991.

[208] Man, Paul. De. Allegories of Reading—Figural Language in Rousseau, Netzsche, Rilke, and Proust[M]. New Haven and London: Yale University Press, 1979.

[209] Mchale, Brian. Postmodernist Fiction[M]. London and New York: Routledge, 1987.

[210] Merrill, Robert ed. Ethics/Aesthetics: Post-Modern Positions[C]. Volume 1, Washington D.C: Maisonneuve Press, 1988.

[211] Muecke, Douglas Colin. The Compass of Irony[M]. London and New York: Routledge, 1969.

[212] Nunning, Ansgar. Where historiographic metafiction and narratology meet: towards an applied cultural narratology[J]. Style, 38(3), 2004, pp.352-375.

[213] Portoghesi, Paolo. After Modern Architecture[M]. translated by Meg Shore, New York: Rizzoli, 1982.

[214] Pivato, Joseph. Theories of Culture, Ethnicity, And Postmodernism: Linda Hutcheon[J]. Aurora, Issue 1991.

[215] Preziosi, Donald. Eds, Grasping the World: The Idea of The Museum[M]. Los Angeles: University of California, Boulder: University of Boulder, 2004.

[216] Pugh, Anthony Cheal. Review: Games Authors Play by Peter Hutchinson; Narcissistic Narrative: The Metafictional Paradox by Linda Hutcheon[J]. Poetics Today, Vol. 7, No. 3, Poetics of Fiction (1986), pp. 577-580.

[217] Quintilian, InstitutioOratoria[M]. 4 Vols, translated by H. E. Butler, London and Cambridge, Mass, 1960.

[218] Reiss, Timothy. The Discourse of Modernism[M]. Ithaca, New York: Cornell University Press, 1982.

[219] Robinson, Alan. A Theory of Parody: The Teachings of Twentieth-Century Art Forms by Linda Hutcheon[J]. The Review of English Studies, New Series, Vol. 38, No. 149 (Feb., 1987), pp. 124-125.

[220] Rose, Margaret A. Parody: Ancient, Modern, and Post-modern Literature, Culture, Theory[M]. London : Cambridge University Press, 1993.

[221] Said, Edward W. The Text, the World, the Critic[J]. The Bulletin of the Midwest Modern Language Association,Vol. 8, No. 2, 1975, pp. 1-23.

[222] Said, Edward W.The World, the Text, and the Critic[M]. New York: Harvard University Press, 1983.

[223] Sanchez, Jesus Benito, Doctorow's Ragtime: A Breach in the Frame of History[J]. Atlantis, 19.2 (December 1997) pp.15-24.

[224] Shepherd, David. A Theory of Parody: The Teachings of Twentieth-Century Art

Form by Linda Hutcheon[J]. Poetics Today,Vol. 7, No. 4, Literature in Society (1986), pp. 790-793.

[225] Silverman, Kaja. The Subject of Semiotics.London :Oxford University Press, 1984.

[226] Spanos, William. The Detective and the Boundary: Some Notes on the Postmodern Literary Imagination[J]. Boundary 2, Vol. 1, No. 1(Autumn, 1972), pp.147-168.

[227] Stephanson, Anders & Jameson Fredric. Regarding Postmodernism—A Conversation with Fredric Jameson, Selected from Social Text. No. 21, Universal Abandon? The Politics of Postmodernism, Durham: Duke University Press, pp. 3-30, 1989.

[228] Stone, Lawrence & Spiegel, Gabrielle M. History and Post-modernism[J]. Past & Present, No. 135 (May, 1992), pp. 189-208.

[229] Stewart, Susan. Nonsense: Aspects of Intertextuality in Folklore and Literature[M]. Baltimore, Md: Johns Hopkins University Press, 1978, 1979.

[230] Swift, Graham.Waterland[M]. London: Heinemann, 1983.

[231] Turk, Tisha. In the Canon's Mouth: Rhetoric and Narration in Historiographic Metafiction[D]. Madison: University of Wisconsin—Madison.

[232] Trachenberg, Stanley ed. The Postmodern Moment: A Handbook of Contemporary Innovation in the Arts[M]. Westpor, Conn: Greenwood Press, 1985.

[233] Waugh, Patricia. Metafiction: The Theory and Practice of Self-Conscious Fiction[M]. London and New York: Routledge, 2002.

[234] Wellmer, Albrecht. The Persistence of Modernity[M]. Cambridge: MIT Press, 1991.

[235] White, Hayden. Metahistory: The Historical Imagination in Nineteenth-Century Europe[M]. Maryland: The Jonhns Hopkins University Press, 1975.

[236] White, Hayden. Tropics of Discourse: Essays in Cultural Criticism[M]. Baltimore and London: The Hopkins University Press, 1978